한류와 유라시아 말춤

K O R E A N   W A V E   H A L L Y U

한류총서

한류와 유라시아 말춤

-한국문화의 원류와 한류비전-

이길주

역락

머리말

- "반짝이는 조약돌이 깔려있는 냇가에서는 부인네와 처녀들이 무명옷을 눈처럼 희게 빨고 있다. …… 머리는 성모 마리아처럼 깔끔하게 수건으로 감싼다. 나는 주저하지 않고 한국인이 극동에서 가장 우수한 민족이라고 단정했다."
- "그들은 키가 크고, 강인하고 힘이 세며 균형이 잘 잡혀있어 뛰어난 운동선수들을 많이 배출시키고 있다."

- 님 웨일스(Nym Wales), 『아리랑Song of Ariran』(1941)

한류의 원류와 미래 비전

우리의 우선적 과제는 한류의 문화예술적 콘텐츠를 구축하고 있는 민족정신과 문화의 뿌리와 토양에 대한 고찰이다. 지속 가능한 한류 산업의 문화적 콘텐츠를 위하여도 과거의 정신과 믿음, 종교와 예술성에 대한 이해가 중요한 덕목이다. 고래로 문화의 뿌리는 신앙과 풍습이며 이데올로기도 흔히 종교적 담론과 예술적 상상력과 결부되어 있었다. 종교와 예술은 숭고한 양심의 자유와 밀접한 관련이 있고 다원적인 상상력이 그 바탕이다. 그런데 최근 한민족의 원형질적 열정의 표상인 '붉은 악마'와 풍류와 신명의 정신과 기세는 약화되고, 지금 돈이 되는 엔터테인먼트 한류와 그 상품만이 주요 관심사이다. 그건 문화가 아니고 곧 사라질 유해성 돈벌이일 뿐일 수가 있다.

한류의 본질은 휴머니즘이다. 말하자면 인류 일반이 지녀온 보편적 가치와 감흥을 일으키는 인간애와 포용성, 때론 신명과 해학이다. 과거 민족정신의 대동적 주체성을 위시한 고대사를 참조한다면, 가장 오래된 동이와 고조선 이래의 담론은 홍익인간과 소도와 다물 정신이다. 민족정체성의 근간은 또한 고고한 선비정신과 도교적 무위자연의 철학과 함께 솟대와 성황당 같은 기층의 자연 친화적 토템과 단군과 같은 조상신에 대한 순수한 믿음과 역동적 신명과 흥의 문화이다. 코로나 팬데믹과 동서 신냉전의 이 시대에 홍익인간에 바탕한 인류공생의 철학과 담론을 상정해 본다. 우리의 오래된 민족정신을 앞세워 인류 미래를 밝혀보기 위해 우리의 심상지리를 확장해야 한다. 한반도 배후지 유라시아 대륙의 고대적 상상력을 살리고 우리 문화의 뿌리에 대한 고찰이 필요한 시점이다.

유불선의 주류 정신문화와 함께 민중의 신명과 흥의 문화는 고래의 공동체 문화와 북아시아 기층 신앙인 무교의 정신과 하늘과 땅을 섬기는 제천의례에 관련된다. 한류의 미래는, 한민족 기층, 또는 유라시아의 전통 미학적 심미안과 신명과 흥의 문화를 살려 위기의 인간과 지구를 살릴 정신과 의지, 또는 영적, 물적 표상을 창조하여 세계인의 호응을 얻고, 나아가 인류의 지속 가능한 이념과 정책을 촉진하는 정신적, 영적 울림을 전하는 메신저를 표방하는 것이다. 선조들이 남긴 홍익인간과 인내천 사상과 공동체 문화와 정신을 되살리고 현대 인류가 당면한 생태환경위기를 생각하는 생태주의 가치와 그런 틀에 접목시키는 콘텐츠를 만들어야 한다. 대형 토목건축 프로젝트, 또는 문화 권력이나 자본이 아닌 그런 토템과 자연신에 대한 소박한 믿음과 섬김의 정신을 살려 인류공존과 자연과의 공생의 미래를 열어가는 정신문화를 선도할 전 지구적 복합문화 콘텐츠를 만들 수도 있다.

한민족의 지배적 원형질은 북방 유라시아 대륙에서 시작되었다. 물론 남방식 고인돌의 지석 문화와 쌀농사 등 남쪽 문화의 유입이 우리 문화의 저변에 깔려 있지만, 단군신화의 곰과 호랑이-곰이 웅녀가 된 이야기-는 솟대와 장승의 상징적 의미와 함께 북방 유라시아 대륙의 신화와 긴밀히 연결되어 있다. 고고유물들 속에 한반도 청동기 유물과 신라금관은 유럽에서 한반도까지 연결된 단일 문화적 양식이다. 원래 구리는 기원전 6천년쯤 오늘의 중동 지방에서 채취되어 이후 주석을 합금시켜 청동으로 만들어 여러 용도로 쓰기 시작하여, 그것이 이후 유럽과 중앙아시아, 시베리아를 거쳐 기원전 1천년쯤 동아시아, 한반도까지 전래된 것이다. 청동기 문화 시대에 인류는 비로소 가축의 축력으로 정착 농경이 발달하며 원시 종교와 예술이 출현하고, 도시문명이 발달하기 시작하여 한반도엔 이 시대가 고조선 시대이고 잔무늬거울(다뉴세문경)이 이를 반증하는 유물로 알려져 있다. 이후 지금의 우크라이나와 유럽 곳곳에 남겨진 스키타이 황금문화에 연결된 신라의 금관문화까지 이 땅에선 화려한 유라시아 문화적 영향권 속에 금속 문화가 발전한 것이다. 그것은 스키타이와 알타이를 잇는 '초원의 길'인 북방 노선(실크로드는 남방노선)으로 스키타이문화는 고대 동슬라브족에 의해 동양과 서양을 잇는 광대한 유라시아 문화권이 형성되어 있었음에 기인한다.

우리 지구는 인류에게, 아마도 신의 뜻에 의해 단독으로 위탁된, 직립 보행하며 넓고 멀게 보며 지켜내야 할 유일한 행성이다. 그런데 지금 급속한 지구 기후변화, 또는 온난화와 함께 바다 곳곳에 빙하가 녹고 대륙 한쪽에선 사막화가 가속화되고, 쓰나미와 같은 지구적 재앙이 빈발하는 위기를 맞고 있다. 이 시점에 지구본을 북극에서 거꾸로 놓고 볼 수도 있다. 한반도 땅이 연결된 지구 북반구 대륙은 바다와 강이 곳곳에서 북빙양으로 모여드는 대평원이 연장된 유라시아 한 덩어리 땅이다. 우리 문화의 뿌리와 미래 비전을 위해 지구촌 유라시아 대륙의 관점으로 제주 남단에서 시작하여 핀란드까지 넓은 지평의 의미를 다시 생각해 보아야 할 시점이다.

지난 20세기 후반까지 한국 지성계와 문화계에는 만주 시베리아 북방공간에 대한 현실적 이해나 관념, 또는 기억이 사라져 갔다. 단군신화의 곰 신앙과 함께 신화와 솟대 등의 민속, 그리고 구전설화와 같은 문학적 담론 속에 정신문화적 상징 공간으로 명맥을 유지해 왔을 뿐이다. 다만 한국 고대사 논쟁 속에 고조선, 발해와 고구려 강역의 윤곽이 논의되며, 한국어의 주요 근간은 시베리아 알타이제어 그룹에 속하고, 고고인류학의 성과에 의해 시베리아와 한반도에는 신석기시대 이래 빗살무늬 토기문화가 공유되었고, 철기시대 스키타이 등 유라시아 초원문명이 공유되어 신라 금관의 문양을 낳았다는 설이 고증되어 유포되었다.

1930-40년대 민족시인 백석은 일제 치하 잃어버린 공간 한반도와 만주 대륙에서 그의 '북방시편'을 통해 민족의 북방대륙혼과 태고의 토속적, 샤마니즘적 정조를 재현해 보여주었다. 또한 중국, 러시아, 북방 고아시아계 제 민족과 한민족의 평화스러운 공존을 그리는 시들을 발표하였다. 마치 슬라브계 여인 나타샤와의 사랑을 노래한 명시로 회자되는 '나와 나타샤와 흰 당나귀'로 유명한 그는 '북신'과 '북방에서'에서는 광개토대왕과 장수왕 시절을 '생각'하고, 잃어버린 한민족의 북방 대륙적 기질을 아쉬워하며 한반도에 안주한 민족의 게으름을 자책하기도 하였다. 춘원 이광수 또한 『유정』에서 시베리아 대지와 바이칼 호반을 무대로 주인공 최석 선생과 정임의 비극적 사랑과 죽음, 그리고 부활을 노래했었다.

북방 샤마니즘의 세례를 받고 태동한 한민족 기층문화 속에는 마을마다 언젠가 돌아갈 대륙을 꿈꾸는 철새를 앉힌 솟대를 세우고, 북을 두드려 악귀를 쫓아낸 전통이 살아있다. 시베리아를 '새로운 벌판'으로 인식하듯 '만주와 시베리아는 우리 땅이었다' 또는 '우리 땅이 되어야' 한다는 환상을 이야기하는 게 아니다. 단지 그 땅에 살고 있는 근면한 우리 동포들과 소멸되어가는 고아시아인의 후예들과 함께 지속 가능한 유라시아 공생의 신문명을 창조하고, 동북아 평화공존을 주도할 역사적 명분이 우리에게 있다는 것을 말하는 것이다. 그것은 아시아와 유럽, 그리고 나아가 세계 인류와 자연이 공생하는 신문명 공간의 모델, 또는 새로운 한류 콘텐츠의 아이디어가 될 수도 있지 않을까? 그것은 전쟁과 수탈을 일삼던 제국주의 시대의 해적문화가 아닌, 대지에 뿌리박고 공동체 문화를 간직하던 고대적 유토피아를 또는 신시와 소도를 희원하는, 말하자면 인류의 최종적 담론과 사유체계로 나아갈 단초를 놓는 것이다. 더구나 아시아-동양의 정신문화와 인문의 정신이 이미 서구 지성들의 깊은 관심거리라면 그 뿌리를 간직한 한반도에서 새천년 인류를 이끌 새로운 이데올로기와 담론을 형성해야 할 책무를 느껴야 한다.

한반도 백두대간을 관통하는 생태통로와 디엠지 자연생태를 영구 보존하는 평화와 환경 문화공간 프로젝트로 통일과 평화의 여건 조성을 도모해 볼 수도 있다. 어느 날 개성과 금강산의 재개방에 이어 백두산 길이 열린다면, 이어 민족의 북방원류가 이어진 시베리아 초원길이 철로와 육로로 복원되면, 그 옛날의 모피로드, 실크로드로 유라시아 공생의 물류와 문명의 길이 복원되는 것이다. 이러한 논점에서 한류 콘텐츠도 한반도 평화와 북방 유라시아 대륙의 공생공론적 관점을 수용해야 할 것이다. 한국은 중국의 조선족과 러시아의 고려인, 북한의 주민과 함께 한민족의 신명의 문화 잠재력을 발휘하여 지속가능한 동북아 공생문화권 창조에 나설 수도 있다.

한류의 미래 비전을 얘기하자면 무엇보다 한류는 예술미학적 뿌리를 바탕으로 자라나가야 할 것이다. 작가 도스토옙스키는 "아름다움이 세계를 구할 것이다."라는 의미깊은 말을 남겼다. 그것은 작가의 철학이자 미학관으로, 니체 철학에 연결되는 아름다운 인간에 대한 지고의 사랑과 휴머니즘의 완성과, 역사에 대한 고도의 통찰력의 발현이었다. 우리는 통찰력과 예지력으로 역사를 읽고 전쟁과 지구환경위기 속의 인류의 생존문제에 대한 응답으로, 평화와 환경, 지속가능한 인류애라는 명제를 토대로 끝까지 따뜻하고 아름다운 한류미학을 구축해 나아가야 할 것이다.

차례

제 2 부

한류의 미래비전

제1부

오래된 한류 콘텐츠

1장 천마도와 말춤, 말무덤, 월드컵

날개 달린 백마

한국에서는 경주시 천마총에서 발견된 천마가 유명하다.[1] 한국의 페가수스, 백마, 천마이다. 고고학자 김병모 교수에 의하면 신라를 세운 신라 지배층은 북방계로, 알타이, 바이칼을 거쳐 경주와 일본열도까지 이른 북방기마민 후예로 비정하고 있다. 하늘과 태양과 소통하는 최고 권력자를 또는 불세출의 영웅, 지도자를 그리고, 후대 영웅의 출현에 대한 간절한 바램이 담긴 그림이리라. 이미 건국신화에서 백마는 가장 중요한 역할을 한다. 신라를 세운 박혁거세가 태어난 알을 두고 간 것도 하늘을 날 수 있는 백마라고 되어있다.

가수 싸이가 말춤을 추며 노래를 한 것을 전세계 젊은이들이

1 서봉총 유물 백화수피재 천마문 말다래(국보207호, 73.2/ 55.2cm), 죽제 천마문 금동장식 말다래와 칠기제 말다래와 함께 관심의 대상. 북방계 천손신앙, 태양숭배와 초원 수렵, 기마 문화의 반영으로 본다.

따라 하고 인기를 끌었던 적이 있었다. 가수 싸이는 기마 자세로 말을 타고 달리는 듯 뛰는 말춤을 추어 세계 청소년들을 열광케 한 것이다. 우리는 소를 매는 장소를 외양간 또는 마구간이라고 불러왔다. 말이 없는데 말의 거소로 말했던 것이다. 이 땅에선 말 문화가 더 오랫동안 보편적이었으나 농경생활이 고착되며 그 자리에 소나 당나귀가 들어선 것이리라. 더구나 한국의 페가수스라 불리우는 서봉총의 천마도는 말에 대한 보편적 이미지를 최고의 경지로 신앙적 경지까지 올린 그림이다. 날개가 달린 백말은 하늘로 향한 지배층의 권위와 함께 민중의 구원을 염원하는 표상이 된 것이다.

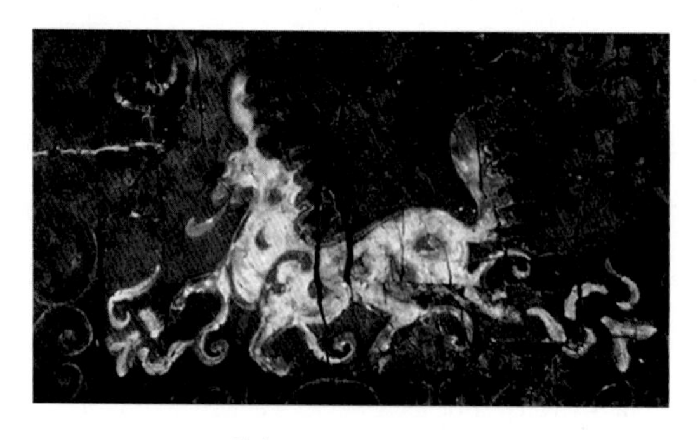

천마도(출처:국립경주박물관)

이 천마도는 무덤의 벽화로 그려진 것이 아니다. 적석목곽분인 무덤 내에 있던 부장품인 말다래(장니(障泥), 말을 탄 사람의 옷에 진흙이 튀지 않도록 말안장 옆 양편에 늘어뜨려 놓은 가죽제 마구)에 그려진 것이다. 초기 신라의 무덤 양식은 돌무지덧널무덤[적석목곽분]으로 입구가 없으며 돌방 없이 나무로 널을 짠 것으로 끝이기 때문에 벽화가 없다. 다만 울산 천전리 바위그림 등 암각화에 나타난 말그림은 천마총의 말, 동명왕의 말이나 박혁거세의 말과 함께 모두 하늘과 땅을 오가는 천마로, 퉁구스 등 북방 시베리아 부족들의 말에 대한 신화적 관념과 이미지를 공유하고 있다.

한반도에 고립되고 안주한 선조들에게 서서히 말달리던 기상과 흔적은 사라지고 그 곳에 소를 매고 정착농경에 매달리며 수렵과 기마 유목의 흔적이 지워졌던 것이다. 그러나 한반도 곳곳에 기마문화의 흔적은 지명과 장소의 명칭으로 살아있다. 필자의 유년 시절 말무덤의 전설을 소개해본다. 지금 서울 월드컵 경기장이 웅장하게 들어서 있는 자리는 여름마다 한강 지류 샛강이 범람하면 늘 물이 범람하던 상습 수몰 지대였다. 여름 장마가 오면 물 벌판이 되었다. 그런데 그때마다 끝까지 잠기지 않고 물이 넘치지 않고 찰랑대던 작은 봉우리가 샛강을 바라보며 있었고 우린 이곳을 말무덤이라 했다. 그 무덤 속에 날개 달린 말과 날개 달린 아기 장수가 묻혀있다는 전설이다. 전국 각처에 내려오는 용마와 아기장수의 전설이었다. 전란과 생활고에 지친 변

방 민초들의 고단한 삶과 슬픈 현실을 반영하고 있었다.[2]

가난한 홀어머니는 날개가 돋는 아들을 낳아 기르고 있었다. 밭에 나가 김을 매고 들어온 엄마는 아기가 방안에서 날개짓을 하던 모습에 경악하고 낫으로 아들의 날개를 내려친다. 날개를 쳐 떨어트리자 그만 어린 아들이 죽는다. 그 순간 집 옆 샛강 소용돌이 속에서 말 한 마리가 솟구쳐 나와 땅에 떨어져 죽는다. 날개 달린 백마였다. 무지한 엄마가 큰 실수를 한 것이다. 날개 달린 아기 장수는 커서 이 날개 백마를 타고 세상을 구할 영웅이었던 것이다. 불세출의 영웅, 구세주 출현에 대한 간절한 바램을 후대에 남기고, 사람들은 아기와 말을 강둑 언저리에 묻어준 것이다. 필자는 죽은 아기장수와 백마에 대한 아련한 안타까움을 간직하고 말무덤을 바라보곤 했다. 그러던 중 문득 학교 미술 시간에 어디선가 보았던 천마도를 흉내 내어 하얀 천마를 그려 방 벽에 걸어놓기도 했다.

---

2 아차산 기슭에 살던 부부가 기도 끝에 겨드랑이에 날개가 달린 아들을 얻었다. 걸음마를 시작하면서부터 이 아이가 연자방아를 끌고 산을 오르는 장수 괴력을 가진 것을 본 마을 사람들은 이 아이가 역적이 될 것으로 여겨 죽여버렸다. 그날 밤 아차산에서 날개 달린 용마(龍馬)의 울음소리가 들렸고 아기장수를 기다리던 용마는 해가 떠오르자 날개를 접고 한강 물에 떨어져 죽고 말았다. 이 외에도 전국 각처에 날개가 달리거나 괴력을 소유한 아기와 함께 날개 달린 용마의 탄생과 죽음 이야기가 산재되어 전해온다.

세월이 흘러 그 말무덤 자리에 상암 월드컵 경기장이 세워지고 2002년 전 세계가 지켜본 월드컵 축구경기가 벌어지고 응원단 "붉은 악마"가 승리를 외쳤다. 날개 달린 말과 날개 달린 아기장수의 혼이 응답한 듯 젊은 한국 선수들과 응원단은 펄펄 날았다. 세계인들도 한국에 시선을 돌리고 싸이를 흉내내어 말춤을 추게 된 것이다. 가난과 고난 속에 민초들의 가슴 속엔 만주 시베리아 대초원 위를 말 달리던 조상들의 기개와 꿈이 간직되어 이야기와 그림, 그런 성소들이 만들어졌던 것으로 보인다. 그리고 오늘날 그러한 유전자가 발현되어 청년 한국인들이 세계 스포츠와 세계 대중문화를 이끌고 있는 것으로 보인다.

한민족의 유전자 속에는 신명과 파이팅 정신이 깃들어 있는 것이고, 그래서 때로는 조급증이 심한 것이다. 말춤을 추며 사람들은 말달리던 속도감과 흥분되는 말발굽 박자에 맞춘 심장의 박동으로 신명이 고조되는 것이리라. 우리에겐 드넓은 초원을 질주하던 기억이, 밈(meme)이 잠재되어 있는 것이다. 말은 인간에게 훌륭한 조력자, 동반자로 신분을 대변하고 숭배의 대상이기도 했다. 말그림으로 신라의 북방계 통치그룹 경주 김씨 왕조는 천손 신앙을 남방 난생신화에 포장하여 북방정체성을 드러낸 것이다. 대륙을 말달려 도달한 한반도는 기실 온화하지만, 지형적 이유로 말달리던 속도감과 흥분되는 말발굽 박자에 맞춘 심장의 박동은 서서히 잊혀졌었던 것이다.

말다래에 그려진 천마도와 함께 찬란한 빛과 문양의 금관의 비밀은 무엇인가? 유라시아 문명교류사 속 스키타이 황금문화와의 연계성도 짚어보아야 한다. 다만 금관의 출(出)자 문양은 하늘을 받드는 샤만 나무, 신수(神樹)신앙과 연관되며 솟대 상징성을 보여주기도 한다. 특히 천마도의 밑바탕이 백화수피, 자작나무 껍질이 쓰였고, 금관의 관모 역시 이 자작나무 껍질이 쓰였음을 주목해 본다. 시베리아인들의 의식과 안목과 마찬가지로 하얀 자작나무는 최고의 신목이었고 천마 역시 최고의 메신저였다. 한민족이 백의, 백화나무, 백마와 함께 흰 여백을 좋아한 것도 그런 속도감과 수목 신앙과 색채 미학도 무관하지 않은 것이다.

천마도와 백화수피

신라 시대 북방문화의 도래는 서봉총 등 유물과 신화 속에 확인되었다. 고고인류학적 연구와 신라 김씨 족보와 시원 신화에서 확인된다. 파지리크 고분을 연상시키는 경주의 적석목곽의 거대 고분양식과 천마도는 당대 신라의 지배층이 고대 유라시아 문명교류를 주도한 스키타이와 흉노와 알타이 종족에까지 이르는 북방 기마 민족들의 전통과 사유체계를 지녔음을 반영하고 있다. 〈삼국사기〉에 따르면 탈해 이사금 9년 (서기65년) 김알지가 태어나고 그는 신라 김씨 왕조의 시조가 되었으나 그의 탄생은 묘하다. 새벽 닭 울음소리에 의해 발견되는데 나무 가지에 걸린 빛나는 황금궤 속에서 나온 것으로, 말하자면 새벽의 나무와 황금 상자 모두 황금 빛과 소리를 연상시킨다. 13대 미추 이사금이 박씨, 석씨에 이어 첫 김씨 왕이 되어 "마립간"으로 왕의 칭호를 바꾸고 신라를 통치하게 되어 칸의 통치시대가 열렸다는 말이다. '간' 명칭은 '칸'에서 온 것으로 보기 때문이다. 즉 그곳 원주민과 함께 북방계 이주민 집단인 김씨들의 시대가 되었던 것으로 보인다.

금관이 나타나고 거대한 봉분 속에 적석목곽분의 등장은 북방유라시아 풍습이 재현된 것으로 밝혀진 것이다. 고고학자 김병모 교수는 파지리크, 알타이 문화권에서 시원한 문화로 본다. 금관 모양의 출(出)자와 사슴 뿔. 새모양 등 시베리아 유라시아풍의 상징물인 것이다. 모두 땅과 하늘로 통하는 전령과 통로의 상징물이자 북방적 천강신화를 보여준다. 마립간은 '최고의 칸'으로 최고 권력자를 말해주는 명칭이리라. 김 교수는 김알지의 '알지'조차 금을 의미하는 알타이에서 온 것으로 추론했다. 신라 황금문화는 알타이, 스키타이의 황금문화를 빼박았고 고구려, 백제에 없는 곡옥이 가야와 함께 경주에서 사용되었던 점으로 북방 유라시아와의 통섭을 보여준다. 거대한 봉분의 적석목곽분은 카자흐스탄 이시크 쿠르간 유적과 같은 양식이다. 백제와 고구려 묘제는 돌무지무덤-적석총-인데 말이다.

우리의 관심은 금관 윗부분 세 개 나뭇가지와 새 세 마리(황금 솟대)와 함께 자작나무 수피가 쓰인 관모와 장니이다. 수목숭배, 신수(神樹)신앙의 뿌리로 보인다. 화려한 제사장의 권위를 상징하는 자작나무는 하늘에 닿는 신성한 나무이다, 샤만 새, 세 개씩의 가지와 새로 나타난 3수 신앙과 함께 신성한 숲과 나무, 그리고 자작나무 모두 북방에서 온 것이고 그리로 간 것이라는 설도 있다. 김 교수의 지적대로 유사 이래 한국인의 삶은 남아시아적 농경생활과 거석문화가 기층을 이루지만, 정신세계는 북아시아적 경천(敬天)사상이 지배한 것으로 보아야 한다. 특히 솟대문화는 수목숭배, 신수신앙과 신조신앙이 합쳐진 것으로 나무는 하늘과 땅, 땅속을 관통하고 새는 더 높은 하늘로 오르기 때문이다. 특히 백마와 함께 백화나무는 백의의 흰색을 좋아하는 민족을 낳았고 하늘로 향한 솟대와 소도문화로 이어졌음을 보여준다. 최근 유전학적 연구 결과도 한민족과 시베리아 부랴트몽골, 에벤키, 길랴 종족과의 친연성을 말해주고 있다.

한국의 민담과 민요 속엔 유라시아적 요소가 적지 않다. 신라 금관 등의 조형성, 상징적 문양들과 함께 신화와 민속, 제의 속에서 그 연계성을 찾는 작업은 이미 많이 이루어져 왔다. 그러나 단편적이고, 그것은 한국의 근현대사의 지정학적 분절과 유관되어 왜곡도 심하다. 그것은 사대주의-모화, 모일, 모양의 결과이기도 하다. 유라시아 대륙의, 특히 시베리아 신화와 민속, 민담과 제의는 프로프 등 러시아 학자들의 연구에 의해 이미 어느 정도 그 실체가 밝혀지고 한국에도 번역 소개되었으나 우리 학계에 보편적으로 참조되진 못한 것으로 보인다. '날개 달린 용'-비룡과 함께, '날개 달린 말'의 구전 동화적 테마는 한반도 마을마다, 촌부들의 설화 속 영웅 출현의 염원과 함께 은밀히 숨겨져 왔다. 프로프는 특히 '말'이란 원시 시대에 '새'로 불리거나 그 새를 의미했다고 본다. 그리고 그는 "말이 새를 대치하는 것은 유라시아적 현상인 것으로 보인다"고 단언하였다.[3]

프로프는 이어 그것은 아메리카 인디언의 신화 속에 원래 곰-검은 곰-이 공중으로 던져지며 검정말로 변신하고 있다고 보고하며 그것은 새로운 동물(말)이 이전 동물이 맡았던 종교적 기능을 맡게 된 결과로 해석하였다. 그것은 물론 운송수단으로 순록이나 개의 역할을 또는 새의 상징성을 이어받은 결과 날개달린

---

3 V. Y. 프로프, 최애리 역, 민담의 역사적 기원, 문학과 지성사, 1990, 226 "순록이나 개를 대치했다고 말할 수도 있으며"

말-그리핀-합성동물이 된 바, 스키타이의 동물양식과도 연계시키고 있다. 프로프는 또 "스키타이 무덤과 아메리카 인디언의 무덤은 그토록 유사하다"고 언급하며, 죽은 자를 영혼의 세계로 싣고 가게 하기 위해 "말을 죽이거나 그 갈기를 조금 잘라 무덤에 넣어 주기도" 하는 풍습이 유라시아 대륙에 널리 퍼져 있음을 들어 날개 달린 말의 기능을 시사하고 있다.[4]

단군신화의 웅녀 이야기를 되짚어 본다는 것은 고대사의 진실을 밝히고 민족의 심상지리를 넓히는 작업이다.[5] 곰 한 마리와 호랑이 한 마리가 한 동굴에서 살면서 인간이 되게 해달라고 환

4 Ibid., 227.

5 현실 속에서 유라시아 대륙으로 한반도가 이어지는 의미는, 남북한의 분단과 철의 장막으로 둘러쳐져 반도 남쪽의 우리에게 단절되고 금단시 되었던 러시아-시베리아가 해로와 공로로 이어지고, 철로와 육로로 이어지며 통일이후 한민족 생활문화 터전이 되는 점이다. 이미 유라시아 대륙은 고조선 시대 이전부터 우리 조상들의 생활문화 터전이었다. 솟대와 장승, 성황당 문화가 같고《나뭇꾼과 선녀》와 같은 옛 이야기를 우리와 공유하고 있기 때문이다. 그래서 한민족의 뿌리를 캐는 작업도 유라시아 드넓은 대륙의 민속과 옛이야기에서 시작할 수 있다. 옛 시가와 설화 속에는 과거의 삶과 생각과 함께 국가와 민족이란 집단의 정체성이 고스란히 농축되어 있기 때문이기도 하다. 러시아의 구전시가와 설화도 거의가 기독교 도입 이전의 동슬라브 세계의 문화적 뿌리를 보여준다. 그것은 우랄과 알타이 산맥을 넘으면 샤만이 살고 통치하던 시대, 또는 그 이전의 아시아적 신화와 민담에 뿌리를 내리고 있기도 하다. 고대 문화와 이야기는 유라시아 대륙의 민족과 인위적 국가의 경계를 넘나들었기 때문이다.

웅 신에게 빌었다. 마침내 그들의 소원이 상달되어 곰은 여자로 다시 태어났으나, 호랑이는 금기사항을 지키지 못했기 때문에 인간이 되는 데 실패했다. 북방계 웅족이 극동, 한반도 호족을 흡수통일한 것으로 보인다. 웅녀는 남편을 구할 수 없었으므로 신성한 제단 나무인 신단수 아래에서 아이 하나 가질 수 있도록 빌었다. 환웅신은 스스로 웅녀의 남편이 되었고, 단군왕검이라는 아들이 태어나 천손 신앙이 바탕이 된 조선의 건국이 이루어진 것이다.

한국과 시베리아 퉁구스 인이 서로 연계된 점은 언어 외에도 시베리아 특히 동북아 고아시아족의 곰 문화권과 관련이 있는 것으로 흔히 주지되었다. 이미 있던 고아시아족과 그 문화와 언어는 사얀산맥 자락과 바이칼 부근에 근원지를 두고 확산되는 퉁구스족에 의해 서서히 혼합되고 또는 변방으로 밀려나기도 했던 것으로 본다. 이때까지만 해도 호랑이 세가 왕성하던 한반도 북부 지역이 이 범위에 들어간다고 하겠다. 이 점이 후에 단군신화를 낳는 배경이 된 것이다. 그러나 민화나 민담 속에 보이는 담배피는 호랑이 이야기로 보아, 이후 한반도에서는 곰 우위의 문화가 시베리아와는 달리 다시 호랑이 우위의 문화로 전이되었던 것으로 보인다.

기마민의 금관시대

신라 황금세공품(출처:국립경주박물관)

한민족 형성과 기원 관련 연구는 크게 남방계와 북방계 소통 통로를 상정하며 이루어졌다. 필자의 관심은 북방에 한정되었다. 김병모, 주채혁, 윤명철, 최몽룡, 이홍규 교수 등의 연구결과가 필자의 주요 텍스트였고 시베리아 이르쿠츠크 대학 고고학과 메드베제프 교수와 스비닌 박사와의 대담도 토대가 되었다. 김병모 교수의 탁월한 연구에서 남방문화의 도래는 철기문화와 도작 쌀농사, 가야/가락국 김해 김수로왕의 부인 인도계 여인 허황옥 황후로 대표됨을 알았다. 이어 신라 경주 김씨 왕조가 북방 샤마니즘과 알타이, 스키타이까지 이어진 유라시아 황금문화와 연결될 가능성으로 전망을 넓힌 것이다.

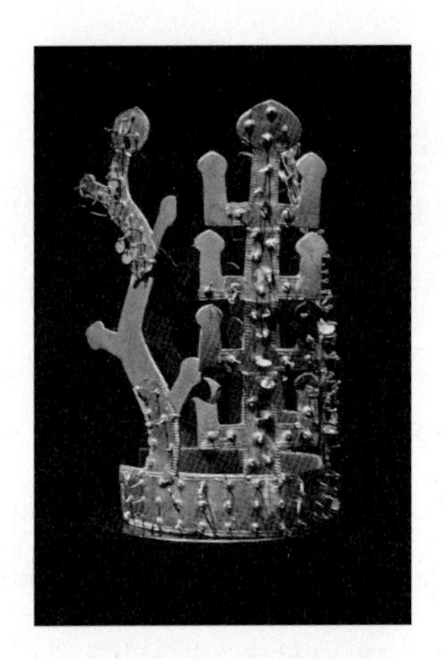

신라금관(출처:국립경주박물관)

신라 황금문화의 꽃 금관의 조형미는 알타이 지방 파지리크의 거대한 무덤 쿠르간 출토 사슴 장식과 출자 형태 등과의 유사성으로 알타이, 스키타이의 황금문화와 연결되고, 그 여파로 백제 유물에서도 금동관과 금동신발도 나오며 가야도 금관가야가 철기문화와 함께 가장 강성했다. 백제 금동관모는 주로 새의 모습으로 역시 하늘과 땅, 물속까지 이어주는 신조 사상의 발현이고, 신라금관 윗부분 세 개 나뭇가지와 새 세 마리, 한쌍의 사슴뿔 형태 모두 북방 시베리아 샤마니즘적 조형성을 바탕으로 화려한 장엄미를 보여주고 있다. 신라 지배층이 북방계로, 알타이, 바이칼을 거쳐 경주와 일본열도까지 이른 북방기마민 후예로 비정되는 연유이다.

철기나 금속, 황금문화는 오래 지속되지 못하고 남방계 불교 문화와 토착 농경문화에 흡수되고 말았던가? 알타이, 스키타이 황금문화의 영향으로 간주되는 신라의 화려하고 장엄한 황금조형물과 디자인은 불교 전래 후 불전과 탑 속으로 숨어들었지만, 민간신앙과 민속 속에 솟대와 같은 나무와 돌, 암각화 속에 남았다. 신라는 520년대 지증왕 때 '덕업일신 망라사방(德業日新 網羅四方)'에서 온 명칭 신라로 국호를 바꾼다. 이후 불교문화가 융성하며 샤만과 새와 사슴과 나무는 민간신앙 속에 신과 조상, 하늘과 인간을 이어주는 존재로, 돌무지와 장대, 간혹 당목으로 남은 것이다.

2장 솟대 – 유라시아 시원 문화의 표상

시베리아의 무목(Shaman Tree)과 한국의 솟대

한국의 건국신화인 단군신화 또는 고조선 건국의 역사에 따르면, 웅녀는 태백산 정상의 신수(神樹) 즉 신성한 제단 나무인 "신단수" 아래에서 아이 하나 가질 수 있도록 빌었다. 결국 환웅 신이 신단수에 내려와 스스로 웅녀의 남편이 되었고, 단군왕검이 탄생한 것이다.

이 신단수 신화에 나타나는 상징적 의미는 인류 보편의 전통적인 나무 숭배의식과 북아시아 샤마니즘 무목(Shaman Tree)과 밀접한 관계가 있다. 나무나 숲에 대한 숭배의식은 세계에 널리 퍼져있는 현상이다. 프랑스의 수목학자 자크 브로스는 고대 사회 이래 인간의 삶에서 나무가 차지하는 역할을 역설하며 세계 전역에 우주목(Cosmic Tree) 또는 세계수(World Tree)에 대한 숭배신앙이, 또는 제도가 존재한다고 밝히며, 각 민족과 문명권의 신화와 연계하여 그 보편적 실체를 논술하고 있다. 공간적인 이유에서

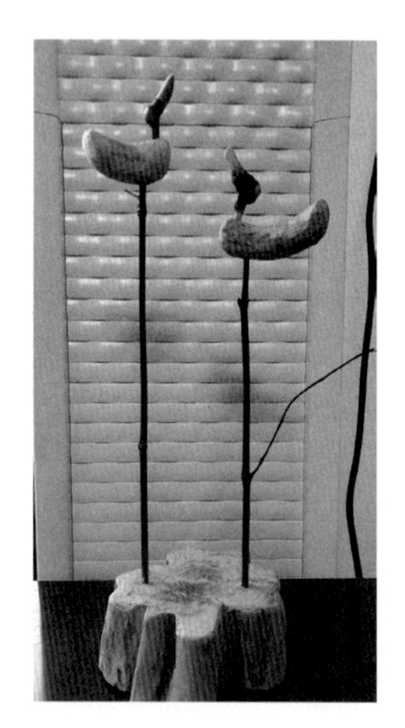
필자가 직접 만들어본 솟대

서로 교통이 불가능한 떨어진 문화권에서도 나무에 대한 보편적 신앙이 존재하는 이유를 그는 인간의 생활에서 찾고 있다. 즉 양식으로 열매를, 유일한 연료로 장작과 석탄을, 가지와 가지를 비벼 불을 만들고, 향수와 향료를 얻을 수 있는 중요한 대상이었기 때문이라고 풀이하였다.

고대 문화에 있어서 나무 숭배 의식은 집단마다 다른 여러 다양한 양식과 상징적 성격으로 진화해 갔다. 특히 샤마니즘의 고장인 시베리아의 우주목 신앙은 한국을 비롯한 북아시아 샤마니즘 문화권에 광범위하게 공유되고 있다. 시베리아의 세계수는 전나무와 자작나무로 표상되며 샤만의 의례와 깊은 관계를 맺고 있다. 특히 자작나무는 우아한 자태와 섬세함, 그리고 청결한 이미지와 위를 향해 뻗어 오르는 청결한 기상으로 빛의 나무이며, 시베리아 샤만의 우주 축임과 동시에 "대지의 황금 중심"(야꾸트)에 세워지는 신목이 된다.

북아시아권의 특징적인 세계수 신앙과 관련된 솟대는 성황당과 함께 한국에서 마을신앙의 가장 중요한 주체로 승화되었다. 한반도 솟대는 흔히 풍농을 기원하며 마을의 안녕과 희망을 담아 마을 입구에 세운 기다란 나무 장대와 새로 이루어진다. 그리고 수살대 혹은 진또배기, 짐대라고도 불려 사악한 영들을 물리치는 액막이 기능을 더한 것이다. 솟대와 함께 세워지는 장승이나 성황당은 마을 입구나 언덕, 혹은 산어귀에 위치해 오가는 마을 사람들로부터 숭배를 받아왔다. 성황당은 서낭이라는 특별한 나무 한 그루와 지나가는 행인들이 던져 쌓여진 돌멩이들로 이루어진다. 서낭 나뭇가지나 몸체에 색색의 천조각이나 종이조각들이 매달려진다. 시베리아의 오보(부랴트)에도 유사하게 돌무지가 생기고 색색의 천조각이나 종이조각들이 매달려진다. 사악한 영들과 적들로부터 마을을 지키는 성황당은 흔히 한 마을의 성소로 보존되어 때때로 무당들이 이 성황당 앞에서 마을의 번영과 안녕을 비는 굿을 했다. 하지만 시베리아와 한반도에서 그간(특히 지난 20세기), 그리고 지금도 미신과 우상으로 몰려 소멸되고, 고령의 노인들만 남은 마을과 함께 스러지고 있다.

바이칼 인근의 부랴트 마을 입구에는 이정표와 경계표로 '오보(어워)'를 세우고 신성시 한다. 그것은 흔히 풍광과 전망이 좋은 성소 또는 샤만 바위가 있는 마을 어귀에 세워지기도 한다. 부랴트 민족의 성무의례는 대자연의 신성성에 더욱 의지하는 양태이다. 유르타(유목 텐트) 중앙에 자작나무를 세워 놓고 뿌리는 아궁이에, 꼭대기는 굴뚝으로 나가 하늘을 향하게 한다. 샤만이 이 나무를 올라 아홉 개의 하늘 층을 상징하는 아홉 개씩의 구멍을 파고 엑스터시에 빠져든다. 에벤키 족은 이때 오리, 거위의 솟대를 옆에 놓기도 한다. 꼬략족의 경우 까마귀를 앉히기도 하여 태양과 관련된 삼족오 신앙을 연상시키기도 한다. 까마귀는 지상의 구원과 재앙을 멈추게 하자는 염원을 실어 앉히고 있다. 만주, 부랴트, 야쿠트, 일본에서도 까마귀는 신성한 새이고 천신의 사자 역할을 하고 있다. 솟대의 까마귀는 신조였다. 오로치 족은 숲 속에 사람과 동물 모습을 새긴 장대들을 세우고, 나무로 동물과 새의 형상을 만들어 세우기도 한다. 여기서 샤만은 사냥과 어로의 성공을 빌거나 죽은 자의 영혼을 저승으로 인도하는 의례를 행한다.

현대 러시아 소설가 발렌틴 라스푸틴의 소설 『마쬬라와의 이별』 속에도 시베리아 원주민의 신수사상을 반영한 장면으로 보여지는, 바이칼 앙가라 강 속 댐 건설로 수몰되는 섬마을을 끝까지 수호하던 '대왕 소나무'가 등장한다. 투바와 아르샨 인근 시베리아 부랴트 사람들 사이에서는 온천에 대한 숭배의식이 있다. 치유 효과가 있는 온천 주변 지역에서 자라고 있는 나무들에 대한 숭배의식으로 이어져 있다. 특히 뛰어나게 잘생긴 거목이거나 나무의 모양이 비정상적일 경우 더욱 그렇다. 예를 들면 몸체가 두 개인 나무이거나 가지에 잎이 불규칙하게 자라난 나무인 경우, "무목"으로 불린다. 지나가는 행인들은 그 앞에 잠시 멈춰서서 소원을 빌기도 한다. 오늘날에도 사람들은 이 특별한 나무들 앞에 차를 세우고 동전이나 다른 개인 소지 물들을 놓고 작은 천 조각이나 손수건을 가지 위에 매달아 놓는다. 그들은 이 나무들에 특별한 영적 능력을 부여하고, 여행하는 동안 행운을 가져다주고, 또 사고로부터 보호해 준다고 믿는다. 이런 믿음은 인간의 운명을 지배해 온 강력한 자연의 도움에 의한 안녕의 바램을 드러내고 자연의 힘에 대한 경외감을 나타내는 것이다. 한국 성황당보다 다양한 기능을 갖고 활성화되어있는 것이다.

시베리아 쿠르간 묘 출토 청동 장대투겁 위의 세 개 가지 위에는 세 마리의 새가 앉아 있다(두 마리는 방울을 물고 있다.) 서봉총 신라 금관에도 세 개의 나뭇가지가 솟아있고 그 위에 세 마리의 새가 앉아 있다.(사진1, 2) 환웅 신이 거처하는 장소로 알려진 태백산의 신단수는 우주를 향한 산 정상에 하늘을 향해 꼿꼿이 서 있는 세계의 기둥이며, 하늘과 땅 사이를 잇는 하나의 축으로 여겨지고 있다.(김열규 교수) 이 나무의 모양새는 신라 금관에서 보이는 출(出)자 모양이기도 하다. 김 교수는 또한 그것을 솟대나 수살대 혹은 진또배기와 관계짓기도 한다. 그는 솟대를 인공적인 서낭

나무로 상징하면서 시베리아의 "오보"나 "투루"와 비교하고 있다. 투루는 무목으로 불리는 커다란 나무 기둥인데, 땅에서 하늘 우주로 올라가는 사다리나 관문으로 알려져 있다. 선사시대 이래 신화 속 솟대는 우주목(宇宙木)이면서 우주적인 공간의 축(the world axis)으로 여겨지며 그것은 북아시아에 퍼져나간 샤마니즘의 문화파동의 맥락에서 이해되고 있다.(이필영, 《솟대》 94p.)

신의 대리자, 메신저

시베리아의 솟대-오보와 쎄르게는 샤마니즘적 요소들을 강하게 지니고 있다. 한국의 솟대는 보편화되어 농경마을의 신앙대상물로 장승과 돌무덤, 돌탑과 함께 액막이와 풍농 기능이 강화된 복합 양상화한 것이다. 육당 최남선은 불함문화론에서 우리의 성황당과 당산(堂山)은 시베리아 오보(몽골의 악박(鄂博)), 솟대는 만주의 신간(神竿)에 연결시키며 "신간(神竿)은 고대에는 불함문화계 공통의 영표(靈標)"라 하며 일본의 조거(鳥居)(도리이)까지 연결시켰다. 일본 도리이(鳥居)는 경건히 통과해야 할 신사나 절의 대문으로 쓰인다. 김열규 교수는 솟대를 인공적인 서낭나무로 상정하면서 시베리아의 "오보"와 비교하고 있다. 샤만이 오르는 나무 기둥-무목(Shaman Tree)은 땅에서 하늘로 올라

가는 사다리나 관문으로 알려져 있다. 시베리아로 이어진 유라시아권의 특징적인 세계수 신앙과 관련된 솟대는 성황당과 함께 한국에서 마을신앙의 가장 중요한 주제로 승화되었다.

한반도의 솟대는 그 위에 나무나 돌로 만든 새, 주로 오리를 올려놓고 풍농 또는 안녕을 비는 인공적이며 상징적인 기둥이라는 점에서 시베리아의 돌간 족이나 퉁구스 족의 솟대와 북미 인디언의 토템폴(Totem Pole)의 그 형상과 상징적 의미가 상통한다. 흡사한 점은 무조(Shaman Bird)를 올려놓은 인공적인 세계수인 것이다. 새는 통상 야생오리이거나, 까마귀, 거위, 갈매기 때로는 독수리가 등장한다. 새는 시베리아인들에게 하늘과 땅, 물 속까지 삼계를 넘나드는 능력이 있고 특히 철새는 초월적인 세계와 인간 세계를 넘나드는 신조(神鳥)로 인식되기에 충분했다. 한편 독수리는 힘차고 재빠른 능력과 용맹성으로 천신의 사자나 태양의 새 또는 샤만의 새로 알려져 왔다. 그러나 오늘날 한국에서 이 솟대는 더 이상 신과 인간 사이의 매개자이거나 우주의 축으로서의 역할보다는 민초들의 삶 속에 사악한 영으로부터 사람들을 보호해 주는 존재로, 또는 풍성한 수확을 기원하는 대상물이다.

물론 솟대 위의 새는 시베리아 샤마니즘의 신조의 상징성을 지니고 있다. 새는 세 개의 세계(하늘, 땅, 사람 혹은 상계, 중계, 하계)를 여행할 수 있다. 또한 날거나 물속으로 다이빙할 수 있다. 물(원초적 물) 속으로 뛰어든다는 것은 재생을 의미하기도 한다. 퉁구스, 야쿠트, 사모예드 족의 경우, 야생오리는 비와 관련되어 천둥새라는 별명과 그 울음소리와 관련되어 철(쇠)새 라는 별명을 갖고 있다. 한국에서는 물과 관련된 상징성을 지닌 야생오리는 홍수나 불 속에서도 살아남을 수 있다는 불멸의 의미를 갖기도 한다. 한국 남부 지방에서는 많은 유적지에서 야생오리 모양의 도기들이 종종 발굴되고 있다. 솟대 위의 야생오리는 한국에서 북쪽 시베리아에서 날아오는 전형적인 철새이다. 그러나 남쪽에서 농경생활과 쌀농사에 초점이 맞추어 짐에 따라, 솟대는 농업의 수호신이 되었던 것이다.

한반도의 솟대와 시베리아의 솟대 또는 오보 류의 상징물은 이정표와 경계표, 신성물이라는 점과 위에 새를 앉힌다는 면에서 같다. 그것은 북아시아 문화권의 공통적인 문화 요소이기도 하다. 문화의 이동과 전파 관점에서 볼 때, 그것은 한민족 지배문화(청동, 철기문화 시대 위주) 북방 시베리아에서부터 몽골과 만주를 거쳐 한반도에 정착이 이루어지며 형성된 현상이며 변이된 요소를 보여준다.

민속학자 주강현 교수는 몽촌토성에서 발굴된 나무새와 선사시대 암각화에 선명하게 드러난 솟대, 청동기 농경문에 아로새겨진 새를 들어 고래로 새가 신과 인간의 중간지점에 자리잡고 있었던 증거로 역설했다. 솟대는 과연 우리에게 뿐만 아니라 시베리아에도 있으며 아울러 만주 몽고 일본에서도 솟대의 존재를 확인할 수 있으며 이는 일본 도리이(鳥居) 까지 이어진 것으로 보고 있다. 그는 시베리아 레나강가의 사하 야쿠트 샤만(무당)은 죽으면 새로 태어난다고 믿고 물오리를 모시는데 "샤만의 혼을 천상으로 데려가는 역할을 한단다"며 오리, 새를 상징물로 하는 우리 솟대와 원형질은 동일했다고 말했다.

솟대와 소도나 똑같은 입간(장대) 신앙으로 선사 및 고대사회의 북아시아 솟대는 모두 발생기원과 그 기능상의 일치점을 보여주고 있다. 시베리아의 솟대-오보는 아직도 샤마니즘적 요소들을 강하게 지니고 있지만, 한반도의 그것은 무속과 거리를 두고 농촌 마을의 신앙대상물로 장승과 돌무덤, 돌탑과 함께 액막이와 풍농 기능이 강화된 것이다. 그것은 종교 사제의 역할이 축소되고, 지배층의 신앙물에서 피지배층 기층민의 신앙물로 변화된 결과로 보인다. 한국의 무당은 기층민의 삶 속에 그들의 영웅 관우와 장비, 최영 장군 등 특정의 다양한 신령들을 엑스타시 속에 직접 만나게 되며 솟대의 권위를 의례 속에 이용할 필요성이 감소된 연유일 것이다. 다만 샤만적 요소가 사라진 한국의 솟대는 이미 권위는 떨어졌지만, 농촌과 때로는 도시에서도 여전히 마을의 수호신으로 장승과 함께 상징적인 숭배물로 남아있거나 변용, 재건되기도 한다.

신성한 숲

현대 인류는 코로나라는 세균의 위협에 직면하여 절멸의 위기감을 체험하고 있다. 그것은 인간이 자연과 우주의 질서에 도전하여 파괴한 결과로 보여진다. 인간과 자연의 상생공동체 문화 속에 자연과 어울린 수목숭배의 의미를 고찰하고 복원해야 한다. 단군신화의 박달나무, 붓다의 보리수 나무, 스칸디나비아 신화의 이그드라실, 성서 창세기의 생명의 나무, 알타이 신화의 키큰 전나무, 시베리아 샤마니즘의 자작나무, 우리의 솟대와 성황나무 등 인류는 나무에게 의지해왔다. 자크 브로스는 "나무는 하늘과 가장 가깝게 닿아있는 생물체로 땅과 하늘을 서로 연결시킴으로서 신들이 다니는 통로의 역할을 했다"고 지적했다. 그는 기독교 문명권의 자연파괴적 선교행태를 비판하며 자연과 어울린 확고한 인문적 상상계가 존속한 과거 세계 우주목 - 신수신앙을 주목했다. "신성한 숲은 오랫동안 인간이 종교적 경건함과 자연에 대한 외경심을 체험하는 곳이었다." 자크 브로스는 지구촌 신화 속 나무 이야기와 함께 숲의 의미를 폭넓게 설명하고 있다.

21세기 현대 한반도의 솟대는 주로 땅에 고정된 솟대로 새로 세워지기도 하지만, 전시관에 전시되는 예술품으로 다시 태어나기도 하며 또 다른 변형이라고 볼 수 있는 돌이나 금속을 재료로 한 솟대들도 나타나고 있다. 여기저기 되살아나고 있는 시베리아 바이칼 지역의 오보와 쎄르게는 솟대의 기능과 함께, 거의 사라지고 있는 한반도의 성황당과 당목의 원형으로, 여행객들에게 그들 원주민들의 신앙의 부활을 보여준다. 한국에서 솟대는 주로 농촌에서 마을공동체의 풍요를 기원하는 것이었지만 점차 도시와 농촌에서 예술품으로, 또는 개인의 희원과 안정의 기원을 담는 기념물로서 명맥을 이어가는 추세이다.

"해마다 장대에 날아와 앉은 새는 늘 바람을 맞으면서 꿋꿋이 서서 마을을 지켜준다. 그리고 해가 바뀌고 또 다시 새로운 솟대가 세워진다. 오래 묵은 장대는 스러지고 새로운 장대가 세워진다. 새는 늘 제 자리를 묵묵히 지킬 뿐이다. 그 역사를 면밀하게 적어낼 수는 없다. 민족생활사의 도도한 흐름속에서 마을상징물로 남아서 전해지고 있는 것만은 분명하다." 주 교수의 신념이다.

"솟대는 꿈과 희망의 안테나입니다. 솟대는 예부터 주민들이 함께 만나는 장소가 되기도, 함께 각자의 바람을 기원하는 신이 되기도 했죠. 지금 이 시대에 주민들과의 소통, 즉 사회적 자본을 쌓는 데에 솟대만한 것도 없습니다."(주강현, 1995년 6월 21일자 한겨레

신문)

주 교수는 솟대가 공동체 문화의 상징이라고 주장한다. 그는 "솟대는 주민들의 염원을 담아내고 희망을 만들어 낸다. 시대가 달라도 여전히 사람들은 함께하길 원하고, 소원을 기원하며 희망을 갖길 원한다"며 "솟대로 21세기 형태의 공동체 문화를 만들기를 바란다"고 말했다. 실제로 흔히 마을 사람들이 함께 나무나 돌로 된 긴 장대 위에 오로지 새 모양의 조형물을 올려 음력 정월대보름에 동제를 올릴 때 마을입구에 설치했다. 집안에 작은 솟대를 만들어 놓으면 집안으로 들어오는 액운을 막는 것으로도 알려졌다.

솟대는 오래전부터 하늘과 땅, 인간들끼리 서로 의사를 전달하고자 하는 의지 표현의 수단이다. 제정일치의 시대 이래 권력의지에 취한 인간은 하늘과 단절되었지만, 기층 속에서 이러한 상하를 이어주는 중개자로 무당과 함께 솟대 새가 남았던 것이다. 솟대 위의 새, 그것은 하늘과 백성을 이어주는 신의 사자로, 메신저로 여긴 것이다.

북미 인디언의 토템폴까지 선사 및 고대사회의 입간(장대) 신앙을 잇는 솟대 문화는 모두 하늘과 땅에 대한 경외감 넘친 숭고한 신앙체계를 기반으로 한다. 특히 한국 솟대의 조형미는 단순소박하면서도 하늘을 향해 솟아있는 고고한 기품으로 신과 인간의 메신저의 비상하는 품새가 압도적이다. 되살아나고 있는 한국과 시베리아 바이칼 지역의 솟대와 오보, 쎄르게는 여기 우리 곁에 사라지고 있는 한반도의 성황당과 당목과 함께 지구위기에 대응한 구원과 희망의 근거를 표상할 수도 있을 것이다.

대자연과 하늘에 대한 신성과 외경심을 복원해야 한다. 현대 인류는 나무와 숲을 파괴하고 물과 공기를 썩게 만들어, 오리와 박쥐, 코끼리에서 미생물과 바이러스까지 삶과 종족보존의 터전을 빼앗으며 인간 자신의 목숨을 위협받게 된 것이다. 나무를 무분별하게 베어내는 무모함을 멈추고 초대형 농업경작과 산업화의 가속화를 지체시킬 시간이 되었다. 특히 기독교를 비롯한 기성종교는 유일신 또는 인격신과 함께 자연신의 존재를 인정하고 존숭해야 할 시점이 되었다. 지난 세기 급격한 산업화의 여파와 대형 사원과 교회의 위세는 유일신을 강조하며 우상을 숭배하지 않겠다는 의지로 온갖 토템과 나무 및 숲의 파괴를 감행했다. 한민족 문화의 기원과 형성과 깊은 관계가 있는 솟대와 소도 전통, 솟대와 장승문화 복원이 필요한 것이 아닌가. 금속문화가 아닌 나무문화, 북아시아 샤마니즘 문화의 신목 문화를 돌아보며 신성한 숲과 생명을 살려내야 한다.

솟대의 염원

대자연을 배신한 인류에 대한 응징의 시간인가? 중동과 유럽의 전쟁이 끔찍하다. 같은 뿌리의 정교회 문화권 러시아 군대가 우크라이나를 침공해 많은 인명과 문화재가 파괴되고 있다. 동서 문명이 충돌하고 제3차 세계대전의 위협에 직면하는 것은 아닐까 걱정이다. 이미 인류는 코로나로 팬데믹에 빠지고 누구나 감염의 위협에 직면하여 고통과 회한에 잠겨있다. 현대과학의 한계를 보며 물신이 아닌 다른 방편을, 물신주의를 버리고 자연과 우주의 섭리를 따르는, 다름 아닌 지구촌을 지키는 인류의 영적 부활을 생각할 시점이다.

캐나다 북서부의 토템폴[6]

솟대는 태고이래 하늘과 땅, 인간과 자연 상호간에 의사를 소통하고자 하는 의지와 희망의 표현이었다. 세워진 솟대는 죽은 나

6 캐나다 북서부의 토템폴, 즉 솟대의 변형으로 무척 화려하다.

무를 다듬어 생명성을 부여하는 작업이고 우주와 연결된 모든 생명의 표상이 되어 윤회와 부활을 꿈꾸는 듯, 하늘로 향한 인간의 마음을 상징하는 조형예술이다. 되살아나고 있는 한국과 시베리아 바이칼 등지의 솟대와 오보, 성황당, 쎄르게는 여기 우리 곁에 사라지고 있는 한반도의 성황당과 당목과 함께 지구위기에 대응한 구원과 희망의 근거를 표상할 수도 있을 것이다.

상황을 설정해 본다. 전래 인간과 자연의 상생공동체 문화 속에 자연과 어울린 수목숭배의 의미를 고찰하고 복원한다. 총과 칼의 금속문화의 사악한 영들을 물리치기 위해 수목 신앙을 되살리고 나무 기둥에 새를 앉혀 마을 입구나 언덕마다 세워 놓고 생명과 평화를 향한 염원을 빌어본다. 마을마다 사람들이 소도의 성역에 모여 자연의 힘에 대한 경외감을 살리고, 강력한 자연의 도움을 기원하게 될 것이다. 환상일까?

총과 칼의 금속문화의 사악한 영들의 전쟁터 우크라이나에는 유라시아 스키타이 황금문화 유물이 많다. 그 찬란한 황금문화 유물과 유적이 훼손될까 두렵다. 오늘날 인류는 황금예술문화의 보존과 함께 나무문화 정신을 복원해야 한다. 솟대와 소도의 정신에 따라 용서와 평화의 정신을 배우고. 죽은 자와 죄지은 자를 품어 안고 생명을 불어넣는 소도 정신을 되살려 볼 때이다. 나무 십자가를 지고 돌아가신 예수님의 뜻, 모든 생명을 아끼던 부처님의 마음과 무위자연의 노장의 가르침을 일깨워야 한다. 죽은 나무를 다듬어 생명성을 부여하듯 우주와 연결된 모든 생명의 의미를 되새기고, 하늘로 향한 인간의 마음을 일깨워 겸허한 인간계의 지속과 지구의 존속과 평화를 희구, 기도해야 한다. 한류 속에 솟대와 소도 정신을 담아 평화를 노래할 때가 아닌가?

3장 한류의 뿌리 – 역사와 기원

축제적 한류

춤추고 노래하고 뛰고 노는 능력이 한류의 근본일 수가 있다. 한민족은 이른바 예인(藝人) 기질이 탁월한 민족이다. 서태지에서 비티에스까지 가수 무용가들과 손흥민, 김연아와 박태환, 박세리, 김연경 등 스포츠 스타가 현대 한국의 영웅이다. 텔레비전을 보면 이즈음 한국에는 모여서 함께 노는 예능 프로가 대세이다. 각 지자체와 단체의 행사는 서구적 축제 양식에서 한국전통의 풍자적 연희와 국악과 트롯이 대세로 전변하는 양상도 감지된다. 한류의 근본이 예인(藝人) 기질이라면 그 역사는 깊고 넓다. 말 달리고 뛰어노는 대륙적 기질이 근간이며 수렵유목 생태사와 농경사회화 과정과 엮여있다.

그 옛날 한국인의 습속을 그려 놓은 여러 기록 속에서도 나타난다. 이미 중국의 '삼국지(三國志)' 동이전(東夷傳) 고구려 편에 "그 나라 백성들은 노래하고 춤추기를 좋아한다. 나라 안 모든 촌락에서는 밤만 되면 남녀가 여럿이 모여서 서로 노래하고 논다. …사람들은 성질이 깨끗하고 맑다. 자기 집에 술을 빚어두고 먹기를 좋아 한다. … 걸음걸이 역시 모두 달음질치는 것과 같다. … 시월이 되면 하늘에 제사를 올리는데 이 때가 되면 나라 안 사람들이 모두 모인다. 이것을 동맹(東盟)이라고 한다. 공사(公事)로 모일 때 입는 옷은 모두 비단에 금은으로 장식을 한다." 며 그 옛날 한국인의 습속을 그려 놓은 기록 속에서도 나타난다.

한국고대사의 강역을 북방대륙에 연계시켜 민족시원 연구에 천착한 주채혁 교수는 "'삼국지(三國志)'동이열전(東夷列傳) 30 부여(夫餘) 편에 나라에는 국왕이 있고 6가축으로 관부(官府)를 이름지었으며(축산 위주 산업)…… 은(殷) 나라 정월에 하늘에 제사지내는 '영고(迎鼓)'에는 나라에서 큰 잔치를 벌이고 날마다 마시고 먹으며 노래하고 춤추었다(連日飮食歌舞)는 기록이, 한류를 꿰뚫는 역사적 본질을 고스란히 담고 있다"고 본다고 역설하였다. 그는 "부여에서 고구려와 백제가 나왔고, 조선이나 가야와 신라도 핵심 세력이 북아시아 한랭 고원 건조지대인 북아시아 툰드라-타이가-스텝이라는 광활한 '순록-양 유목권'에서 각각 서로 다르거나 또는 비슷한 시기에, 같거나 이웃한 너른 땅에서 기원한 것으로 보이기 때문"에 그렇다는 것이다. 고구려 동맹(東盟)과 예(濊)의 무천(舞天)이 바로 영고(迎鼓)와 같은 그런 추수감사제로, 항상 시월에 밤낮으로 술을 마시고 춤을 추었다(晝夜飮酒歌舞)라는 구절을 강조하였다. 이 모두가 넓은 의미에서 "같은 생태권의, 같은 생업권에서 태어나 발전하며 창업한 나라들의 축제라고 볼 수 있다"고 선언하고 있다.

고대한국의 외래계 문물특별전

2021년 겨울 국립경주박물관에선 〈고대한국의 외래계 문물특별전〉이 "낯선 만남 스며들다 외연을 넓히다 다양성을 말하다"라는 부제를 달고 열렸다. 한반도에 대륙과 해양으로 오고 간 선사시대 이래의 문물교류 양상을 보여준다. 주요 유물은 다음과 같다.

| 토용 ; 경주 용강동, 높이 17.0cm/ 토우 ; 경주 월성, 높이 6.0cm
| 낙타모양토기 : 창원 현동, 높이 8.1cm
| 검파형동기 : 예산 동서리, 길이 25.0cm | 여러 가지 철제품 위원 용연동
| 명도전 : 위원 용연동, 길이 14.0cm
| 야요이(弥生)계 토기 : 사천 늑도, 높이 24.5cm
| 청동 세발솥 : 울산 하대, 높이 49.8cm

| 대모(바다거북 등껍질)제 장신구 : 평양 석암리, 높이 2.2cm
| 홍색 호박제 장신구 : 평양 석암리, 길이 4.0cm

그 외 명도전, 낙랑토기, 황금보검 등 이 모두가 외래 유물이다. 특히 황금보검이 눈에 뜨인다. 금 알갱이와 석류석이 화려하게 장식된 칼집과 칼 양식과 기술은 분명 카자흐스탄 등지 중앙아시아나 흑해 연안에서 신라로 들어온 것으로 추정(동아일보 2021-11-29)되고 있다. 전시 팜플렛의 문구에서는 이국적 외모를 가진 다양한 사람들의 모습이 묘사되고 있다. 특히 경주 월성에서 출토된 터번을 쓴 토우, 덥수룩한 턱수염과 우뚝 솟은 코, 크고 깊은 눈을 가진 경주 용강동 무덤 출토 토용과 원성왕릉(괘릉)의 무인상이 대표적이다. 푸른 눈이나 다른 피부색을 가진 이국적인 사람들이 고대부터 유라시아 동쪽 끝 한반도에 들어와 살았다는 것으로 해설하고 있다.

해설에서 일본은 물론 중국을 넘어 더 먼 서쪽 지역의 다양한 사람들이 오고 가며 반도 끝까지 다양한 문화요소와 기술의 전파를 동반한 문명교류가 동서로 이루어진 증거가 된다. "나아가 언어, 문자, 종교, 사상, 예술에 이르기까지 현재의 우리가 확인하기 어려운 다양한 정보의 교환도 함께 이루어졌을 것"으로 설명했다. 이어 "후기 구석기시대 동북아시아는 돌날, 좀돌날 등

대체로 공통된 문화를 공유하는 세계였습니다. 이후 신석기, 청동기시대를 지나는 긴 시간 동안 다양한 지역의 다양한 사람들이 한반도로 들어왔고 환경에 적응하면서 서서히 특징적인 한반도의 선사문화를 만들어 갔습니다."라는 설명에 이어 "선사시대 이래의 문물교류 양상은 한반도 서북한지역의 청동기가 철기로 대체되던 시점에 급격한 변화를 맞이합니다. 요령식 동검을 특징으로 하는 한반도 최초의 고대국가인 고조선에 철기문화를 가진 수 만 명의 중국계 유민들이 이주·정착하고, 한군현이 설치되는 등 본격적인 갈등이 시작됩니다. 그 영향은 한반도 남부에까지 미쳐 삼한 사회에 한국식 동검 문화가 등장합니다. 대체로 환경적 요인에 의한 이주로 설명되던 선사시대의 교류는 이제 망명, 신기술의 전파, 갈등과 전쟁 등 정치·사회적 요인에 이르기까지 다양화, 구체화되어 우리 역사에 스며들기 시작합니다."라고 설파하고 있다.

이어 "주로 동아시아 사회를 중심으로 이루어지던 문물의 교류는 기원전 1세기를 전후한 시점부터 그 외연을 확장해 나갑니다. 전통적인 동북아시아 해로와 해상 실크로드라고 부르는 바닷길이 연결되면서 동남아시아를 비롯한 다양한 지역에서 반입된 유리구슬들이 등장합니다. 그리고 한(漢)나라와 맞서면서 세력을 형성하던 흉노와 한반도의 교류가 시작되면서 북방 유목민족의 상징적 동물장식 장신구와 금속제 솥들도 나타납니다." 나아가 한반도 남부 해안지역에 약 200년에 걸쳐 지속적으로 출토되는 일본의 야요이(弥生) 토기들의 존재도 확장된 문물교류의 양상을 잘 보여주고 있음을 강조하였다. 과연 고조선 시대전후로부터 이 땅 한반도와 유라시아 세계의 다양한 민족과 국가들은 각종 국제적 교류활동을 펼치면서, 본격적인 문화융합이 되고 있었음을 알려 우리의 시야를 넓혀주고 있다, 국경이 뚜렷하지 않던 고대이래 한반도와 유라시아 세계의, 서역의 활발한 문명교류는 지금 한류의 근원 유전자로 작동하고 있는 것으로 봄직하다.

한편, 경주를 중심으로 한 신라에서는 서역산 문물, 즉 유리용기와 금속기에 세공된 서역계 문양들, 경주 계림로 14호 무덤에서 출토된 황금보검 등 스키타이-알타이 황금문화 유산과 연계와 공유된 고대적 문명교류의 실체를 추정케 한다. 이미 2011년 12월1일~ 2012년 2월26일 기간 서울 예술의전당 한가람미술관에서 '스키타이 황금문명' 전시회가 있었다. 유물은 우크라이나 국립중앙박물관과 국립역사박물관 소장의 스키타이와 사르마티, 훈족 등의 유물로 신라금관 문화와 흡사한 면모를 확인시켰다. 한반도에는 고고학 유물 양식과 디자인과 함께 샤마니즘과 기마유목문화까지 가장 뿌리가 깊은 유라시아 세계의 정신문화가 공유되어 있음을 환기시킨다. 국경이 뚜렷하지 않던 고대이래 한반도와 유라시아 세계의, 서역과의 활발한 문명교류의 결과는 지금 한류와 한문화의 근원 유전자로 작동하고 있는 것이 아닌가.

샤마니즘과 선도사상

한국인의 융통성과 다이나미즘은 어디서 오는가? 아마 가히 추종을 불허하는 이러한 외래문화 수용성과 기후적응력에 있는 것으로 본다. 한반도의 혹독한 기후변화와 이에 적응한 저장발효문화와 함께 지정학적, 지문화학적 요인에 의한 생존전략에서 온 것으로 판단된다. 유라시아 대륙과 해양의 모든 문화소를 혼융해서 체화하는 포용성과 재창조 능력과 힘으로 보인다. 특히 종교적 신념과 마인드와 의례의 기저에는 기층 한국인의 믿음인 무속이 깊게 깔려 있음을 본다. 이 무속의 뿌리는 북방 샤마니즘에서 연원하였음이 통설이다. 비교신화학 측면에서, 김열규 교수에 의하면 단군신화를 비롯 상고대 신화의 왕권신성화는 무속원리에 의해 신성현현된 이야기로, 일본 신화와 함께 이러한 무속적 원형은 북아시아 샤마니즘과 맥을 같이하는 스토리텔링에 서로 유사한 구조를 보인다.

샤마니즘이란 것은 원래 시베리아 제 종족 오스탸크, 사모예드. 퉁구스 등 우랄 알타이 계 종족과 유카길, 축치, 코략 등 고아시아 종교체계와 현상을 지칭한 것이다. 샤만Shaman 이란 단어는 퉁구스 족의 단어로 마법사, 주술사, 제사장, 치유사의 의미를 갖는다. 샤마니즘은 타 문화와의 교류를 통해 변해왔다. 한국 샤마니즘 속에 수용된 불교는 원래 인도에서 중국으로 넘어가 도교의 영향을 주고받고 한국에서 선도사상 등과 융화되어 절마다 삼신각을 두게 되었다. 그것은 민중 속 희망과 염원을 담아 불사, 장생, 초월적 불멸과 현세적 불멸추구의 선도사상과 융화되었지만 미신으로 치부되고 핍박받아 왔다. 다만 불교사원의 삼성각과 산신각은 사찰의 한 부분으로 삼신-삼성(三聖, 환인, 환웅, 단군)을 모시고 버티고 있다.

그간 유가와 불가, 그리고 기독교의 억압과 전횡에도 불구하고 삼신, 신선 사상은 민중 속에 면면히 유지한 한국 민중의 보편 삶의 철학을 추동하는 믿음이었다. 이 믿음이 기저한 우주관, 고대신화에서는 하늘 신과 땅의 신의 대립과 화해로 이루어진 것으로 본다. 무당의 역할도 이 대립과 화해를 중재하고 상생을 추동하는 것이다. 흑 샤만이 아니고는 어둠에서 밝음을 지향하는 것이다.

육당 최남선은 밝음-부르칸 사상 속에서 샤마니즘 문화권에선(仙)적 요소가 광범위하게 분포되어있다고 보았다. 그래서 선(仙) 수련의 기본 프로세스는 수화(水火)의 구조를 이루고 있다. 선(仙) 사유의 기본 틀은 하늘 신인 화(火)와 땅의 신인 수(水)의 구조로 갈등과 화해의 양상을 반복한다고 보았다.

수렵유목 문화에 기반한 북방 샤마니즘은 한반도에 정착하여 그 천신숭앙 코드가 신라금관 장식 사슴뿔, 또는 우주목의 가지 모양 장식으로 남아있다. 스키타이 황금문화에 연루된 이러한 금관 장식 사슴뿔, 또는 우주목의 가지 모양 디자인은 민가 굿이 진행되었던 소도에서는 오리를 앉힌 솟대로 전승되었다. 선적(仙的) 사유는 토테미즘, 애니미즘과 함께 인류문명 발상지에서 기원해, 인류 이동로와 교섭 루트를 통해 전파되며 자연환경에 적응해 온 것이다. 단군신화와 연결된 게쎄르Geser 문화권과 동이(東夷)문화권, 샤마니즘문화권도 몽골리안루트를 통한 문화교류에 연결되어 있다. 한국 고대신화, 신앙과 연희, 민화(民畵)/ 십장생도/ 장생물의 그림도 포괄적으로 연루되어 있다. 시베리아 에벵키족 샤마니즘의 곰 신화는 단군신화를 떠올리게 하고 바터얼쌍 신화는 공주의 곰나루 설화와 사뭇 같은 내용이다. 무엇보다 몽골과 시베리아 샤만의 몸짓과 리듬과 의상 디자인은 한국 무당의 굿 음악과 춤사위와 복장과 흡사하다.

놀이 한류, 불사추구와 유토피아 희구, 신명과 인간애

신라향가 가객은 화랑이고, 그들의 풍류도는 오늘의 신명나는 한류 연희와 통한다. 춤과 노래를 통한 현세에서의 공동체의 삶의 가치를 긍정하는 태도가 풍류도의 기본 이념이었다, 더구나 삶과 죽음을 연결하여 생명의 존엄성을 더욱 드높이는 씻김굿 등 샤만의 연희는 죽음을 수용하는 문화였다. 그런데 지금 한국 도시에서는 죽음을 외면하고 죽음을 인정하지 않는 문화가 팽배하고 영혼 없는 기술문명의 세례로 무제한 속도의 환각과 쾌락을 좇아 친부 친모가 자식까지 죽이는 사태가 일어난다. 심지어, 이태원 좁은 골목길에서 159명의 청춘이 한순간에 집단희생되는 참극을 방조하였다.

한국 장고와 북과 징의 어울린 풍물 소리와 리듬은 대륙 초원을 질주하는 말발굽 소리와 마상의 기수의 역동적 몸짓과 리듬을 재현한다. 한반도 곳곳에 마굿간, 말무덤으로 입증되던 기마민족의 담론은 몽골과 시베리아, 스키타이 문명 그리고 고대 고구려, 신라인의 노래와 춤에 결부시켜 해석되어야 한다. 몽골음악 호메이의 창법과 가락 장단이 그것이고 아리랑에 대한 초원 기마인들의 깊은 공감과 상호 기시감 또한 회자되고 있다.

고조선과 고대 한국문명 전반에 관련 있는 은(殷) 및 동이(東夷)계 원시 종교는 동북아 샤마니즘이 주축으로, 그 흔적과 표징은 홍산 문화 등 요하 유역 문명의 유물에 나타나고 있다. 특히 샤마니즘은 동아시아 유력 문화체계인 신선(神仙)설과 도교의 발생 기반이라는 사실은 널리 인증되었다. 고고학자 최몽룡 교수에 의하면 한반도는 거대한 유라시아 대륙의 다양한 문화소가 농축되는 맹장, 충수돌기였다.

몽골 역사에 정통한 주채혁 교수는 "음주문화, 젖과 육고기나 생선 및 곡식으로 만들어 먹는 온갖 음식문화, 노래를 부르니까 그 가사에 역사나 철학 및 문학과 만담도 들어가고 춤을 추니까 택견이나 곡예도 내포된 종합예술이었다고 보아야 한다."며 몽골 원곡(元曲)이나 탈춤에서 공연자와 관중이 더불어 어울리는 북아시아의 놀이문화의 공유 양태를 언급한다. 주 교수는 더불어 이 땅의 음주가무문화 양상을 갈파한다. "술을 서로 권하고 술잔을 돌려가며 마시는 특유의 음주법이 술판을 주도했을 터이다. 공연자와 관객이 함께 마시고 먹고 노래하며 춤추는 이런 특유의 굿판은 물론 유라시아 북방 유목민 나름의 생태사가 빚어낸 열매로서의 축제문화다."라고 축제적 한류의 뿌리를 정의한다. 그것은 물론 서구적 카니발의 속성도 공유한 모습으로 불러야 할 것이다. 현대의 기획된 축제 속에 사라진 이러한 원형적 축제 요소는 장례나 잔치문화, 또는 마을제와 같은 한류 속에, 또는 간혹 굿판에서 엿볼 수 있다.

한국인은 전형적인 호모 루덴스다. 조흥윤 교수는 한국 민중 문화의 두 가지 특성으로 놀이와 신들림을 들면서 한국 민중은 다른 나라와 비교하여 훨씬 다양하고도 독특한 놀이 문화를 가꾸어 왔다고 보았다. 그는 『한국巫의 세계』에서 풍물소리와 굿판의 장단 소리, 그 속의 신명을 주목하며, 민중의 놀이는 일 속의 놀이, 여가 속의 놀이, 신앙 속의 놀이라는 세 가지 양상으로 전개돼 왔다며 다음과 같이 말했다.

“한국 민중의 놀이는 이렇듯 일과 대비되거나 구분되는 개념으로서의 놀이가 아니다. 그것은 일과 여가와 신앙 속에서 그것들과 함께 얽히고 어우러져 즐겨지던 삶의 표현이다. 한국 민중은 놀이를 그렇게 삶의 율동으로서 익히고 생리로 가다듬어 왔다. 그것을 일러 민중의 호흡이라 하여도 좋을 것이다.”

요한 호이징가(Johan Huizinga, 1872~1945)는 1938년에 출간한 『호모 루덴스(Homo Ludens)’에서 놀이는 문화의 한 요소가 아니라 문화 그 자체가 놀이의 성격을 가지고 있다고 역설했다. 인류가 아프리카 대륙을 떠나 유럽으로, 아시아로, 알라스카와 베링해협을 건너 아메리카로 이동한 유랑의 역사, 그것은 먹거리를 찾는 여정이기도 하지만 오히려 그것은 유토피아를 향한, 현재와 이곳을 벗어나 미래와 저곳을 향하는 기질과 용기에 기반한 것이다, ‘생각하는 인간(Homo Sapiens)’은 시간이 지나면서 이성을 숭배하고 이상향을 그리면서 현재와 이곳을 낙원으로 만들겠다는 의지와 함께 "그리하여 현대에 와서 인간은 '만드는 인간(Homo Faber, Man of the Maker)'임과 동시에 '노는 인간' 또는 '놀이하는 인간'이 되었다"는 것이다. 그러나 '생각하는 인간'과 "같은 차원에 속하는 술어로서 취급해야 할 것이 '놀이하는 인간(Homo Ludens, Man the Player)'이라고 생각된다."고 역설하였다.

풍류 사상은 단군신화로 소급하며 인간의 본성을 공동체 사상적 본질로, 홍익인간의 천부인(天符印)은 인간본성의 보편성을 상징하고 자아의 주체성과 인간존중의 원리에 입각했기에 21세기까지 이어진다. 철학적으로 체계화되지 못한 무속적 사유는 오히려 기층 한국인 피 속에 살아있고 기독교 문명의 위기를 치유할 수 있는 대안으로 제시되기도 한다. 무속적 사유에서 존재체계 이해의 핵심인 영(靈)의 존재 양상이 부활되어야 한다. 그 바탕에는 무한한 인간애와 생명에 대한 경외감이 깔려 있기 때문이다.

무엇보다 한국문화소 속에는 씨름과 줄다리기 등으로 보여주는 집단적 신명과 놀이적 요소가 때론 엄숙한 제의와 조화되어 흥취를 돋군다. 더구나 원래 수련 요소가 강한 풍류(소리, 놀이, 한풀이)는 기예와 함께 타악기가 주도하는 풍물적 측면으로 분화하기도 했다. 나아가 신선수련은 호흡과 동작과 함께 놀이로 유희화 되기도 하고 심신수련의 수단으로 전이되고 있다. 그러나 정과 인간애를 담은 기층문화 속에서 해학적 연희로 발전되기도 한 무당의 굿과 마당놀이는 신명의 한마당이고 인간의 본원적 불사추구와 유토피아 희구에 닿는 빛이자 과정의 몸짓으로 보아야 하며 축제적 한류의 근원이다.

민족문화의 뿌리와 공생의 북방 시베리아

한반도, 특히 그간 서세동점과 분단 이후, 섬 같은 위치에 갇혀있던 남한 사회는 해양문화가 밀려들며 원래의 대륙문화적 기개를 잃어 조급성과 분열적 민족성이 배태되었다. 하지만 모든 신앙을 공인하고, 동서양 문명을 융합하여 문화복합(culture complex)을 이루어내며 인터넷, 이동통신 등 부문의 독창적 기술, '한류'와 같은 새로운 패러다임의 문화를 창조하고 있다. 유라시아 대륙에 포괄되고 지정, 지문화적으로 통합적(integration) 위상에 근접한 한민족은 홍익인간의 이념에 의한 평화적이고 근면한 품성으로 자연과 인간, 동과 서, 강대국과 약소국 사이의 중재와 타협을 자임할 수도 있다. 나아가 유럽에 이르는 북방 유라시아대륙에 유럽러시아와 아시아의 상생-복합문명 공간 형성을 주도할 잠재력을 갖추고 있다. 특히 중국의 한인 동포와 러시아의 '고려인'의 적응력으로 입증되는 바와 같이 한민족의 타민족과의 상생과 융화 잠재력은 누구보다 우수하다고 볼 수 있다.

한국에서 북방 유라시아대륙과 한반도의 연계성과 관련한 연구와 관심의 역사는 짧고 얄팍하다, 특히 북유라시아 한랭 고원 건조지대와 한반도는 자연생태상으로나 역사적으로 밀접한 상호관계를 맺어온 지역임에도 불구하고 한국인의 심상지리 속에는 단절된 공간이었다. 오랜 기간 북아시아 여러 종족이 북유럽에서 북태평양 연안까지, 곰과 호랑이 늑대까지 짐승을, 또는 물고기를 숭배하며 조상으로까지 섬기는 문화가 공유되어 연결되었다. 백두산 호랑이가 시베리아 호랑이와 생태유전학적으로 접맥되는 것은 당연하다.

지난 세월, 북방 시베리아 관련 기록은 한국의 정통 사서에는 거의 찾아볼 수 없었다. 한국 역사학계가 그간 중화사상과 주자학의 위압에 눌려 고대사 부분 및 발해에 대한 언급조차 자제하지 않았는가 의구심이 든다. 더구나 사마천의 사기(史記)이래 작금의 '동북공정'까지 한반도 강역을 축소-왜곡하려는 중국의 '공정'은 지속되어 왔다.

그러나 1920년대 당대 선구적 지식인이자 사학자였던 육당 최남선은 그의 '불함문화론(不咸文化論)'에서 고대 한민족의 시원문화 형성루트 및 분포를 유라시아 전역으로 넓혔다. 그는 상고시대의 한민족 문화를 "불함문화"로 칭하고, 단군신화-천손강림신화를 바탕으로 이 문화가 퍼져 고대 중국과 일본문화의 뿌리를 형성했으며, 그것이 유라시아 전역에 퍼졌다는 가설을 주장했다. 그는 여기서 몽골과 만주족과 함께 시베리아 퉁구스계 종족 오룬춘(에벤키)과 솔론, 길리악 족들의 부르한 내지 불함 숭배풍속으로 연결시켰다.[7] 20세기 중엽까지도 한국 지성계와 문학계에는 분명 시베리아 공간에 대한 현실적 이해나 관념, 또는 기억이 거의 없었다. 다만 단군신화의 곰 신앙과 함께 신화와 솟대 등의 민속, 그리고 구전설화('나뭇군과 선녀 이야기' 등) 와 같은 문학 담론 속에 정신 문화적 상징 공간으로 명맥을 유지해 왔을 뿐이다.

근간에 한민족의 북방, 특히 시베리아 기원설이 학계에 널리 퍼져있다. 우리의 신석기 선조들이 당시 시베리아를 지배하던 주민들과 관계가 깊다는 것이다. 이는 나름대로 이유가 있는 주장이다. 무엇보다도 과거 시베리아에 널리 퍼진 민족이 북방 몽골로이드 또는 고아시아 족이었다. 한민족도 고아시아 족의 후예로 치부된다. 그리고 한민족의 가장 오래된 종교인 무(또는 무속)의 원류는 샤마니즘이란 이름으로 고스란히 시베리아 곳곳에

7 최남선 지음, 정재승, 이주현 역주, 『불함문화론(不咸文化論)』 (서울: 우리역사연구재단, 2008) 26쪽, 196-197쪽.

남아있다. 시베리아 곳곳에서 발굴되는 무덤을 보면 신라 '적석목곽분'의 유물(말의 순장, 곡옥 등)과 흡사하다. 시베리아 일대의 토기들도 우리의 신석기 시대 빗살무늬토기와 청동기 시대 민무늬토기와 거의 같은 모양이다. 또한 우리나라에 전래된 청동기 문화의 유입경로와 관련하여 알려진 바는 특히 시사하는 바가 크다. 즉 중앙아시아의 강대한 유목민 스키타이 족이 흑해 지역과 교류를 하면서 받아들인 청동기를 바이칼 호 주변 미누신스크 지방에 전달하고 그것이 만주를 거쳐 우리나라에 유입된 것으로 알려져 있다. 이것이 우리 민족 문화의 근원과 대륙적 기운을 북방공간 만주와 시베리아에서 찾고자 하는 북방 기원설의 요지이다. [8]

한국 고고인류학계에서 그간 한반도 인종의 기원지로 언급되었던 지역은 북방지역-중국동북부지역, 발해만 등 연해주 지방에서 바이칼 호 유역의 시베리아로, 그리고 알타이와 몽고지역

---

8 이러한 바람은 국내의 우리문화 복원을 통한 한국인의 정체성 찾기 바람과 관련되고 세계적인 한민족 네트워크의 형성에 힘입어 이루어지고 있다. 특히 우리 문화의 복원을 주장하는 주강현 박사는 「21세기 우리 문화」에서 바이칼 호수를 근간으로 하는 시베리아의 샤마니즘, 툰드라의 수목 숭배, 그들의 축제, 새 숭배와 우리의 무(무속)와 세계수, 신라 금관, 굿과 제례, 솟대와 연관시켜 설명하며 대륙 문화적 기질의 복원을 시베리아와의 접촉을 통해 도모할 것을 시사하고 있다.

으로 확장되었다. 신석기 시대 우리나라 각 지역엔 서로 다른 문화의 인종이 살고 있었다고 한다. 이들 다른 인종은 주로 북방대륙에서 서로 다른 길로 한반도로 남진-유입된 것으로 밝혀지고 있다. 특히 바이칼 호 인근 지역을 비롯한 시베리아 몇몇 지역을 민족 형질이 완성된 곳으로 비정하고 있다.

고고학자 김정배(金貞培) 교수(고려대)는 한반도와 시베리아 신석기시대 토기-빗살무늬토기-의 유사성과, 무덤 속의 시신의 머리 방향-동방선호의 일치 등을 예로 문화유사성을 강조하였다. 즉 이 문화의 담당자가 바로 당시 시베리아에 살았던 고아시아족으로 이들이 한반도로 유입되었다고 하였다. 그는 한반도와 만주 일대에 살던 고아시아족은 고아시아어를 사용하였고 이 언어의 잔재가 이기문 교수에 의해 주장되던 고구려 어휘 속의 길랴크(Gilyaks)어와의 일치성에서 찾을 수 있다고 하였다. 또한 단군 신화에 보이는 웅녀사상이 시베리아에 퍼져있는 곰 숭배 사상에 뿌리를 두고 있다고 하였다.[한영희, 79쪽]

고고인류학의 문헌에 의하면 시베리아와 한반도에는 신석기시대 이래 빗살무늬 토기를 공유하고, 철기시대 스키타이 등 유목문화와 유라시아 초원문명이 공유되어 신라 금관의 문양을 낳았다. 고고학자 최몽룡 교수에 의하면 고래로 한반도 문화는 대륙의 맨 끝단에 위치한 지정학 상 특성에 의해 마치 문화 저장지역과 같은 복잡 다양한 성격을 지녀왔고, 그것은 많은 부분이 시베리아로부터 이전되거나 다시 역 이전되는 양상, 즉 상호교류를 해왔었다.[9] 시베리아는 이제 연해주와 바이칼 지역을 중심으로 한민족의 대륙적 정체성 회복과 세계중심의 한 축으로서의 위상 정립을 위한 연구와 교류의 대상지가 되어야 한다. 민족의 북방원류가 이어진 시베리아길이 항공로, 해로, 철로, 육로로 복원되면 그 옛날의 초원길과 모피로드, 실크로드로 연결되는 것이다.

두만강 건너에 위치하고 있는 러시아의 극동·연해주는 우리 민족과 끊임없는 경제, 문화 교류를 해온 지역이며, 한때 발해의 터전이었을 뿐만 아니라 조선시대 이래 정치적 탄압이나 굶주림을 피해 반도를 떠난 한인들의 정착했던 삶의 현장이었으며 일제 치하 독립 운동가들의 거점 지대이기도 했고 예술인들의 시적 상상의 무대였다.[10] 이미 고고, 민속, 언어, 인류학적 측면에서

9 최몽룡, 『도시, 문명, 국가』, (서울: 서울대출판부, 1998), 249쪽.

10 구한말 1880년대 우수리 남쪽과 쑤이펜 분지와 아무르 유역의 블라고슬로벤나야 등지에 약 9천여 명의 한인 농민들이 집단적으로 이주해 농업을 시작한 것이었다. 당시 한인들의 영농 기술과 성실성은 러시아인들에게 매우 높게 인정을 받게 되었다. 따라서 한인들은 아무르의 철도 건설 공사에도 직접 참여하게 되었다. 이후 극동의 한인 수는 일제의 한반도 침략을 거치면서 급격히 늘어났다. 그러나 1937년 스탈린 치하에 17만 5000명의 이 지역 한인들이 갑자기 중앙아시아로 강제 이주되었다. 한인이 일본의 소련 침략에 이용될 수도 있

시베리아는 한민족 시원 및 형성과정과 깊은 관련이 있는 지역이며 미래 유라시아 생활문화한류 공간이 될 수도 있다.[11] 유라시아 대륙으로의 진출은 한민족의 대륙적 정체성 복원과 관련되며 구한말 이후 시베리아, 만주 지역에 정착한 '북방' 한민족('고려인', '조선족', '북한인')의 정체성과 역사의 복원과도 연계된다.

시베리아 지역은 고래로 많은 민족의 부침하며 다양한 유라

다는 누명을 씌워 몰아낸 것이지만, 결과적으로 맨손으로 쭝앙아시아 농업개발에 투입되어 소련, 러시아의 곡창지대를 만들어냈다.

11 러시아는 전통적으로 유럽 국가이지만, 동시에 아시아 국가로서 시베리아, 극동·연해주에서 다인종 구성에 의한 문화융합을 시도해 왔으며 이를 바탕으로 강대국으로 성장하고 그들의 제국주의적 양태를 양혀 받기도 하였다. 러시아는 아시아계 원주민과 이웃 국민들과의 공생적 관계 속에 시베리아, 극동·연해주에서의 유라시아 복합문화를 도모할 시점에 있으며, 한민족은 지난 한국 근대화의 역사적 경험을 바탕으로 이를 위한 주도적 참여자가 될 수 있다. 시베리아, 극동-연해주에서의 유라시아 복합문화 발전은 한국과 러시아의 공생공간의 실현으로부터 시작될 수 있으며, 그것은 단순한 인구이동에 의한 물리적 결합, 또는 막연한 개념의 유토피아적 꿈이 아닌 영구적인 융화를 위한 실천적 공간을 구축하는 것이어야 한다. 특히 자연과 공생하는 개발에 의한 새로운 문명공간으로, 다문화가 공존하는 열린 공간이고 공생이념이 창조되는 공동체 사회관계 공간으로 발전되어야 한다.
여기서 경제적 상생의 행정이 이루어져야함은 물론, 러시아 슬라브계와 함께 한국, 북한, 고려인의 한민족 공동체와 아시아계 모든 원주민의 정신과 생활문화가 보존되며 융화되어야 한다. 분단된 작은 반도에서 지난 20세기 동서양 문명을 융합해 온 한국이 그 연결고리들을 만들어 갈 수 있다. 시베리아 공간에 한민족과 러시아가 공생하는 시스템을 구축하는 것은 결코 천년왕국 신앙이 아닌 실천적 담론이 되는 것이다. 그것은 우리만의 유토피아가 아니고 아시아와 유럽, 그리고 나아가 세계가 공생하는 신문명의 모델 공간이 되어야 한다.

시아 문화를 형성하여 왔던 공간이다. 채집, 수렵, 유목, 농경의 단계를 거친 생활공간이며, 특히 스키타이, 흉노, 몽골 세력이 유럽과 아시아를 관통하며 시공간을 축약하여 문화복합을 이루던 곳이다. 샤마니즘과 곰 신앙, 솟대와 성황당 같은 전통 토속신앙과 유럽과 아시아의 문명이 만나고 불교, 이슬람, 기독교 등 타문화공동체와의 교호작용이 일어났던 공간이다.

러시아 동진정책 이후 러시아-유럽적 문화요소가 대거 유입되며 시베리아는 러시아·슬라브 문화가 북동 및 중앙 아시아적 문화 요소를 융합한 특이한 복합문화공간이 되었다. 그러나 시베리아의 유목, 기마 문화는 유럽과 아시아대륙의 동서교류에 적지 않은 역할을 해왔으나 서세동점의 세계사에서 하위문화로 전락하기도 하였다. 샤마니즘을 비롯한 고아시아 또는 북방 소수민족의 다양한 문화자산이 소멸되고 있다. 그러나 미래에는 그와 같은 국경을 넘는 유라시아 복합문화-문명권 형성이 화두가 될 것이다. 이제 러시아는 유라시아주의와 시베리아 지역주의자들의 주장을 다시 검토하고, 자연과 타종교, 문화에 대하여 원주민이 지녀온 겸양의 미덕을 수용하여 공생하는 시베리아-유라시아 복합문화 공간 구축을 고려해야 할 것이다. 최몽룡 교수의 말대로 한반도는 이 모든 유라시아 대륙의 신앙과 문화가 아우러져 공존하는 복합문화를 이어받고 있다. 한국은, 러시아 고고학자 메드베데프 박사의 주장처럼, 시베리아 샤마니즘의 원형이 가장 잘 보존된 나라이다. 말하자면 한민족은 전통 유불선과 기독교와 자연에 순응하는 한류로 유라시아 복합문화를 주도적으로 재현하고 창조할 당위성을 갖는다.[12] 다문화화 과정에 있는 한국은 문화 다양성 확보를 위해서도 시베리아지역에 관련된 언어, 민속, 고대 역사, 문화와 인류학적 자료를 비 오리엔탈리즘의 시각에서 해석하고 종합하여, 유라시아인들과 함께 동서양 공생의 복합문화의 시공간을 주도할 역량을 갖춘 것이다.

12 이러한 순응은 인간과 자연을 포함하는 모든 타자와의 공생의 전략에서 나온 것이어야 한다. 모든 타자와 공생하는 시스템은 고래로 북 아시아적 시공간 속에서 실천적 담론이 되는 것이었다. 유라시아 샤마니즘으로 대변되는 고대 북아시아 문화 체계 속에는 수렵과 유목, 농업 대가족 공동체 문화 속에 자연과 모든 타자와 어울린 확고한 대륙적 상상계가 존속했었다고 본다.

4장 고조선 강역, 아리랑과 김산, 님 웨일스

지정학과 역사 공간 한반도

한반도는 섬이었다. 유라시아 대륙 끝자락 충수돌기처럼 튀어나온 형상으로, 한국 땅은 그간의 분단과 삼면이 바다로 섬 같은 조건에서 해양과 대륙진출을 도모하는 강대국들 틈바구니에서 다리와 교두보 역할을 했다. 특히 지난 19세기 말, 20세기 초 약육강식의 시대에 식민주의자들의 먹잇감이었고, 그리고 패배의 무대였다. 그러나 서세동점의 역사 속에 선각자와 독립운동가들에 의한 도전과 응전 속 희망의 공간이었다. 관점을 돌려놓고 보면 문명의 출발점이 될 수도 있는 땅이다. 사계절 대륙풍과 해양 생태환경과 인종과 문화가 섞인 유라시아 문명의 마지막 기착지로 농축 발효된 음식문화로 표상된 새 맛과 향을 창출한 곳이다. 한류의 뿌리는 민족의 문화인류학적 유전자에서 살펴보아야 할 것이다. 국경의 의미가 달라지는 시대, 다문화 현상과 더불어 민족 개념을 초월한 고래의 문화소와 전통, 그 현상에 대한 지리문화적, 그리고 지정학적 관점의 천착과 연구가 요구된다. 대륙에 연결되고 해양으로 뻗어있던 반도에 살아온 우리의 기질과 잠재력도 이 땅의 풍토와 연계되어 있음이다. 그래서 국경의 의미가 없던 시절의 한반도의 삼국시대 이전 고조선과 그 시대를 짚어보며 우리의 실체를 되짚어 보는 작업이 필요하다.

『고조선Древний Чосон』 번역의 추억

필자는 1980년대 중반 국사편찬위원회로부터 "고조선"이라는 제목의 러시아 역사서 번역을 의뢰받았다. 우리 고조선의 실체를 의심하던 그 시대에 러시아 역사가가 기술한 책을 번역해 달라는 의뢰를 받고 흥분했다. 천신만고 끝에 『고조선Древний Чосон(Ю. М. Бутин)』번역이 완성되고[13] 고려대 김정배 교수의 감수를 거쳐 국사편찬위원회 간행 비매품으로 출간되었다. 당시엔 소련에서 나온 책은 모두 금서였다. 다양한 사료적 근거를 들어 기술한 부틴의 이 책은 남북한, 러시아와 중국 사가들의

13 이 책의 번역 원본은 부틴(Yu. M. Butin)이 쓰고 1982년 노보시비리스크의 〈나우카〉 출판사의 시베리아 지사에서 발간한 러이아어판 『고조선-역사·고고학적 개요』이다. 유. 엠. 부틴은 이르쿠츠크 국립공대 역사학 교수를 역임했다.

여러 역사적 관점으로 고조선의 강역과 문명을 논증했다.

당시 한국국사학계와 일면식도 없고 한국사 특히 한국고대사에 대한 일자무식인 나는 허둥대며 한국고대사 관련 문헌을 찾아 기본지식과 고대사 용어를 익혀보려 했지만 망연자실했다. 당시 고조선에 관한 국내 학자의 책은 전무하고 삼국시대를 포함 고대사를 포괄하는 약간의 관련 논문과 서적 또는 교과서를 몇몇 찾아 들고 실망이 자못 분노를 낳았다. 다만 단재 신채호 선생의 『조선상고사』와 당시 문정창이란 재야 사학자의 『고조선연구』가 유일하게 참고가 되었다.

대체로 당대 이 나라 사학계는 단군과 고조선 역사를 신화 영역으로 밀어 둔, 또는 실증사학의 연구대상으로 여기지 않는 분위기였다. 지금도 식민사관이 뿌리를 깊게 드리우고 있다고 한다. 문제는 여기서 시작했지만 내겐 고조선의 강역 문제와 함께 고고학적 서술 속에서 대륙으로 연결된 한민족 역사를, 그것도 소련학자에 의해 논의되는 내용에 충격을 받았다. 이 사건은 일제 강점기 식민사관에 물든 내 머리와 가슴에 커다란 충격을 준 대사건이었지만, 소련시절 당시 국사편찬위원회에서 의뢰한 이 책이 이후 국내 일반 출판사에서 번역판으로 나오며 나의 기억 공간을 떠나갔다. 필자의 번역이 모자랐고, 이제 더 온전한 번역본이 다시 출간되길 바란다.

부틴의 이 책 속 '문헌자료에 나타난 고조선에 관한 지리적 고찰' 장에서 부틴은 "조선의 위치문제는 류학구, R. Sh. 자릴가시노바 등과 같은 소련학자들에 의해 지속적으로 연구되어왔다." 고 설명하며 중국의 고대 지리서인 『산해경』에 있는 "발과 조선" 운운하는 구절로 고조선의 위치를 해설하였다. 북한 학자들은 이 『산해경』이 기원전 3세기에 나온 것이라고 추정하고 『산해경』의 러시아어판 서문에도 이 지리서의 원본이 기원전 3세기경에 편찬된 것이라고 밝히고 있음을 전했다. 거기에는 다음과 같은 구절이 있어, "朝鮮在列陽東, 海北山南, 列陽屬燕."[14] 이 구절은 북한 측에 의해 다음과 같이 번역되어 있음을 인용하였다. "조선은 열량(列陽) 동쪽에, 바다 북쪽 산악지대 남쪽에 있다. 열량은 연나라에 속해 있다." 여기에서 조선의 지리적 위치를 정확하게 알려주고 있는 세 개의 지명 가운데 연나라만이 그 위치가 분명하다는 지적이다. 연나라의 중심부가 현재의 북경 지역에 있었다는 것이다.

부틴에 의하면 조선의 위치문제는 고려인 류학구, R. Sh. 자릴가시노바 등과 같은 소련학자들에 의해 지속적으로 연구되어왔음을 밝히며 더구나 "류학구는 고대 중국의 사학자인 사마천

14 『산해경』 권 12, 상하이, p. 57.

이 쓴 『사기(史記)』에 언급되고 있는 고조선 관련 자료들을 바탕으로 고조선의 위치를 밝히고" 있음을 논증하고 있다. 이어 도유호, 이병도, 이지린 등 남북한 역사가들의 "연구 성과와 고대사서가 담고 있는 내용을 바탕으로 고조선의 위치를 보다 명확하게 고찰할" 것을 다짐하였다.

부틴은 조선에 대해 언급하고 있는 가장 오래된 기록은 기원전 8~7세기경에 관중이 집필한 『관자』에서 찾아볼 수 있다고 하면서도 그 단편성을 지적했다. 다만 고대 중국인들이 이미 기원전 7세기 무렵에 조선에 대해 잘 알고 있었으며 조선을 동이(東夷)로 구분하였고, 고대 중국의 제후국들이 조선과 정기적인 교역관계에 있었다는 사실을 알 수 있었다고 하였다. 그는 『관자』에서 발-조선이라는 표현과 관련하여 자릴가시노바의 독자적인 종족의 명칭이라는 주장과 이지린의 주장, "단어 발이 고대 한국어에서 불, 볼과 함께 '나라' 혹은 '위치'를 의미하고 있다"는 주장을 전하며 북한의 역사연구소의 해석인 "조선은 열양의 동쪽에, 바다의 북쪽에 있는 산의 남쪽에 위치하고 있다. 열양은 연에 속해 있다."는 해석이 가장 올바른 것으로 받아들여진다고 지적하고 있다. 그리고 이지린의 주장, 열량은 지명이 아니며 열수의 북방을 의미하며, 결국 열량은 "조선이 연에게 빼앗긴 '2천리'의 한 부분이었을 것"이라는 말에 동의하며, 조선에 속한 그 열량은 실제로 연나라 북쪽에 위치하고 있었다는 결론을 내리고 있다.

이 책은 "조선은 기원전 1천 년대 후반기에 존재한 고대 한민족의 정치 연맹체로 볼 수 있다. 어디에 위치했었는가 하는 문제(동북 중국과 한국의 경계 문제)는 아직도 논쟁의 여지가 있다. 열량이 한무제(漢武帝)가 조선의 영역 안에 설치한 낙랑군 지역 내에 위치한다는 데에는 학자들 사이에 이견이 없다"라고 주석에서 밝히고 조선이란 명칭이 당시 고대 한민족이 거주하던 북방의 일정한 영토를 확실하게 가리키고 있었다고 진술했다. 부틴은 북한의 역사연구소와 이지린 등 북한학자들과 함께 이병도, 안호상을 중심으로 다른 한국학자들의 주장을 인용하고 있다. 이로써 오늘날 남한의 윤내현 교수, 이덕일 선생 등이 주장하는 "광대한 고조선"(이덕일, 67)의 실체를 국제적으로도 인식할 토대가 마련된 것이다.[15]

필자는 지금 2천년대 한국학자들의 고조선사 특히 강역문제

15 이덕일 선생은 단군 조선이 북방에 몽골까지 광대한 터전을 지배했었음을 논증하고 있다. 다만 고구려, 신라, 백제 시대에 상징성이 약화된 이유로 다음과 같이 설명하였다. "단군이 민족 전체의 시조로 받들어진 때는 고려 시대였다. 그 이전의 다른 고대국가들은 모두 자국의 시조를 직접 하늘과 연결하고 있었기 때문에 단군을 시조 이상으로 숭모할 수 없었다."(이덕일, 김병기, 49-50쪽) 다만 그 고대국가들은 "고조선 이후에 존재했던 여러 고대국가들이 자신들이 고조선의 강역에서 나누어 일어났음을 인식하고 있었음을"(이덕일, 김병기, 52쪽) 확언하고 있다.

에 대한 연구성과를 충분히 검토하지 못했지만, 동북아 역사논쟁과 유라시아 동서 패권전쟁 중의 오늘의 지정학적 현실 속에 고조선사 특히 강역문제 연구는 미래를 바라보면서 더욱 필요한 과제로 인식한다. 한류도 토대와 근거가 있어야 함에, 이 땅에 장보고의 해양성을 간직하며, 대륙성을 고양시키는 드넓은 고토와 드높은 문화의 고대사를 인식하고 케이-콘텐츠로 풀어내고 작품화하여 밀려오는 제이-콘텐츠 등에 대응하거나 압도하며 세계시장에 지속적 우위를 확보해야 하지 않겠는가?

그간 중국의 동북공정(東北工程)이 발동되고 일제 강점기 이래의 식민사관의 영향으로 축소지향 역사관이 아직까지 그 잔재가 남아있어 우리의 무의식을 지배하며 정체성 상실과 패배주의로 이어지는 문제를 안고 있다. 일제 식민사관이 단군조선을 부인하고 고조선의 강역을 평안남도 일대라고 주장했던 것은 한강이북이 중국사의 영역이었다고 주장하는 중국 동북공정의 논리와 완전히 일치한다. 일본과 중국의 이 거대한 음모는 국가적인 차원에서 조직적으로 이루어지고 있다는 점이다.

고조선이 고대의 역사가 아닌 오늘날 우리의 "현대사"인 이유가 바로 여기에 있다. 동북공정과 같은 역사를 조작하려는, 그 심각한 지정학적 음모와 갈등은 아직도 우리 사회 내부에조차 잔존하고 있다. 자기비하와 축소지향적 역사관과 비굴한 사대주의 문화로 열등감을 털어내지 못하고 때론 남의 국기를 흔들며, 일본 우익은 아직도 독도를 탐내고 있는 현실에 직면하고 있다.

역사 공간 한반도에서 북방으로

한민족의 정체성에 대한 천착은 한반도를 넘어 문화 강역적 측면의 고대사 공간 속에 펼쳐져야 한다. 중국 고서들에 나타난 "동이(東夷)" 조선과 조선인에 대한 평가 즉 '잘 노는 민족'으로 폄하만 해서는 답이 없다. 고조선, 예맥, 고구려, 발해 등 고대사 북방대륙 선조들은 과연 홍익인간과 풍류문화를 즐기고 신선도를 지녀 영적 능력을 기르고, 무교와 유불선 속에 그러한 유전자를 남긴 것으로 보여진다.

한민족의 지배적 원형질은 북방 유라시아 대륙에 기반한다. 물론 남방식 고인돌의 지석 문화와 쌀농사 등 남쪽 문화의 유입이 우리문화의 저변에 깔려 있지만, 단군신화의 곰과 호랑이-곰이 웅녀가 된 이야기-는 북방 유라시아 대륙의 신화와 긴밀히 연결되어 있다. 고고유물들 속에 한반도 청동기 유물과 신라금관은 유럽에서 한반도까지 연결된 단일 문화적 양식이다. 스키타이 황금문화에 연결된 신라의 금관문화까지 이 땅에선 화려한 유라시아 문화적 영향권 속에 금속 문화가 발전한 것이다. 그것은 우크라이나에서 알타이, 신라를 잇는 '초원의 길'인 북방 스텝 노선(실크로드는 남방노선)으로, 특히 훈과 스키타이 황금문화가 유럽에서 한반도까지 동서양을 잇는 광대하고 화려한 문화권이 형성되어 있었음과 한국의 대륙적 정체성을 반증하고 있다.

그것은 약탈을 일삼던 제국주의 시대의 해적문화가 아닌, 대지에 뿌리박고 공동체 문화를 간직하던 안정된 신앙과 사고체계가 아닐까? 즉 대륙성, 天地人의 수직적 위계를 인정하고 자연과의 공생의 담론이 살아 있는 세계관이 회복되어야 할 시점이다. 그리고 아시아-동양의 정신문화와 인문의 정신이 이미 서구지성들의 깊은 관심꺼리라면 그 뿌리를 간직한 한반도에서 새천년 인류를 이끌 새 이데올로기와 담론을 형성해야할 책무를 느껴야 한다.

지금 북방에선 무슨 일이 벌어지고 있나? 시베리아·극동지역 러시아에서 대중국 경제교류가 급증하면서 중국인들이 밀려들고 있지만, 이와 대조적으로 러시아, 시베리아 인구는 급감하면서 그에 따른 위기감이 조성되고 전 러시아 경제발전 동력의 문제가 제기되고 있다. 이러한 미래를 우려한 러시아의 일각에서 회자되었던 블라디미르 수린 박사가 주장하는 한-러 공생국가(Symbiotic State)와 같이, 한민족과 함께 시베리아 또는 극동-연해주에서의 공생의 틀을 생각하고 있다. 그것은 외국 또는 '외국인을 흡수하려 하지 않는 한국인'을 파트너로('내국인 대우'를 고려하며) 그 땅의 보존과 경영을 도모하겠다는 것이다.

그러나 러시아 측의, 인구동태학자인 수린의 논점은 문화, 문명적 측면을 거의 도외시하고 있다. 무엇보다 우선 러시아는 한국과 함께 유라시아 공생의 복합문화 또는 공동 문명 프로젝트를 시도 할 수 있다. 그것은 단순한 경제개발 협력이 아니라 러시아와 한민족의 미래를 위한 새로운 공생문명의 창조 가능성을 탐색하는 시험대일 수도 있다. 이 과정은 미래 한반도 통일과정에서도 동북아 국제질서와 미래 한반도의 진운을 결정하는 주요 변수가 될 수 있다. 한국은 이미 이 지역에서 러시아와 상호 보완적 경제교류를 통한 한국-러시아의 공생 시스템의 기반을 어느 정도 만들어 왔으며 문화적 동질감을 발견해왔다. 한국은 중국의 조선족과 러시아의 고려인, 북한의 주민과 함께 동북아의 한민족 문화공동체를 태동시키고 한민족의 신명의 문화 잠재력을-"신 한류"와 같은-발휘하여 동북아 공생문명 창조에 나설 수 있다. 나아가 동북아 국제질서의 안정과 공영을 위한 중재 및 선도적 대안을 위한 일종의 "북아시아경제문화공동체"를 제시할 수도 있다.[16]

16 19세기 이래 20, 21세기 들어 유라시아주의자를 비롯한 러시아 지성인들에 의

아리랑은 한반도의 우리 민요이다. 그러나 북방 대륙의 보편적 정서를 반영한 가락에서 발전한 것으로 보여진다. 실제로 아리랑은 한민족의 노래이자 북몽골리안과 다수 고아시아의 후예들에게 흥과 한을 동시에 느끼며 기시감을 주는 가락이다. 동시에 부랴트나 투바의 '흐미' 또는 '호메이' 가락은 한국인에게 문득 먼고향 초원을 상기시키며 깊은 애수를 불러일으키기도 한다. 바이칼 지역과 함께 투바의 샤만이나 사얀산맥 자락 아르샨의 약수와 성황당- 오보 풍습을 보며 필자와 한국인 일행은 잠시 격한 흥과 한의 감정과 함께, 그들의 표정과 그곳의 풍광을 보며 강한 데자뷔 현상을 맛보곤 한다. 그 순간 원주민 부랴트(코미)인 그들은 중국인이나 슬라브인들에 대한 원망을 토로하며 한국인에게 형제애를 강조하며 함께 가자, 살자는 말을 한다.

한민족 기층문화 속에는 마을마다 언젠가 돌아갈 대륙을 꿈꾸는 철새를 앉힌 솟대를 세우고, 북을 두드려 악귀를 쫓아낸 전통이 살아있다. '만주와 시베리아는 우리 땅이었다' 또는 '우리 땅이 되어야' 한다는 욕망을 이야기하는 게 아니다. 단지 그 땅에 살고 있는 근면한 우리 동포들과 소멸되어가는 동이, 고아시아

하여 아시아적 문화와 원천이 러시아 내부, 특히 시베리아에 존재하고 있음이 밝혀지고 있다. 알렉산드르 두긴Александр Дугин은 '유라시아당'이라는 신당을 창당했다.

의 후예들과 함께 지속 가능한 한-유라시아 공생의 신문명을 창조하고, 동북아 평화공존을 주도할 역사적 명분이 우리에게 있다는 것을 말하는 것이다. 지난 세기 미국인 님 웨일스는 극히 객관적으로 한국, 한국인의 고품격 정체성을 인정하였다.

님 웨일스Nym Wales의 '아리랑'

지난 20세기 초중반 서양인의 시선에 의해 보여진 한국인과 한국정서를 다룬 흔치 않은 책이 님 웨일스Nym Wales의 『아리랑Song of Ariran』(1941)이다.[17] 님 웨일스는 이 책에서 김산의 구술을 바탕으로 김산과 그의 동지 한국독립운동가들의 투지와 기개와 열정, 인간애와 사랑과 절망을 담아내고 있다. 이 책은

---

17 《Song of Ariran : The Life Story of a Korean Rebel》(1941,N.Y.)이 나온 지 80년이 지났고, 근간에 나온 〈김산 평전〉(이원규 지음, 실천문학사 펴냄)은 님 웨일즈가 쓴《아리랑》이 담을 수 없었던 장지락의 억울한 '죽음'을 전하고 있다. 그는 중국 공산당 활동을 하고 김성숙 등과 조선민족해방동맹을 결성해 중국에서 독립운동을 하다가 중국 공산당 극좌노선을 대표하는 캉성(康生)에 의해 일제와 결탁했다는 누명을 쓰고 1938년 10월 19일 총살당했다. 에필로그에는 그의 아내 조아평과 아들 고영광(1945년 조아평이 재혼한 뒤 계부의 성을 갖게 됐다)의 이야기도 담고 있다.
중국 관료가 된 아들 고영광의 노력으로 1983년 중국 공산당 중앙조직부는 장지락의 처형이 잘못이었음을 인정하고 그의 '명예 회복'을 결정했다. 아들 영광은 지난 2005년 한국을 방문해 장지락 출생 100주년을 맞아 한국 정부가 수여한 건국훈장 애국장을 아버지 대신 받기도 했다.

서세동점과 제국주의의 물결 속에 소멸된 나라의 민족 비극과 운명에 결부시켜 양심적 서구 여류지성이 주목한 조선독립운동가 장지락 즉 김산을 다룬 전기적 역사서이기도 하다.

> "여러가지 면에서 한국은 극동에서 가장 아름다운 나라이다. 산은 우뚝 솟아 있고, 강은 유유히 흐르고 있으며 어디를 보나 비온 후의 신선함과 푸르름이 느껴지는 나라이다."
>
> "반짝이는 조약돌이 깔려있는 냇가에서는 부인네와 처녀들이 무명옷을 눈처럼 희게 빨고 있다. 이상주의자와 순교자들의 나라가 아니라면 그 여인네들이 이처럼 눈부시도록 깨끗한 청결을 위해 그토록 힘든 노동을 감내하지는 않으리라." "머리는 성모 마리아처럼 깔끔하게 수건으로 감싼다. 나는 주저하지 않고 한국인이 극동에서 가장 우수한 민족이라고 단정했다."

님 웨일스는 흰 무명옷을 "눈처럼 희게" 빨고 있는 "성모 마리아처럼 깔끔하게" 수건을 쓴 한국 여인들에게 감탄하고 있다. 작가는 한·중·일 세 나라의 전체적 인상에 더불어 국토와 마을에 대한 비교와 함께, 조선 농촌의 목가적인 정경에 찬탄을 보내고 있다. 님 웨일스는 기독교계 지식인으로서, 성모 마리아를 비견한 한국 여인의 모습과 품격에 대한 칭송으로 한국인들에 대한 최상의 헌사를 진술했다.

님 웨일스의 증언으로 오늘의 영화 한류의 단서가 규명되고 근원이 밝혀지는 듯하다. 당대 "한국인 영화배우는 일본과 중국에서 모두 인기가 좋다."는 것이다. 이어 "이렇게 아름답고, 총명하며, 우수해 보이는 민족이 외형상 두드러짐이 없는 조그만 일본인에게 지배당하고 있다는 것이 생물학적으로도 걸맞지 않는 듯한 느낌이 든다. 안짱다리의 작달막한 일본인 관리가 칼을 차고 거드럭거리며 여러명의 한국인들에게 거만하게 명령하는 것"을 이해할 수 없었음을 토로한다. 객관적 입장과 생물학적 이유에서 한민족의 우수성을 논하는 님 웨일스의 한국 땅, 한국인 예찬은 흥미롭다.

한류스타 탄생이 주로 미국에서 시작되고 있는 현 상황에서 세기 전 미국인 여류지성 님 웨일스의 예리한 시선을 다시 주목하게 된다. "그들은 키가 크고, 강인하고 힘이 세며 균형이 잘 잡혀 있어 뛰어난 운동선수들을 많이 배출시키고 있"음을 손기정 선수를 예로 들고 필립 안과 김찬(검은 매미) 등 당대 미국과 중국에서 인기 있는 한국인 영화배우를 예시하며 "잘 생기고 이목구비가 뚜렷한 사람이 많다"고 역설하였다. 지금의 한류 현상의 근원에 시사점이 드러난다.

님 웨일스의 『아리랑』으로 알려진 독립운동가 김산(金山)의 본명은 장지락(張志樂·1905~1938)이다. 장지락은 장북성(張北星), 장북신(張北辰), 장명(張明) 등 10개가 넘는 가명을 썼고, 김산은 1937년 님 웨일스(본명 : 헬렌 포스터 스노우, 에드가 스노우의 부인)와 인터뷰 과정에서 만든 그의 마지막 가명이다. 님 웨일스의 『아리랑』은 한국과 중국의 현대사 기록에 보이지 않던 독립운동가 김산(장지락)의 전기이며 한국의 근현대사의 이면을 묘사한 역사서로도 훌륭하다.

"우리 한반도는 언제나 일본에서 중국으로, 중국에서 일본으로 혹은 시베리아에서 남쪽으로 진출해 나가기 위한 디딤돌이 되어 왔다. 수백년 동안 한국은 북방문화의 중심지였는데, 오랑캐들이 중국을 침략하는 길에 언제나 한국에 침입하여 한국의 아름답고 개화한 도시와 농촌을 황폐하게 만들어 버렸다."

김산이 토로한 한반도의 지정학적 역사 인식이다.

김산은 근대 한반도의 지정학을 논해 "한국은 수 백년 동안 북방문화의 중심지였음에도, 오랑캐들의 중국 침략 길이 될 수밖에 없는" 위치로(31쪽) 비극적 운명이었으나 비록 정복된다 하더라도 끝까지 정체성을 유지하며 재기의 기회를 기다려 왔던 아리랑 정신을, 그 역사를 환기시킨 것이다. 김산 자신도 그 맥락에서 조국의 독립과 민족의 해방을 위한 투쟁의 일환으로 중국 혁명에 참가하고 있음을 진술한 것이다. 그는 한국인이 그렇게 많은 억압과 고통 속에 "동양에서 가장 믿음이 깊은 기독교 민족이 된" 것이며 그래서 아직 종말은 아니며 "최후의 희생이 마침내 승리를 가져오리라는 희망을 간직"하고 있다는 것이다. 그렇게 "한국은 아직도 마지막 아리랑 고개를 올라가서 그 오래된 교수대를 때려부술 정도의 힘은 가지고 있다"(34쪽)는 혁명가 김산의 의지가 강변되고 있다. 이러한 김산의 의지를 전하는 님 웨일스의 공감도가 어느 정도였을까, 다만 역사기록에 충실하고자 한 님Nym은 김산과 함께 오성륜과 김충창 삼인조를 비롯, 알려지지 않은 "만주의 유격대, 한국인의 비합법 활동과 투옥의 기록, 중국과 한국에서의 공산주의자의 지하활동" 등 동양 혁명가들의 투쟁사를 김산의 전기 속에 함께 전하며(25쪽) 아리랑의 '님'이 되고자 한 듯하다.

님 웨일스는 이미 이 책의 프롤로그에서 처음 만나는 김산에 대한 강렬한 인상을 그리며 인간적인 매혹을 느낀 듯 문학적이고 여성적인 세밀한 묘사를 하고 있다.

> "솜이 든 푸른색 커튼을 학자의 손처럼 야윈 손이 옆으로 밀어젖혔다. 크고 인상적인 사내의 모습이 나타났다. 그는 주의 깊게 나를 응시하면서 당당하고 품위있는 태도로 악수를 청했다."

이어 “윤곽이 뚜렷한 그의 얼굴은 너무도 인상적이어서 순간적으로 나는 그가 유럽인이 아닌가 생각”하며 “이 한국인이 대단한 음모가임에 틀림없다고” 단정하며 “감옥의 창백함이 남아있는 것일까? 그러나 그의 빛나는 눈동자가 너무나 정직하고 사려깊어 보였으므로 나는 용기를 내어 말을 꺼냈다.”고 고백하고 있다.

처음 보는 이 동양 남자의 첫인상 외관에 대한 님 웨일스의 여성적인 세밀한 관찰과 통찰이 흥미롭다. 일본인과 중국인들과 비교하며, 그녀의 예민한 시선으로 본 한국인 외모와 품성에 대한 묘사는 찬탄으로 일색(16~17쪽)이었다. 조선 농촌의 목가적인 정경과 성모 마리아를 비견한 한국 여인의 모습과 김산이라는 한국 남성에 대한 칭송은 지금 전세계 공연예술계에서 인기를 끌고 있는 한류 스타들을 떠올리게 한다.

한국은 “북방문화의 중심지”였음에도 근현대의 주변 강대국들의 제국주의 식민지 쟁탈의 대상이었고 급기야 국권을 잃고 20세기 분단체제 속에 남과 북은 외래 이데올로기와 일방적 세계화 추세 속에 문화 식민지로 전락해서 정체성을 거의 다 잃고만 현실을 인식한다. 물론 남과 북은 경제강국, 군사강국의 문턱에 닿아있다고 한다. 그러나 문화적 정체성과 윤리의식은 강국답지 않다. 조국의 독립과 민족의 해방을 위한 김산의 의지와 조선인들의 잠재 역량에 대한 님 웨일스의 신뢰를 돌이켜보게 한다. 비극적 역사 속 도전과 응전의 지난 세기의 현실은 자조적 풍토를 고착화하였다.

독립운동가들의 보편적 정신을 대변하는 혁명가 김산은 탁월한 심미안으로 조국의 문화적 뿌리를 '아리랑'에서 찾고 있다. 슬픔이 담긴 아름다운 선율이 보편적 아름다움의 실체임을 전제하며, '아리랑'은 "민중들의 뜨거운 가슴에서 우러나온 아름다운 옛 노래다. 심금을 울려주는 아름다운 선율에는 슬픔이 담겨 있듯, 이것도 슬픈 노래다. 조선이 그렇게 오랫동안 비극적이었듯이..."라 하며 김산의 미학 또는 예술인식을 토로하고 있는 것이다. "최후의 희생이 마침내 승리를 가져오리라는 희망을 간직"하리라는 아리랑 정신의 실체는 희생으로 나타났고, 그렇게 "마지막 아리랑 고개"는 김산 자신의 자기희생에 대한 확신에서 나온 말이고 염원이었고 희망의 근거였다.

한민족의 가락 아리랑

우리가 주목하는 것은 이 책 속에 김산의 '아리랑'에 대한 진술로 슬픈 가락과 가사의 내적 아름다움과 함께 희망의 메시지 관련 언급이다. 김산의 말을 전달하는 님 웨일스의 조선

문화에 대한 애정과 이해가 특히 돋보인다

한민족의 가락은 아리랑이다. 2012년 12월6일 프랑스 세계유네스코 7차 세계유산위원회에서 아리랑이 인류무형문화유산으로 등재되었다. 중국에서는 아리랑을 이미 2011년 5월 국가문화유산으로 등재신청한 상태였다. 중국이 한국의 혼을 가져가려는 이즈음 '아리랑'에 대한 우리의 인식은 미미했고 일반적 설명은 흔히 민속학적 개관에 머물러온 느낌과 현상이 퍼져있다.[18]

'아리랑'에 대한 일반적 설명은 흔히 그 곡조와 리듬의 음악성보다는 가사와 분포도와 대중성에 국한하여 서술하며 그 연원과 역사성을 축소시키고 있다. 일찍이 아리랑은 국내는 물론이거니와 국외에서도 많은 관심과 사랑을 불러 이르키며 나라와 고향을 그리는 이들의 가슴 속 노래로, 국외로까지 확산되어 디아스포라 동포와 모든 인류 감성에 호소하는 탁월한 보편성을 지닌

---

18 아리랑은 한국의 대표적인 민요로 '아리랑', 또는 그와 유사한 발음의 어휘가 들어 있는 후렴을 반복적으로, 또는 규칙적으로 엮어 부르는 여러 변주의 노래를 말한다. "아리랑은 한국을 비롯하여 한반도와 해외 한민족 사회에서 널리 애창되는 대표적인 노래이며, ~~~~일찍이 한반도의 중앙부에 위치한 태백산맥을 중심으로 발생된 아리랑은 한반도의 중동부에 위치한 강원도 정선지역을 중심으로 점차 확산되어 1억 한민족의 민요가 되었다. [문화재청]
아리랑은 2012년 12월 5일 유네스코 인류무형문화유산으로 등재가 되었다. 현재 하나의 노래 아리랑은 현재 남과 북, 중국 3국에서 각각 국가무형문화재로 등록되었다.[아리랑학회 이사 기찬숙]

노래라고 평가되었지만, 실제 현대 한국인들에게는 보편적으로 불리워지지는 않았다.

님 웨일스는 김산이 불러준 〈아리랑〉 노래에서 받은 깊은 인상을 담아 발간한 책의 제목을 '아리랑'으로 붙였다.[19] 웨일스는 그 연유를 김산의 진술을 인용해 민요 〈아리랑〉은 조선시대 이래 조선 민중과 저항적 지식인들이 이별과 죽음을 목전에 두고 불렀던 노래이며 비극과 죽음의 노래임을, 그러나 아름다운 가락으로, "만주벌판 어디서나, 한국의 의용병이건 중국인이건 모두가 아리랑을 부르고 있다. 이 노래는 또한 일본에서도 널리 알려져 있다."는 김산의 말을 전하고 있다.

『아리랑』 속에는, 웨일스가 기록한 김산의 진술 속엔 도처에 아리랑이 등장한다. 감옥과 법정, 법정 대기실 벽에 써놓은 글귀는 "일본천황이나 재판관, 왜놈들에 대한 저주의 글"과 함께 도처에 "아리랑 가사도 많이 있었다. 마치 지옥 속" 같은 고통 속에서 본 것이다. 아리랑은 분명 패배와 분노와 원망과 한의 노래이

19 님 웨일스가 김산을 처음 만난 1937년, 옌안의 루쉰 도서관에서 3개월 동안 취재했다. 남편이 된 에드거 스노에게 "아시아의 황후가 되고 싶어 중국에 왔어요"라고 농칠 정도로 통이 컸던 그는 중국 공산당이 대장정을 마친 뒤 진을 치고 있던 옌안의 도서관에서 영문책을 유달리 많이 빌려간 한 청년을 주목했다. 그는 이름조차 낯선 나라 '조선의 혁명가'라고 했다. 훤칠한 키에 잘생긴 얼굴, 그리고 인생 스토리의 바다에 웨일스는 빠져들었다고 한다.{고석만 피디}

지만 희망을 담지한 노래로 여겨진다. 김산이 전해준 그러한 메시지는 웨일스에게 구체적 상황 설정으로 더욱 리얼해지고 있다. 그것은 패배자가 울며 부르는 "패배의 노래"이다. 그러나 "절망의 심연에 빠져들던 중 발가락 끝에 닿는 바닥 같은 노래. '인간으로서 견디기 어려운 육체적 고통과 심리 상태에 대한 압력을 최악의 방법으로 실험 받았을 때' 불렀던 희망의 숨구멍 같은 노래"가 바로 아리랑이라는 것이다. 인간의 한계상황에서 음악의 기능을 생각하게 만드는 아리랑, 김산의 아리랑에 대한 진술은 비장미가 도도히 흐르는 서사이고 경구 또는 예지가 아닌가.

김산은 1930년 11월 20일 북경에서 체포되었다. 이듬해 2월 한국으로 이송 길에 오른다. 이 길에 이송을 담당한 호의적인 일본인 형사에게도 아리랑을 얘기해주며 아리랑을 부르고 있다. 한국을 좋아한다며 한국인 아내를 둔 와세다 대학 출신의 인텔리로 진술되고 있는 그가 김산이 조선인 공산당 혁명가임을 알고 '인터네셔날'을 불러달라고 했을 때 대신 아리랑을 불러주었던 장면이다.

"오늘 같은 날에 내가 부를 수 있는 노래는 오직 하나 밖에 없습니다."

"그게 뭔데요?"

"조선에서 아주 오랜 옛날부터 내려오는 죽음과 패배의 노래입니다. 아리랑이지요."

나는 이 노래의 의미를 말해 주었다. 그리고 황량한 갈색 벌판을 바라보고 광동코뮨과 해륙풍을 생각하면서 낮은 소리로 아리랑을 불렀다.

그는 대단히 감동하여서 이제까지 들은 노래 중에서 가장 아름다운 노래라고 칭송을 했다.

"당신 부인도 이 노래를 알고 있습니다. 조선 사람이라면 누구나 대대로 이 노래를 알고 있지요.

만일 부인이 이 노래를 부르는 것을 들으면 당신은 부인에게 새 옷을 사주고 친절히 대해주지 않고는 못 배길 것입니다."

"나는 이 노래를 절대로 잊지 않겠어요."

일본 형사와 아리랑으로 소통하고 적대감을 넘어 인류 보편의 문화적 공감대를 형성하는 장면이다. 김산의 혁명가 자질과 저항정신은 "북방 문화" 민족으로서의 자긍심을 바탕으로 작동되어 아리랑 음악을, 그 아름다움을 중국의 항일전선의 동지들에게도 인식시켰다.

"나는 내가 가장 좋아하는 노래를 모두에게 가르쳐 주었

> 다. 조선의 민요 아리랑. 우리는 이 노래를 부르고 모두 울었다. 중국 사람들은 이 노래가 아주 마음에 들어서 결코 잊을 수 없을 것이라고 말했다."(I taught everyone to sing the song I loved best-the old Korean Song of Ariran, and we all wept after we had sung this. The Chinese liked it very much and said they would never forget it.)

기찬숙 아리랑학회 연구이사의 분석에 의하면 "김산은 님 웨일즈에게 같은 곡조의 다른 곡명을 달아 세 편을 불러주었다. 앞 편에서 제시한 '아리랑'(Song of Ariran) '옥중가아리랑'(Prisoner's ballad of Ariran) '아리랑연가'(Love song of Ariran)이다." 특히 김산의 아리랑 인식은 '저항성'에 있음을 지적하였다. 김산이 님 웨일즈에게 각인시킨 '아리랑'은 "망명과 투옥과 국가적 굴욕을 담은 오래된 전래민요'라고, 그러나 비극에 머무른 노래가 아님도 분명히 했다. 저항의 그 끝에서 극적인 희망을 찾을 수 있다고 했다. 이를 새로운 가사를 통해 제시하고 있기 때문이라고 했다.[20]

> "이 노래는 죽음의 노래이지 삶의 노래는 아니다. 그러나

20 기찬숙 아리랑학회 연구이사, "음악의 힘/아리랑은 죽음을 넘은 부활의 노래", 국악신문], [출처]블로그; 아리랑은 죽음을 넘은 부활의 노래

> 죽음은 패배가 아니다. 수많은 죽음 가운데서 승리가 태어날 수도 있다. 이 오래된 아리랑에 새로운 가사를 붙이려는 사람도 있다."(It is a song of death and not of life. But death is not defeat. Out of many deaths, victory may be born. There are those of us who would write another verse for this ancient "Song of Ariran.")

아리랑은 조선인에게 "견디기 힘든 육체와 심리적 고통" 속에서 불렀던 노래로 "희망의 숨구멍 같은 노래"로, 나아가 승리의 노래가 될 수도 있는 노래다. 아리랑 전문가 기찬숙은 《SONG of ARIRAN》 속의 아리랑을 저항성(抵抗性), 대동성(大同性), 상생성(相生性)을 지닌 것으로 규정하였다. 이는 곧 아리랑이 지닌 정신으로, 이 때문에 아리랑은 인류 보편 가치를 지닌 노래임이 입증된다. 바로 김산이 발견한 이 "'아리랑정신'은 그의 투철한 혁명성 못지않은 빛나는 유산"으로 평가되고 "어제의 '북방문화의 중심지 문명국 조선'이 오늘의 중국과 일본의 소용돌이에서 슬픈 노래이지만" 앞날 언젠가는 상생의 노래로 불릴 것이라"는 의지의 표명으로 본다.[21]

김산은 조국의 독립을 위해 또는 무정부주의 이념을 갖고 중

---

21 같은 글

국 마오쩌둥의 대장정에 참가하고 중국공산당을 위해 투쟁했다. 그러나 중국공산당 내부의 권력투쟁으로 희생되었다. 이른바 트로츠키 분자로 지목되어 중국 홍군에 의해 총살되었다.[22] 이렇게 허무하게 이국 땅에서 죽어간 조선혁명가 김산의 처절한 삶은 어디에도 흔적을 남기지 못했다. 한국과 중국에서 잊혀졌던 김산, 민요 〈아리랑〉을 사랑했던 혁명가 장지락은 결국 미국의 언론인 님 웨일스에 의해 기록된 책 『아리랑』 덕분에 역사에 남았지만 아직도 기록과 평가는 미약하다.

"아름답고, 총명하며, 우수해 보이는 민족"

'김산의 아리랑' 이야기는 시인 백석의 '북방에서'를 환기하게 한다. '북방(北方)에서-정현웅에게'([문장] 2권 6호,1940. 6-7 합호)에서 시인은 고려 겨레가 대평원 몽골과 시베리아를 떠나 흥안령 고개를 넘어 반도에 안주한 모습을 비정한 것이다. 그 장면은 "아득한 녯날에 나는 떠났"고 그때 그곳 자연과 이웃 종족들,

22 허무한 죽음(중국 공산당 정보기관의 수장이었던 캉성이 1938년 10월19일 "트로츠키주의자, 일본 간첩이니 처형하라"는 명령을 내린 것)이었고 뒷날 등소평 시대에 복권되었다. 이후 투쟁사가 드라마틱하다는 데 〈문화방송〉(MBC)과 시시티브이가 공감했고, 원작·극본·연출·제작은 한국 쪽에서 담당하기로 했다가 이뤄지지 못함. (고석만 피디의 진술)

오로촌이 "멧돌을 잡어 나를 잔치해 보내든 것도/ 쏠론이 십리 길을 딸어나와 울"며 아쉬워했다는 것이다. 그렇게 백석이 형상화한 역사 장면에서, 백의의 한민족은 반도로 떠났고 아마 이때 이들 오로촌, 쏠론 등 북방 인척들이 울면서 "아리랑 아리랑" 하면서 이별가를 불렀던 소리가 울렸음을 상정해 볼 수 있다.

이 시 속의 화자 "나"는 대륙을 버리고 "다만 게을리 먼 앞대로 떠나"와 반도에 안주한 부끄러운 '우리' 민족이다. 그 정 많은 한민족의 북방 조상과 이웃 "부여(夫餘)를 숙신(肅愼)을 발해(渤海)를 여진(女眞)을 요(遼)를 금(金)을" 버리고 동남쪽으로 무작정 "흥안령(興安嶺)을 음산(陰山)을 아무르를 숭가리를" 넘고 건너 따뜻한 양지만을 고집해 왔던 것으로. 백석은 장엄한 고대 한민족의 역할인식을 촉구하며, 반도로 내몰린 이후의 안주와 게으름과 비굴성으로 인한 태반 상실의 아픔을 토로하며 반성의 담론을 촉구하였다.

사학자 주채혁은 강단 사학계에서 독특한 위상으로 몽골사 전공을 하고 한민족 기원과 형성에 천착하여 한국 고대사 공간을 몽골과 시베리아로 확장하였다. 시적 상상력을 보여주는 주교수는 시인이기도 하다. 그의 책 《차탕조선》에서 아리랑을 "님을 떠나보내는 이별가, 이별의 고개, 몽골 겨레와 고려 겨레의 이별 장면"으로 해석하고 있다.

중국과 김부식, 일제 사관을 이어받는 축소된 공간인식을 유지해온 이병도 학파와 달리 주 교수의 시적 상상력에 의한 고대사 인식은 드넓다. 주 교수는 아리랑이 현대한국사에서 특히 "독보적인 정치적 기능성"을 보여주었다고 판단하고, 한민족의 위상과 한민족공동체의 상징으로 여긴다. 그는 파른 손보기 교수가 시사한 북방 "기마양유목사"와 북방몽골로이드에 천착하여 민족이동과 형성의 루트를 파악하고자 노력하고 있다. 시인이기도 한 그는 맑은 물 "아리수"를 거론하며 아리랑의 아리를 중국인들의 아리랑 표기(我里郞)을 예시해 대흥안령 근처 강 아리하(阿里河)에서 온 것으로, 바이칼 서쪽 사얀산맥에 주목해 조선의 선(鮮)자와 연관시키기도 한다.

분명 사얀산맥 밑의 온천 아르샨은 부랴트인들의 오래된 마을로 오보 성황당 무리가 펴져있는 풍요로운, 마치 배산임수의 길지로 샤만들의 성지이다. 시베리아 알타이 산맥에서 바이칼로 가는 길목에 뻗어나간 아름다운 아르샨과 사얀산맥 풍광은 우리의 가락 아리랑을 떠올리게 하며 기시감을 준다.

장지락은 독립운동가로 알려진 것이 늦었다. 주연이 아니고 조연이었다. 아마 백정기 의사와 마찬가지로 조연급으로, 삼일운동 이후 자발적 의식화를 거친 제2세대 혁명가였으나 그 고향과 기질이 북방이었기에 늦었던 것으로 보인다. 그의 아나키즘은 1917년 10월 러시아혁명과 연동된다. 레닌(Влади́мир Ильи́ч Ле́нин/Vladimir Lenin)의 〈민족자결권테제〉가 식민지 민중들에게 더욱 직접적인 영향을 주었고 러시아 출신 무정부주의자 크로포트킨(Kropotkin), 바쿠닌 등의 무정부주의에 대한 글이 빈번하게 소개되던 시기였다. 장지락이 수용한 러시아혁명의 물결은 중국과 일본 그리고 한반도에도 밀려 들어와 대부분의 지식인들에게 민족해방운동의 이념적 수단으로 신봉하게 된 것이다.[23]

북방대륙의 기개와 투지를 표명한 김산이 한민족 정신의 표상으로 사랑한 아리랑 노래는 애절한, 한과 원망이 아니라 비관적인 삶을 희망적으로 풀어낸 것, 좌절하지 않고 눈물 속의 미소로 슬픔을 극복해 간 민족의 의지표명이다. 쓰라린 절망을 이기려는 각오를 바탕으로 때로 현실의 슬픔을 관조적으로 드러내 표현한다. 민중의식의 성장과 함께 질곡의 역사에 유연하게 대처해 온 민중의 노래에서 민족의 노래로 발전한 역동적 산물이

23 당대 항일서사는 한국의 독립투사들이 중국에서의 반일활동에 근거한 탈경계 서사로서 아나키즘계열의 항일투쟁을 반영한 소설이 유행했다. 신채호의 「용과 용의 대격전」, 장지락의 「기괴한 무기」 등이 대표작이다. 신채호의 소설 「용과 용의 대격전」에서는 무산민중 주체의 민족국가 상상을 보여주었다고 한다. 장지락의 소설 「기괴한 무기」는 1922년 김익상 등 한국의 반일지사들이 상해에서 일제 육군대장 다나카를 저격한 사건을 다룬 단편소설로 저항과 항일체험 서사로 일관한 작품으로, 이 소설에는 사회주의, 아나키즘, 인도주의 등 다양한 사상들이 혼재된 것으로 평가된다.

기도 하다.[24]

현 21세기 이 시점에, 세기 전 미국인 여류지성 님 웨일스의 당대 한국 땅, 한국인 예찬의 말과 예리한 시선을 다시 주목하게 된다. 그녀의 인류학적 관심으로 한민족이 극동 3국 민족 중에 "그들은 키가 크고, 강인하고 힘이 세며 균형이 잘 잡혀 있어 뛰어난 운동선수들을 많이 배출시키고 있음"을 증언하며 "잘 생기고 이목구비가 뚜렷한 사람이 많다"고 역설하였다.

"아름답고, 총명하며, 우수해 보이는 민족이" 어쩌다 "안짱다리의 작달막한 일본인 관리가 칼을 차고 거드럭거리며 여러 명의 한국인들에게 거만하게 명령하는" 장면을 "이해할 수 없었다"고 객관적 "생물학적" 이유에서 한민족의 우수성을 전제한 입장을 토로했다. 한국인 사랑을 토로한 미국인 님 웨일스의 한국땅, 한국인 예찬은 미국에서 영화 〈오징어 게임〉과 〈기생충〉이 흥미를 끄는 지금의 역사를 반추해 보게 한다.

아리랑의 3대 정신을 흔히 저항과 대동, 상생으로 말한다. 오늘날 지금, 가장 처절한 '아리랑'의 연원은 그 역사성과 함께 만

24 1926년 10월 1일 단성사(團成社)에서 처음 상영된 나운규의 영화 '아리랑'은 문화사적으로나 사회사적으로 충격을 던진 일대 사건이었다. 상상을 초월한 흥행을 기록하면서 이 영화는 이후 2년 6개월에 걸쳐 전국 각처에서 상영되는 전무후무한 기록을 세웠다. 이 같은 흥행에 힘입어 영화의 주제곡이었던 「신아리랑」, 일명 '나운규의 아리랑'은 전국적으로 유행하게 된다.

주와 시베리아의 북방대륙에서 찾아져야 할 것이다. 김산이 희망하던 주체적 민족 정체성과 기개 있는 혁명정신의 연원은 유라시아 대륙에 연루되어 있기 때문이다. 오래된 과거 북방 한민족 민족세력의 주류와 신채호 선생의 상고사와 더불어 "불함문화" 강역과 연계된 고대의 몽골과 고아시아계 제 민족과의 연대의 실체를 인식해야 한다. 그러한 방증의 하나가 님 웨일스Nym Wales의 《아리랑SONG of Ariran》이고 이것은 스러져간 역사 이면의 독립운동가들의 목소리와 몸짓과 민중들의 삶과 정신에 대한 우리의 철저한 기록과 재평가 필요성을 제기하고 있다.

"김산은 우리 시대에 가장 많은 피를 흘리며 가장 추악하고 가장 혼란스러운 역사의 대변혁 속에 내던져진 한 명의 민감한 지식인이었으며, 마음 속 깊은 곳에서는 이상주의적인 시인이었으며 작가였다. 그는 아무런 환상도 갖고 있지 않았지만 냉소주의자도 아니었다." 님 웨일스에 의하면 그는 패배 속에서 강하게 되며 끝까지 사람에 대한 신뢰로 인간의 역사창조에 대한 신뢰를 갖고 있다. 억압은 고통이요, 허나 고통은 의식으로 그 의식은 곧 운동을 의미한다. 톨스토이를 스승으로 숭배한 김산은 무정부주의자에서 공산주의자로, 중국공산당의 일원이 되고 한국독립을 위해 혁명가가 되었던 것이며, 궁극적으로 그는 "민족의 짐을 어깨에 지고" 중국혁명을 사랑하고 소련을 사랑하고 한국혁명에 애정을 쏟았다. 김산의 어머니도 결국 한국독립을 위한 아들의 투쟁을 끝까지 이해했고, 인류의 자유를 위해, 인류를 위한 새희망을 위해 헌신했 던 것을 공감했던 것이며.

조선 혁명가, 무정부주의자와 공산주의 또는 사회주의에 헌신한 당대 독립투사들은 이념적 편향성을 실천한 것이기보다는 민족정체성의 자각과 독립의지와 자유와 인류평화에의 의지를 향해 희생 투신한 것으로 보아야 한다. 때로 그들은, 김산은, 님 웨일스의 이미지 속에 당대 조선반도의 사계절과 맑은 물과 함께 기개와 지조를 지키며, 마치 골고다 언덕을 오르던 예수님의 형상과 겹쳐져 보인다. 더욱이 '한'과 패배만의 아리랑이 아니다. 아리랑은 분노와 응징을 넘어 정의와 평화를 위한 희생과 희망과 용서에 닿는 정신으로 불리어온 것이다.

『아리랑』은 김산이란 개인에 대한 존경심을 담은 님 웨일스의 서사시적 전기가 되었다. 김산은 '아리랑'이 고통받고 가장 많은 피를 흘리며 역사의 대변혁 속에 내던져진 민중의 '패배의 노래'로 설명하고 있다. 그 노래는 조선의 해방을 하루라도 앞당기기 위해 남의 나라 중국의 무장봉기에 앞장섰다가 죽임을 당한 조선 청년들, 조선 해방에 목숨을 건 죽어간 사람들, 이름조차 남기지 못한 이들의 노래였다. 그러나 말미에 "희망의 숨구멍같은 노래 아리랑"이라 하며 민족의 내적 역동성과 기개를 상정하며 조선인의 부활과 독립에 대한 의지를 아리랑 속에서 찾고 있다.

더구나 님 웨일스의 『아리랑』은 따뜻한 시선으로 한국 혁명가들의 처절한 현실을 넘어 미래를 향한 역동적 모습과 기개와 정서의 연관성을 명징히 보여주고 있음이다. 아리랑은 이별가이자 독립과 해방의 노래로 알려진 것이며, '한'의 정서와 함께 민족의 기개와 결기, 역동성을 내재한 것으로 해득되었다.

5장 K-Pop과 에밀리 카 / 글로벌 솟대문화론

문제의 제기 - 솟대, 소도문화를 위하여

현대 한류를 이끌고 있는 케이팝K-Pop은 댄스음악이 대부분이고 그것은 소수 천재적 대중음악가들에 의해 주도되는 특징을 보인다. 세계의 젊은이들이 환호하며, 급속히 확장발전 양상을 보여주고 있다. 그런데 글로벌 시장에서 갑자기 대중적 인기를 구가하고 있는 이 케이팝K-Pop의 인기는 어디서 왔는가? 과연 한국대중문화의 경쟁력을 입증한다고 할수 있는가? 역사가 길 수 없는 한국의 댄스음악이 댄스의 본향 서구에서 인기를 얻어 세계 젊은이들에게 감흥을 주고 있는 것이다. 특히 미국같은 문화콘텐츠 강국에서 K-Pop의 인기는 한국대중문화의 경쟁력을 입증하며 전세계 해외음악시장에서의 위상을 드높였다.[25]

---

25 가수 서태지, 싸이에 이어 엔터테인먼트 산업을 일으킨 이수만, 박진영, 방시혁 등이 그들이고 SM엔터테인먼트를 비롯한 3대 기획사가 주도하였다. SM

그 케이팝K-Pop의 특이한 노래와 춤은 어디서 왔는가? 세계 청소년들의 흥취를 돋구는 방탄소년단의 칼군무와 싸이의 말춤을 고대적 리듬과 안무 또는 동작에 대입시켜 그 유전자를 찾아보는 작업도 필요하다. 원시 유라시아 땅으로 연결된 한반도 고대인들의 예술미학의 기능과 원형까지 검토할 시점이다. 고구려 무용총 벽화나 암각화의 무용 그림과 전통 연희패와 굿판 무당과 광대들의 춤과 장단, 탈춤, 부채춤에 연루시켜 탐색해 볼 수도 있다.

88올림픽에 이어 2002년 월드컵 운동장과 무대와 관중석을 차지했던 붉은악마들의 떼창과 군무가 있었다. 치우천왕의 얼굴로 달리던 선수와 응원단은 마치 날개 달린 용마나 비룡의 포효와 승천 또는 질주 움직임을 보여주었다. 그 선수와 응원단 속에서 한류 기획자들과 가수와 춤꾼들이 태동되고 엔터테인먼트 사

엔터테인먼트의 소속 가수들의 합동공연이 2011년 프랑스 파리에서 전회 매진되는 사례를 보이며 이후 2008년에는 가수 '보아'가, 2009년에는 '원더걸스', 2012년도는 '소녀시대'가 미국시장에 문을 두드렸다. 2012년 중반, 가수 싸이(Psy)의 「강남스타일」이 미국에서 열풍을 주도하며 문화콘텐츠 강국인 미국 진출에 성공한 첫 케이스가 되었다. 2013년 이후 엑소, 방탄소년단 등의 활동을 통해 케이팝의 인기가 지속되었다. ABC뉴스 '나이트라인'은 K-Pop 스타들의 탄생 과정에 대해 소개하며 'K-Pop이 가지는 중독성 강한 후크송과 날렵한 안무, 트레이닝 프로그램이 성공 요인'이라고 밝혔다. <출처> [네이버 지식백과] 케이팝 [Korean Popular Music(K-Pop)] (한국민족문화대백과, 한국학중앙연구원)

업가가 되었다. 그리고 바로 이즈음 태어난 아이들이 지금의 케이팝 가수, 작곡가, 작가들로 성장해 간다. 한국의 이 엠지세대는 통한이나 배고픔보다는 재미와 즐김이 일상으로, 유전적 감성에 충실하여 아름다움(소리와 율동의)을 거침없이 추구하며, 생활 속 예술 미학적 가치와 기능을 이해하고 예능인, 또는 예인을 존중할 줄 아는 세대가 되고 글로벌 최고의 스타로 성장한 것으로 보인다.

북방 기마문화의 리듬과 집단 음주가무의 흥취 유전자를 간직한 한민족 기질이 발현되고 서구 미학과 철학의 사고 체계와 시스템 이해에 기반한 홍보력, 글로벌 IT, SNS 접속에 능한 청년 한국인들의 패기가 작동되었던 것이기도 하다. 원시이래 인간 몸과 마음의 원초적 움직임과 열망이 의식주를 넘어 아름다운 율동과 리듬, 그리고 함께 즐김에 귀착하고 있음을 시현하는 케이팝이 정설이어야 한다. 그런데 지금 한류는 아직 인류의 위기 대응이나 영속적 번영을 위한 프로그램에 대한 기여가 없다. 지구촌 위기 담론 참여와 역할을 한류가 오래된 솟대와 장승의 소도문화를 앞세워 담당해야 할 때이며 이를 시현하는 한류 뿌리마을의 태동을 기대한다. 더구나 장승과 솟대는 나무의 문화이다. 평화와 안녕을 위해 주기적으로 다시 깍아 그 자리에 세우고 제를 지내왔던 것, 수천년을 그렇게 반복한 이유가 뭘까? 우매한 백성의 미신으로 치부했지만 면면히 이어져 안녕과 치유의 효능감이 있었기에 생활과학으로 여겨지기도 한다. 더구나 인도 아쉬람과 황금 솟대의 존속을 보며 신성공간Assylum을 상정해 봄직하다.

신성 공간

한국의 지자체는 보여주기식 이벤트와 건설과 건축에 주로 능하지만 전통문화의 보존과 재생에 소극적이다. 사대주의 등 구조적 이유와 더불어 행정체계와 개별 행정인들 또한 역사 의식이 미약하고, 관료주의에 침잠된 결과, 흔히 일반 예술, 예능인들의 창조성을 따라가지 못하는 양상이다.

강원도 태백시에는 소도동이 있다. "천제(天際)를 올리던 태백산(太白山, 1,567m) 아래에 자리 잡고 있어 신성불가침 지역이라는 의미로 소도동(所道洞)이라는 지명이 붙었다. 당골·음지·양지·소로·초전·장거·상평 등의 자연마을을 합쳐 형성된 마을로, 1981년 소도리와 혈리(穴里)를 합쳐 소도동이 되었고 1998년 행정구역 개편 때 혈동과 소도동所道洞으로 다시 나누어져 문곡소도동의 법정동이 되었다. ...... 태백산도립공원에 속해 있는 마을인 소도동에는 태백산천제단(중요민속자료 제228호), 태백산석장승(강원

특별자치도 민속자료 제4호) 등의 문화재와 당골계곡·용담(龍潭)·용소(龍沼) 등의 명소, 태백석탄박물관·태백체험공원·태백산눈썰매장·태백산민박촌(태백시 운영) 등의 문화·휴식공간이 있다."[네이버 지식백과]소도동[Sodo-dong, 所道洞] (두산백과 두피디아, 두산백과). 그러나 이 설명에는 솟대와 솟터, 소도(蘇塗)로서의 연관해석이 없다. 그간 한국 강단사학과 행정체계의 한반도 기층 신앙과 무속에 대한 배타적 의식을 드러낸 듯하다. 그러나 문화휴식공간으로 전래 신성불가침과 치유의 공간 의미는 잔존한다.

환웅신이 거처하는 장소로 알려져 있는 태백산의 신단수는 우주적인 산 정상에서 위쪽을 향해 꼿꼿이 서있는 세계의 기둥이며, 하늘과 땅 사이를 잇는 하나의 축으로 여겨지고 있다.(김열규) 이 나무의 모양새는 신라시대 왕관에서 보이는 출(出)자 모양이기도 하다. 김열규 교수는 또한 그것을 솟대나 수살대 혹은 진또배기와 관계짓기도 한다. 또한 그는 솟대를 인공적인 서낭 나무로 상정하면서 시베리아의 "오보"나 "투루"와 비교하고 있다. 고대 신화나 민담에서도 솟대는 우주목(宇宙木)이면서 신성 공간의 축으로 볼 수 있다.

신라금관 디자인의 유입 루트는 백두대간을 통한 스키타이 문명과 소도문화의 전래와 접속되어 있고 단군신화 속 민족형성 이야기를 대입한다면 태백산은 분명 영산이고 소도동은 소도

(蘇塗)동이 맞다. 금관의 出 字 모양은 천제단 신단수 모양의 재현인 것이며, 우주목/세계수의 가지이기도 하며 상징성과 모양은 곧 솟대의 그것과도 부합된다. 이 우주목은 결국 생명과 불사의 나무라는 상징을 갖는 것이며, 대지 위에 그 나무는 솟대가 되고 신성한 소도 구역이, 또는 유토피아 공간이 될 수도 있을 것이다. 이러한 관념들이 대전 출토 농경문 청동기와 신라 금관에 복합적으로 표현된 것으로 본다. 다시 그것은 땅과 하늘을 연결하는 나무와 천계 사이에 인간의 염원을 전달하는 새에 대한 숭배사상을 표방하는 것으로 한반도와 시베리아에 뚜렷한 솟대 조형미를 만들어 전승되고 있고, 북아메리카 인디언 토템 폴 문화에까지 이어진 것으로 보인다.

한민족의 지배적 원형질은 북방 유라시아 대륙에 연결되어있다. 스키타이 황금문화에 연결된, 물론 고인돌의 지석 문화와 쌀농사 등 남방 문화의 유입이 큰 물결을 이루며, 고고유물들 속에 한반도 청동기 유물과 신라금관은 유럽에서 한반도까지 연결된 일관된 유라시아문화적 양식이다. 원래 구리는 기원전 6천년쯤 오늘의 중동 지방에서 채취되어 이후 주석을 합금시켜 청동으로 만들어 여러 용도로 쓰기 시작하여, 그것이 흉노와 스키타이인들에 의해 이후 유럽과 중앙아시아, 시베리아를 거쳐 기원전 1천년쯤 동아시아, 한반도까지 전래된 것이다. 청동기 문화 시대에 인류는 비로소 가축의 축력으로 정착농경이 발달하며 원시 종교와 예술이 출현하고, 도시문명이 발달하기 시작하여 한반도엔 이 시대가 고조선 시대이고 잔무늬거울(다뉴세문경)이 이를 반증하는 유물로 알려져 있다. 이후 신라의 금관문화까지 이 땅에선 화려한 유라시아 문화적 영향권 속에 금속 문화가 발전한 것이다. 그것은 스키타이와 알타이를 잇는 '초원의 길'인 북방 노선(실크로드는 남방노선)으로 동양과 서양을 잇는 광대한 문화권이 형성되어 있었음을 반증한다.[26] 계룡산과 태백산은 세계인들이 의지하는 신성공간으로, 케이-스피릿K-Spirit 체험공간으로 재탄생될 수도 있다.

---

26 한민족의 지배적 원형질은 북방 유라시아 대륙에 연결되어있다. 스키타이 황금문화에 연결된, 물론 고인돌의 지석 문화와 쌀농사 등 남방 문화의 유입이 큰 물결을 이루며, 고고유물들 속에 한반도 청동기 유물과 신라금관은 유럽에서 한반도까지 연결된 일관된 유라시아문화적 양식이다. 원래 구리는 기원전 6천년쯤 오늘의 중동 지방에서 채취되어 이후 주석을 합금시켜 청동으로 만들어 여러 용도로 쓰기 시작하여, 그것이 흉노와 스키타이인들에 의해 이후 유럽과 중앙아시아, 시베리아를 거쳐 기원전 1천년쯤 동아시아, 한반도까지 전래된 것이다. 청동기 문화 시대에 인류는 비로소 가축의 축력으로 정착농경이 발달하며 원시 종교와 예술이 출현하고, 도시문명이 발달하기 시작하여 한반도엔 이 시대가 고조선 시대이고 잔무늬거울(다뉴세문경)이 이를 반증하는 유물로 알려져 있다. 이후 신라의 금관문화까지 이 땅에선 화려한 유라시아 문화적 영향권 속에 금속 문화가 발전한 것이다. 그것은 스키타이와 알타이를 잇는 '초원의 길'인 북방 노선(실크로드는 남방노선)으로 동양과 서양을 잇는 광대한 문화권이 형성되어 있었음을 반증한다.

유라시아의 무목과 솟대[27]

미국 물리학자 리처드 파인만은 거의 평생 투바라는 곳에 가보기를 간절히 염원했다. 《투바, 리처드 파인만의 마지막 여행》, (랄프 레이튼, 안동완 옮김, 해나무 출판, 2002). 저자 랄프 레이튼이 쓴 서문에는 "초원의 바람 위에서 춤을 추는 샤만의 북소리"를 "서울이나 부산에서 육로를 통해 투바에 갈수 있"기를 소망한다 했다. 핵물리학자 파인만이 미주대륙의 원주민 인디언의 뿌리를 찾는 모험을 도모했었던 것이다.(pp.3-4) 투바에서 발굴된 황금공예품 이야기에, "아시아의 심장"을 향한 천재적 호기심 또는 인류역사의 진실에 대한 자각으로, 그래서 랄프 레이튼은 그를 존경하여 그 뜻을 기리고 심지어 "파인만은 샤만이었다, 물리

27 유라시아, 만주 시베리아 드넓은 대륙으로, 알라스카와 아메리카로 한반도가 이어진 시대가 통일한반도의 미래다. 이미 유라시아 대륙은 고조선 시대 이전부터 우리 조상들의 생활-문화 터전이었다. 솟대와 장승, 성황당 문화가 같고 《나뭇꾼과 선녀》와 같은 옛 이야기를 우리와 공유하고 있기 때문이다. 그래서 한류와 한민족의 뿌리를 캐는 작업도 유라시아 드넓은 대륙의 몽골계, 투르크계 초원유목민이나 고아시아계 수렵/유목민의 옛이야기에서 시작할 수도 있다. 옛 시가와 설화 속에는 과거의 삶과 생각과 함께 국가와 민족이란 집단의 정체성이 고스란히 농축되어 있기 때문이기도 하다. 러시아의 구전 시가와 설화도 기독교 도입 이전의 동슬라브 세계의 문화적 뿌리를 보여준다. 그것은 스텝로드를 관통해, 알타이 산맥을 넘으면 샤만이 살고 통치하던 시대, 또는 그 이전의 신화와 민담에 뿌리를 내리고 있어서 유라시아 대륙 전역의 민족과 인위적 국가의 경계를 넘나든다.

학의 샤만"이라고 외쳤다.(p.328)

투바 사람들 사이에서는 온천에 대한 숭배의식이 있는데, 특히 치유효과가 있는 온천에 대한 숭배의식은 그 주변 지역에서 자라고 있는 나무들에 대한 숭배의식과 관련이 있다. 특히 나무의 모양이 비정상적일 경우 더욱 그렇다. 예를 들면 몸체가 두 개인 나무이거나 가지에 잎이 불규칙하게 자라난 나무인 경우, 이들 나무들은 "무목(Shaman Tree)"으로 불린다. 지나가는 행인들은 그 앞에 잠시 멈춰 서서 소원을 빌기도 한다. 오늘날에도 사람들은 이 특별한 나무들 앞에 차를 세우고 돈이나 머리 빗 혹은 다른 개인 소지 물들을 놓고 작은 천 조각이나 손수건을 가지 위에 매달아 놓는다. 그들은 이 나무들에 특별한 능력을 부여하고, 각자의 소원을 빈다.

나무로부터 인간은 양식으로 열매를, 유일한 연료로 장작과 석탄을, 가지와 가지를 부벼 불을 만들고, 향수와 향료를 얻을 수 있는 중요한 대상이었기 때문에 숭배의 대상이 되었다. 고대 샤만 문화에 있어서 이 숭배의식은 집단마다 다른 여러 다양한 상징적 성격으로 진화해 갔다. 특히 샤마니즘의 고장인 시베리아 바이칼, 아르샨 등지의 우주목 신앙은 한국을 비롯한 북아시아 또는 북미 인디언 토템과 샤마니즘 문화권에 광범위하게 그 상징성이 전파되고 발전된 것으로 파악된다. 다만 북미 토템폴은 흔히 한국의 솟대와 장승을 합한 꼴이다. 캐나다 뱅쿠버 스탠리 파크의 토템폴로 되살아난 인디언의 솟대는 벽사의 기능을 강하게 띠는 문양과 디자인이 강렬하다. 북미 개척자 중에도 양심적 지식인 그룹이 수천년을 거쳐 지속반복적으로 다시 깍아서 세워 온 인디언의 기둥들의 역사와 유래를 인지하고 아시아적 미학을 인지했음이 추정된다.

근래의 유전생물학의 연구에 의하면 북미 인디언과 투바인들의 미토콘드리아 DNA 비교연구 결과 원시 투르크 종족을 공동 조상으로, 원시 아메리카 인디언들은 주로 알타이 - 사얀 지방을 발상지로 간주되기도 한다. 바이칼로 이어지고 알라스카로 이어지는 콜리마 산맥과 스타노보이 산맥 등 고원지대로 이어진 이동루트를 상정하고 있다.(일리야 자하로프Ilya Zakharov, <러시아 과학, 2003-1>) 이 원시 투르크 종족의 후예가 유럽을 위협한 훈족을 포괄한 흉노족이고, 그들은 신라 건국에 관련된 것으로도 알려져 있다. 고조선과 낙랑의 역사와도 유관하다. 이미 신라금관으로 표상된 솟대와 무조, 나무와 새 숭배 문화는 한반도에서 시베리아와 알라스카를 건너 미주대륙까지 공유된 것으로 본다.[28]

28 현대 유전생물학에 의하면 아시아 인과 아메리카 미주 인디언은 미토콘드리아 DNA의 공통 유형들을 공유하고 있다. 시베리아 북동부 종족들은, 특히 부리야트와 투바인들의 미토콘드리아 디엔에이가 인디언 유형과 같다. 투바인

지구촌 솟대- 조화의 문화

솟대, 글로벌 소도문화의 근거

이 땅에서 고도의 문화융합은 불교, 기독교 등 외래 종교와 샤마니즘 등 토착종교의 융화합에서 보여진다. 모든 불교사찰에는 산신각 또는 삼신, 삼성, 칠성각을 두고 있다. 사찰은 흔히 풍수지리적 길지에 소도 역할을 한 듯, 불교 도래 이전의 삼성 또는 삼신숭배 의식과 관념을 보여주고 있다. 소도에 대해, 역사학계 최남선, 신채호를 지나 이병도, 박용숙, 김용옥, 신용하 교수 등도 신성불가침구역, 아씰럼, 아크로폴리스로 해석하며, 전파론적 시각에서 솟대는 일본의 신사 도리이로 넘어갔음을 추론한다.

기독교와 샤마니즘 또한 서로 적대시보다는 내밀히 닮아가기도. 한편 한국적 수용 변형을 거친 뒤 농축되어 에너지를 보여

들은 흉노 또는 원시 투르크 인들의 후예로 알타이-사얀 산맥으로 바이칼로 연결된 지역에 살며 부리야트 인들과 성소 아르샨에 모여 천제를 지낸 듯하다. 아르샨에는 징기스칸의 족적이 있고, 노천온천과 함께 기가 넘치는 듯한 아름다운 터에 불교사원과 대규모 솟터가 수많은 오보들로 장식되어 있다. 안나 레이드에 의하면 투바에는 샤만 병원이 있다. 몇몇 논거와 필자의 추정으로 고구려 온달장군 세력은 스키타이 문화를 전한 투바인들이다. 투바에는 온다르 성이 대성으로 구로자와 아키라 감독 영화 <제르수 우잘라>의 배우 문죽 막심도 성이 온다르이다.(정재승 엮음, 『바이칼, 한민족의 기원을 찾아서』, 정신세계사, 2003, 6. / 봉우사상연구소 정재승 소장, 모스크바대 자하로프, 서울대 이홍규 교수, 단국대 김욱 교수, 필자 배재대 이길주 글 참조.)

줌- 대형교회와 성당, 신도들의 행태. 한국기독교가 토착화하는 데는 샤마니즘의 기복적 요소를 흡수하여 성공한 것이었다. 교회의 헌금, 감사와 건축 헌금 등은 굿돈, 별비와 같은 것이며 그 댓가로 목사의 기도와 무당의 추원이 이루어진다.(탁석산)

사찰의 삼신각을 보면 불교가 단군을 공식적으로 받들지는 않지만 토착 산신과 또는 삼신, 삼성문화를 수용하며 한국 전래 풍수신앙과 전래 토속 샤마니즘을 수용하고 있는 것이다.[29] 불교 사찰 건축의 특성을 보여주는 것과 함께 불교와 무속의 융화와 공존 현상이 천도제 의례 등으로 . 특히 중악단(계룡산 신원사)은 전통 산 숭배 풍속과 풍수지리와 무속신앙이 결합되어 불자들 외에도 다수 비신도들의 기도처로 기능한다.

그러한 성소 또는 도피처가 아닌 힐링의 장소가 현대적 소도로 육성되고 교육과 치유의 터전으로 되살아나야 한다. 지금쯤 한국 교회와 사찰은 한류의 뿌리와 닿아있는 한국 샤마니즘, '무속'과 함께 솟대 문화를 수용하여 교회와 사찰 공간이 소도로 거듭나고 인류 정신문화를 이끌 당위성을 깨우쳐야 한다.

29 불교 사찰 건축의 특성을 보여주는 것과 함께 불교와 무속의 융화와 공존 현상이 천도제 의례 등으로 . 특히 중악단(계룡산 신원사)은 전통 산 숭배 풍속과 풍수지리와 무속신앙이 결합되어 불자들 외에도 다수 비신도들의 기도처로 기능한다.

솟대문화는 토템숭배와 샤마니즘과 깊이 연루된다. 조흥윤 교수가 말하는 한스 핀다이젠(Hans Findeisen)의 체험과 생각; "유럽의 정신을 새로이 부활시킬 가능성으로서 무巫를 제시"하고 샤마니즘을 '조화의 문화(Harmonische KulTur)'로 인식하며 "유럽의 지성 뿐아니라 예술 전반에도 조화있는 균등한 발전의 가능성을 가져다 줄 것"이란 믿음은 근간의 한 영화에서 구현되었다.[30] 기독교 문화권의 서구 지성들의 다수가 아시아적 가치와 미학에 눈을 돌리고 있다. 이미 1세기 전 영국계 캐나다 화가 에밀리 카(Emily Carr)는 시베리아 투바, 또는 동북아시아에서 건너온 인디언 조상들의 유산인 솟대/장승문화를 그리며 대자연에 경배하는 법과 조화의 미학을 구현한 것으로 보인다.

솟대를 그린 캐나다 국민화가 에밀리 카(Emily Carr)

북아메리카 토템폴 문화와 역사적 가치를 검토하며 그 이미지와 상징성을 한국 솟대와 장승에 대비하여 현대적 한

30 EIDF 2018 상영작 '샤만 로드(Shaman Road)' 예술 영화.
2018년 최상진 감독이 만든 '샤만 로드(Shaman Road)'는 서로 다른 나라에 태어났지만, 똑같은 삶의 행로를 걸어온 두 여성이 프랑스에서 열린 세계샤마니즘 축제에서 처음 만난 뒤, 서로 위로하고 교감을 나누면서 마치 자매처럼 끈끈한 관계로 발전해 나가는 과정을 담은 다큐 영화다. (임 산)

류 콘텐츠의 미학적 좌표에 대입시킬 수 있다. 서구라는 타자의 시선으로 오래된 우리를 돌아보는 것이기도 하다. 여기서 19세기 말 20세기 전반 활동한 캐나다 화가 에밀리 카Emily Carr를 주시하게 된다. 인디언 토템폴과 나무와 마을을 집중적으로 그린 그녀는 캐나다의 국민화가가 되었다. 1871년 12월 브리티시 컬럼비아 주 빅토리아 태생으로, 캐나다 원주민, 브리티쉬 콜럼비아의 소멸되어 가는 인디언 종족과 문화에 관심을 갖고 시베리아 오보와 쎄르게, 솟대와 장승에 해당하는 인디언 토템폴을 그려내며, 인디언의 영혼을 담아낸 화가로 평가된다.

특히 우리의 장승과 솟대를 그대로 닮은 인디언 토템폴의 의미와 상징성과 조형미를 일깨워주는 작품과 글을 남긴 여류 화가-작가이다. 그녀는 1898에서 1912년까지 몇 번에 걸쳐 캐나다 서북 태평양연안 지방 인디언 원주민 마을들, 그중 뱅쿠버 섬 서안 마을 등지를 방문하고, 이후 알라스카 여행을(1905) 통해 그들 인디언과 토템 문화에 감화되고, 이후 프랑스로 가서 후기인상파와 야수파에 영향받기도 했다.

프랑스에서 캐나다로 다시 돌아온 뒤 그녀는 캐나다를 대표하는, 인디언의 영혼을 담은 또는 캐나다 정신을 창조한 화가로 자리매김되어 국민화가가 되었다. 영국인 부모 사이에 순수 캐나다 태생의 정체성으로 순결한 대지와 드넓은 하늘을 연결하는 자연

Odds and Ends, 1939

Among the Firs, c. 1931,
Glenbow Museum

주의적 정신을 지향했다. 캐나다 정체성의 양대 축을 원주민과 자연으로 여기며 카Carr는 캐나다 정신과 정체성을 추구한 최초의 화가로서, 숲속에 버려지던 원주민 마을과 거기 있던 토템폴을, 그 상징성을 집요하게 그려냈다. 21세기 한국의 솟대 조형미에 대한 현대 미학적, 자성적 평가의 선구자로 여겨질 수 있다. 세기 전 서구 화가라는 타자의 시선으로 확인된 솟대 조형미와 원형적 상징성과 철학적 함의를 성찰하는 계기로 삼아야 한다.

카Carr는 주로 인디언 마을의 토템폴과 나무, 그 위의 까마귀를, 또는 독수리가 얹혀져 하늘로 치솟은 토템폴의 조형미를 그렸다. 그 근원인 나무의 에너지와 수직 등걸로 연결된 땅과 하늘, 대자연의 신성을 배경으로, 풍광 묘사를 고집하기도 했다. 그녀는 신지학에 접근하며, 교회와 여느 종단도 거부하며 오직 자연에서 새로운 비전을 찾는 정신적 삶을 추구하고, 인디언의 삶에 감화되고 캐나다의 신비한 황야 풍경에 올인하게 되었다. 당시 카Carr는 추상을 거리두고 오히려 추상화된 기하학 양식 속 후기인상파 스타일로 나무와 자연 풍경에 집중했다. 후기에 자신의 세계관을 담은 저술활동까지 하여 《클리 와이크Klee Wyck, 1941》 등의 저술을 남겼다.[31]

캐나다 우표 발행.

카Carr는 흔히 인디언의 영혼을 담은 또는 캐나다 정신을 창조한 화가로 자리매김되어 있다. 영국인으로서의 자부심보다는 순수 캐나다 태생의 정체성으로 순결한 대지와 드넓은 하늘을 연결하는 미국 소로우(Henry David Thoreau)의 영향 등 자연주의적 정신을 지향했다. 그녀는 캐나다 스피릿sprit을 추구한 최초의 화가로서, 그 두 양대 축을 원주민과 자연으로 여기며 마치 그들을 되살리듯이 숲속에 버려지던 원주민 마을과 거기 있던 토템

31 Cumshewa seems always to drip, always to be blurred with mist, its foliage always to hang wet-heavy... these strong young trees... grew up round the dilapidated old raven, sheltering him from the tearing winds now that he was old and rotting... the memory of Cumshewa is of a great lonesomeness smothered in a blur of rain. <Emily Carr, Klee Wyck. 1941>, pp.52-54.
화가는 글 속에서도 까마귀를 얹은 솟대를 그리며 그녀의 아이콘적 작품 "큰 까마귀. 타누Big Raven.Tanoo" 등, 무엇보다 쇠락한 늙은 까마귀dilapidated old raven과 같이 그 인디언 토템폴 문화가 곧 사라지고 무화silent nothingness되어 가는 것을 응시하며 탄식하는 것이다. <Emily Carr,Kitwancool>

폴을 그려냈다.

후일 카Carr의 작품은 가치가 인정되어 경매에서 고가로 거래되고 우표에도 디자인되었다.[32]

사후 에밀리 카에 대한 기념과 영향

카는 당대 여성, 비주류작가로, 가부장적 기성교단과 기성화단에 맞서 인디언 토템폴을 그리며, 목가적, 가정적 분위기를 피하고, 개인 초상화와 정물화는 생태주의 미학을 표명하였가. 당시 원주민 마을이 황폐화되고 비어감을 안타까워하며, 궁극적으로 숲과 나무에 귀착하고 원주민의 순수한 신성성이 담긴 토템폴을 그렸다. 화가는 토템폴의 근원적 상징성을 추구해 유라시아와 북아시아의 신목 및 신조로서의 장승/솟대의 존재의 미와 신성구역/소도적 상징성을 공유한 것으로 보아야 한다. 숲과 나무의 수직 조형미와 함께 하늘

Emily Carr 무덤, Ross Bay cemetery

32 At the Cowley Abbott auction in Toronto, December 1, 2022, Carr'sThe Totem of the Bear and the Moon(1912), oil on canvas, 37 x 17.75 ins (94 x 45.1 cms), Auction Estimate: $2,000,000.00 - $3,000,000.00

과 구름의 수평 조형미가 겹친 풍경은 대자연의 위용을 드러내는 것으로 그려졌다. 새는 동북아-시베리아 일대에서와 같이 까마귀가 주로 앉혀지고, 독수리와 비버까지 등장함을 보여주어 흥미롭다. 카의 사후 캐나다에는 많은 교육기관의 명칭에 또는 우표 디자인에 카의 이름과 작품이 사용되고 있어 캐나다 사회의 예술문화수준과 개방성을 확인한다.[33]

맺음말- 토속과 외래 문화의 융합으로 한류 소도 문화를

캐나다 밴쿠버 스탠리 파크의 토템폴 숲의 위용을 주시한다.

특히 나무 상징성과 함께 얹혀진 여러 동물들의 부조상의 상징의미는 비버-노년 지혜와 창조, 독수리-하늘의 지배자, 힘, 개구리-봄과 새생명, 매- 강함과 도움, 부엉이-지혜와 감사,까마귀-

---

33 기념 기관과 학교
Emily Carr HouseinVictoria, British Columbia
Emily Carr University of Art and DesigninVancouver, British Columbia
Emily Carr Public Library in Victoria, British Columbia
Emily Carr Secondary SchoolinWoodbridge, Ontario
Emily Carr Elementary SchoolinVancouver, British Columbia
Emily Carr Middle School inOttawa, Ontario
그 외에도 온타리오, 런던, 오크빌 등지에 Emily Carr public school이 있다.

불, 고래- 사냥꾼, 바다의 지배, 곰-선각자 친구, 늑대- 충성심, 연어- 공급본능 등 다채롭다. 다만 에밀리 카가 지향하던 신성성과 경외감이 빠져있다. 한국의 장승 솟대도 염원과 희망을 넘어 해학적 의미를 담기도 한다. 한국 사찰의 일부 탱화나 암각화와 민화 속 의인화되어온 동물 그림은 민중을 위무하고 교화하는 상형 언어라 본다. K-pop과 한국화단에서도 그간 민속학이나 인류학의 업적을 공유하며 무엇보다 카Carr가 그려내던 신성한 자연에 대한 경외감과 신에 대한 경배와 우주적 질서에 대한 이해를 고양시켜야 한다.

이 시대 지구위기와 전래 토테미즘과 솟대 상징성을 결부시켜 한류의 미래 역할을 확장해 볼 당위성을 논한다. 우크라이나와 중동의 전쟁과 핵무기 경쟁 속 지진, 코로나, 폭염과 가뭄, 산불, 홍수 등. 역대급 폭염 속 산불과 홍수, 남북한 모두 지난 봄부터 시작하여, 지구 곳곳 하와이와 미국 서남부, 터키 등 전 지구적인 산불과 가뭄 또는 폭염과 홍수로 지구는 몸살을 앓고 있다. 자연 순환의 리듬 파괴는 인간이 저지른 생태환경 파괴의 후과이다.

근년의 튀르키예와 시리아의 강진, 페루의 폭우와 대형 산사태, 7, 8월 세계적 폭염과 함께, 미국 하와이와, 화가 에밀리 카의 고향 캐나다 브리티시 컬럼비아 숲에 큰 산불이 나고 화가가 우려하던 환경파괴도 극심한 것으로 보도되었다. 불안정하고 뜨거워지는 지구의 기후위기는 폭염과 가뭄, 산불로 가시화되고 있다. 개발과 건설에 기반한 현대문명은 인류의 과욕과 과식으로 인간과 자연의 공생을 위협하고 종말을 예고하는 듯하다.

지금 이 시간의 환경 파괴나 지구위기에 대응할 글로벌 한류 콘텐츠로 진화해야 한다. 전세계 곳곳에 스러져가는 성황당과 솟대가 재건되고 자연에 대한 경외감과 인간의 겸양지덕이 함양되는 교육과 함께 영적 치유의 시공간이 부활되길 소망한다. 기성 종교계가 이단으로 내치기보다 지구촌 존속을 위한, 숲과 들이 보존되고 전통 토템이즘과 산 숭배 풍속과 풍수지리와 무속신앙이(혹샤만이 배제된) 결합되는 소도공간 문화를 육성하는 한류를 소망한다. 그러한 성소 또는 기도처가 도피처가 아닌 힐링의 장소로, 현대적 소도로 육성되고 교육과 치유의 터전으로 되살아나야 한다. 아마도 한국 교회와 사찰은 한류의 뿌리와 닿아있는 한국 샤마니즘 등 토속신앙과 함께, 솟대 문화를 수용하여 교회와 사찰 공간이 소도로 거듭나게 하고 인류의 영성과 정신문화를 이끌 당위성이 있다.

한국에서 솟대를 만드는 작가는 많은데, 그리는 화가나 소재로 삼는 영상 작품조차 아직 없는 듯하다. 앞으로 K-스피릿/정신한류의 표상으로 솟대문화를 발전시킬 당위성이 커지고 있음에도 한국문화 저변은 일면에선 아직 축소지향적이다. 전쟁과 갈등, 반목의 인류사의 정점에 지구촌의 영속성을 지킬 소도공간의 정신, 휴머니즘에 바탕한 경천애인의 신념의 부활을 솟대와 장승같은 한국문화소 속에서 발굴해 한류의 콘텐츠로 만들어야 한다. 아울러 소도공간의 정신에 자연과 우주에 대한 깊은 이해와 수용, 경외감을 담고 있기 때문이다. 한류는 인류구원을 영도하는 '한류정신K-spirit'으로 진화할 단계이며, 원류 홍익인간의 정신과 소도문화의 부활을 추동할 주체로 작동될 수도 있기 때문이다. 지금은 그것이 가능한 시기이다.

한국에서 남북분단의 공간 DMZ은 화약고가 될 것인가 역사공간이 될 것인가의 기로에 서있다. 그 곳 또는 그 부근에 소도공간을, 누구라도 용서하고 서로 사랑하는 솟대마을 또는 소도문화진흥원 설립을 제안할 수도 있다. 독일 분단의 벽 자리에 대한 그뤼네스 반트와 같은 녹색평화공간 운동을, 또는 DMZ 평화와 생태공원 만들기로 K-스피릿/정신한류의 목표를 세워볼 수도 있지 않겠는가!

한류의 미래비전

1장 한민족 공동체의 정체성과 문화융합

북방의 의미(남-북-러 시베리아 철로와 가스관연결 사업 이야기를 돌아보며)

12년 전 지난 2011년에 배재대 연구소 한국-시베리아 센터의 연구자로 자매대학인 시베리아 이르쿠츠크 대학에서 열린 한겨레신문사 주최 '동해에서 바이칼까지' 행사의 포럼에 참여했던 기억이 새롭다. 당시 남-북-러 시베리아 가스관연결사업 추진이 화제가 되고 있었다. 북한 김정일 위원장이 러시아 이타르타스 통신과의 인터뷰에서 시베리아 철도연결사업과 함께 가스관연결사업 추진을 다시 언급하였다. 그리고 한미정상회담에서 우리 정부가 북한을 통과하는 러시아가스관사업을 미국정부에 설명하고 양해를 구한 것으로 알려졌다. 청와대는 이미 북한과의 비밀접촉 때도 남북정상회담을 추진하며 러시아가스관사업을 3대 경협사업의 하나로 추진하자는 합의가 이뤄졌던 것으로 알려졌다.

물론 러시아 가스관 연결사업은 미국의 극동정책과 관련하여 본격적인 사업추진에 앞서 이를 설명하고 이해를 구할 수밖에 없는 것이 현실이다. 분명 가스관사업은 러시아가 극동지역에 영향력을 확대하는 통로로 활용될 수 있으며 한반도에서의 일정한 영향력 유지를 위한 미국의 전략적 고려도 들어 있는 사안이다. 그러나 봉쇄정책을 펴고 있는 북한에 경제지원이 가능해지고 북미 관계의 진보도 전망할 수 있고, 여기서 한반도 안정을 위한 러시아의 적극적 역할을 끌어낼 수 있는 계기를 마련할 사안이기도 했다. 한반도의 안정화와 더불어 러시아 시베리아의 철로와 가스관이 북한을 거쳐 이 땅에 도달할 날이 기대되었다. 동북아시아, 나아가 유라시아 상생의 담론이 확장될 시점이었다.

그간 우리 언론과 학계, 경제계는 경제와 역사와 정책적 입장에서 시베리아, 연해주의 중요성을 강조하며 시베리아와, 몽골에 대한 본격적인 연구와 정부의 진출정책을 촉구하였다. 시베리아 횡단철도와 한반도 종단철도의 연결사업 또한 경제성 논의와 함께 유라시아 시대의 개막과 통일 담론에 결부되어 논의되어 왔다. 이제 인문적, 역사 문화적 북방담론도 필요하다.

통일의 초석은 국경을 건너 북방대륙과의 학술, 문화적 소통과 만남을 통해 다져질 수도 있다. 분명 만주와 연해주는 고구려와 발해, 또는 고조선 시대, 일제 강점기 등 우리민족의 주요 생활 근거지였으며, 21세기 유라시아 시대를 대비해서도 한반도와 육로로 연결될 당위성이 더욱 커지고 있다. 지속적인 한류문화 콘텐츠 개발을 위해서도, 반도에 갇혔던 한민족의 심상지리적 영토와 유라시아 한류의 확장을 위해서도, 한반도와 북방 대륙의 문화적 연계성 논의도 재개되어야 한다. 고구려, 발해유적에 대한 연구와 함께 고조선 시대를 포괄하는 고고학, 역사학, 문학을 비롯한 인문학적 시각에서도 검토되고 심화되어야 한다.

북방담론은 이미 지난 세기 초 육당 최남선과 단재 신채호 등 선각자들에 의해 제기되었다. 일제 강점기 한국의 지성계에 역사공간으로서의 북방과 시베리아에 대한 기억은 한국사 왜곡 축소를 위해 주체를 모호하게 만들고 단군을 부정하는 일제가 행한 작업에 맞서 재생되었다. 그것은 남방 진출을 선전하던 일제의 제국주의에 대한 저항이기도 하였다. 민족주의에서 아나키즘에 까지 다가간 단재 신채호는 그의 『조선상고사』에서 고대 아시아 종족을 언어학적으로 분류하며 조선족이 흉노족과 함께 우랄어족에 속하며, 조선족은 동방으로 이동하고 흉노족이 서쪽으로 이동하고 분산하여 돌궐, 헝가리, 터키, 핀란드 족이 되었다고 단언하며 한민족 시원의 유라시아적 요소를 지적하였다. 북방대륙의 고대사를 고구려와 부여의 실체를 중심으로 인식하고자 한 육당 및 단재의 상고사 담론으로 웅대한 민족사가 환기되었던 것이다. 그리고 당대 백석 등 문인들에 의해 "북방"고토인식과 민족해방을 위한 담론의 확장에 연계된 상징성과 이미지가 표명되었다. 자연과 모든 인종이 공존하는 생태학적 서사 속에서 유라시아의 정신문화적 상징 공간으로 살려지기도 하였다.

일제하 한국문학 속에 북방 대륙 공간의 테마와 이미지에는 어두운 정세 하에 조국상실의 아픔이 녹아 있었지만 1930년대 이 땅의 대표 시인 백석의 시세계는 한민족의 긍정적 역사담론을 유도한 것으로 보아야 한다. 백석의 북방 도정은 줄곧 확고한 민족의식과 결부된다. 그의 〈북신-서행시초2〉 속에서는 투박한 북방 사람들을 보며 소수림왕(小獸林王)과 광개토대왕(廣開土大王) 시절의 광대한 한민족의 영토와 기개를 떠올리며 민족의 저력을 암시하였다.

잊혀진 기억- 북방의 신화

한국 근현대문학 속에 북방 대륙의 테마는 먼 변방 또는 유형지 이미지가 겹친 이국 유랑자의 슬픈 이야기가 주조되는 비극적 추상성이 지배적이었다. 때로는 이육사 시인에 의한 "광야"의 이미지 속에 조국의 광복과 자유, 인간 구원을 약속하는 땅으로 시사되기도 하였다. 결국 북방대륙은 한반도의 소외와 분단과 관련된 지정학적 공간단절의 의미가 결부된 민족사의 명암이 겹쳐지는 질곡과 모순의 땅이 되었다. 그러나 그 모순에 의해 문학적 상상력이 결합되어 동양과 서양의 경계를 건너 펼쳐질, 또는 대륙문화와 해양문화가 융합 상생할 희망의 땅일 수가 있다. 한민족의 분열과 분단을 치유할 단초가 내장된 공간으로 볼 수도 있는 것이다.

이미 고고, 민속, 언어, 인류학적 측면에서 만주와 시베리아는 한민족 시원 및 형성과정과 깊은 관련이 있는 지역으로 논구되어 왔다. 일제 이전 이미 남방문화와 중화사상에 짓눌려 스러져가던 이러한 인식은 구한말 이후 일제치하의 선구적 지식인 일부와 시베리아, 만주 지역에 정착한 북방 유민들 사이에 널리 유포되었던 것으로 보인다. 더구나 그 땅에 오래 살아온 조선족과 고려인에 의해 삶의 터전에 대한 애착과 함께 반도 내 한민족의 대륙적 정체성과 역사의 복원과도 연계된 담론이 발현되고 회자되었던 것이다. 다문화, 탈영토-국경너머 담론과 함께, 통일과정의 민족정체성 및 우리의 뿌리찾기 운동과도 연관되어 고구될 수 있다.

사실 조선조 이래 북방 만주 시베리아 관련 기록은 한국의 정통 사서(史書)에는 거의 사라져 갔다. 한국 역사학계가 그간 중화사상과 주자학의 위압에 눌려 고대사 부분 및 발해에 대한 언급조차 자제하지 않았던가 의구심이 든다. 더구나 사마천의 사기(史記)이래 작금의 '동북공정'까지 한반도 강역(疆域)을 축소-왜곡하려는 중국의 '공정'은 지속되어 만주일대 고구려와 발해의 예전 강역에 대한 발길조차 제한되어 왔다. 유라시아 대륙으로 이어진 북방공간에 대한 재인식은 폐쇄되어 가는 휴전선을 열고 닫힌 인문 공간을 확장하는 초석이 될 수도 있다. 한반도의 후배지로 민족의 통일과정에서도 끊임없이 환기해서 직시해야 할 대상지역이 아니던가?

지난 세기의 한국문단에서 북방담론은 흔치 않았다. 다만 지난 1980년대 이후 1920년대 파인 김동환의 대륙적이고 남성적인 어조와 거대 북방서사에 대한 재평가에 이어 1930-40년대 한국문단의 백석과 이용악 등 북방파 시인들의 북방공간에 대한 인식이 논의되고 있다. 특히 최근 한국 평단에서 백석이야말로 국문학의 지평을 넓힌 '북방시인'의 대표로서 탁월한 운율과 시학을 구현한 것으로 재평가되며 북방담론을 되살리고 있다.

원래 일제치하 김동환, 백석, 이용악, 유치환 등 만주와 시베리아, 연해주를 드나들던 몇몇 시인들은 주로 고향상실의 고뇌, 또는 식민지 한반도의 체제모순의 질곡으로부터의 도피처 내지 부분적으로 이상향으로서의 북방 지역 이미지를 간직하였다. 그러나 해방과 분단 이후 북방은 거의 완전히 잊혀진 역사공간이 되어갔다. 독립 이후 오히려 심상지리가 축소되었다. 섬같은 여건 속 현대문학과 기타 예술장르에서도 긍정적 북방정서와 이미지는 거의 사라졌다. 다만 남북분단의 비극적 정황에 천착한 노천명, 서정주, 김춘수, 신대철 등 몇몇 시인들의 시적 상상력 속에 노스탤지어적 이미지로 면면히 이어지는 듯하였다. 더구나 오장환, 이태준, 김남천, 이용악, 백석, 정지용 등은 기존의 월북 또는 북방계열 문인으로 단순 취급되면서 개별 작품들조차 논의의 대상으로도 금기 또는 회피되어 왔다. 그들이 모두 자의적으로나 타의적으로 북의 땅을 선택한 연유였고, 1988년 이후에나 이들 문인에 대한 전면 해금조치가 이루어져 비로소 논의와 연구가 재개되었던 것이다.

이제 이들 북방계열 문인들에 대한 관심과 연구는 한반도의 통일과정과 통일 후 미래를 대비하는 차원에서, 다가오는 유라시아 시대를 대비하여 한국문학의 내연과 외연에 대한 성찰을 위해 필연적 작업이라 할 수 있다. 특히 대륙을 떠돌며 1920-40 년대 일제하 비극적 한반도의 현실에 고뇌하던 선구적 시인들 김동환, 백석, 이용악 등 시인들의 북방 담론에 나타난 부정적 폐쇄 이미지 공간범주에서 탈경계적 긍정의 열린 공간 이미지까지 다시 검토할 시점이다. 더구나 일제치하의 어두운 조국상실의 아픔 속에 백석의 낙원회복의 꿈과 존재론적 유토피아를 향한 리얼리즘이 구현되고 있었으며, 이용악은 척박한 북방대륙에 떠밀려온 유이민의 고통을 노래하면서, 민족의 부활과 온갖 생명의 공생을 꿈꾸고 있었던 것으로 보아야 한다. 특히 백석의 시 속에 묘사되고 구현된 삶, 풍물, 풍속, 의식에 의한 시원의 유토피아적 세계관과 역사현실에 대한 수용 양태를 검토할 필요가 있다. 궁극적으로 한국근대시 속에 노정된 북방의식과 북방에 대한 적극적, 긍정적 인식의 척도를 제시하는 것이 우리의 과제가 될 것이다. 현실보다 나은 세계, 일제의 압제와 분단과 외래의 정치 이데올로기에 의해 갇힌 공간에서 저 북방의 열린 대륙 공간으로의 지향은 당대 시대정신의 구현이었으며, 분단되어 섬과 같은 지형이 되었던 한반도 현실 속에서도 유효하다.

시원적 공생의 길

근현대 한민족의 의식 속에 북관지방 일원과 함께 만주와 시베리아는 가난한 유민과 일제치하 투쟁하고, 상처받고 좌절하던 독립운동가들의 피신과 유랑 생활의 고난이 깃든, 춥고 어두운 비극적 디스토피아 이미지로 각인되었다. 그러나 고뇌 속 깊은 성찰에 따른 민족의 뿌리 인식에 이어 자유와 독립을 위한 긍정적 이미지와 희망의 근거가 되기도 하였다. 비극적 현실의 바닥 위에 피어난 이러한 희망의 근거는 때로는 한민족의 고대사와 수렵 유목적 유전인자의 포용력과 적응력에 기인하였다. 마치 시베리아로 유형 온 19세기 러시아 반체제 지식인들의 최종적 이미지와 같은, 즉 유토피아를 향한 긍정적 이미지와 겹쳐지기도 한다. 그것은 대자연이 살아있는 광대한 공간 속에 제도와 체제, 경계를 벗어나 존재하는 것 자체만으로도 인간의 상상력을 자유롭게 하기 때문이기도 하다.

근대 이후 한국문화 전반에 만주와 시베리아를 포괄하는"북방(北方)"이라는 용어는 중의적으로 사용되었다. 주로 추위와 먼 북쪽의 이국땅으로서의 부정적 개념과, 고조선 이전 시기 민족 시원과 고구려와 발해로 대변되는 고토로서의 긍정적 이미지와 개념이 정립되었다. 특히 분단이후 지난 현대사 속에 잊혀져야 할 숙명의 공간이었지만, 만주, 시베리아는 한민족의 고대사와 결부되고 한반도 내 대륙문화소(大陸文化素)의 원천으로, 잊혀진 기억이 살아나 대륙적 상상력의 근원으로 작용해 왔다. 무엇보다 국경 너머 연장된 땅이고 이 땅의 토테미즘과 샤마니즘 등 기층문화와 신화가 유래한 또는 공유된 대륙이기 때문이다. 그곳은 고구려의 정신으로 표상된 광활한 대지 위에 주유하던 태고적 이래의 민족성, 즉 유장하며 강직하고 장엄한 대륙적 기개와 정서의 원천이었다.

해방 이후 한반도의 분단이 가져온 비극적 결과 가운데 하나는 북방의 광활한 대륙과의 단절이 고착화된 점이다. 만주 벌판은 근대 한민족이 활동했던 무대였으며, 시베리아는 고대 한민족이 한반도에 정착하기 전 시원의 터전이었다. 그러나 근현대사를 지나오면서 반도로 내몰리고, 이어 분단 이후 마치 섬처럼 고립되어 한국 사회는 대륙적 기상과 대륙적 상상력을 거의 완전히 잃고 말았다. 섬 같은 위치에 갇혀진 남한 사회는 주로 해양문화가 지배하며 원래의 대륙 문화적 기개를 잃은 결과 조급성과 분열적 민족성이 배태되어온 측면이 있다. 한국 지성계와 문학계에서도 북방 만주와 시베리아 공간에 대한 기억이 거의 사라져갔다. 대신 오히려 그리스, 로마 신화에 탐닉했다. 다만 단군신화의 곰과 범 신앙과 함께 산사의 삼신각 그림이나 신화와 솟대 등의 민속, 그리고 민담, 구전설화와 같은 담론 속에나마 정신문화적 상징 공간으로 명맥을 유지해 왔을 뿐이다.

과거 시베리아, 북아시아에 널리 퍼진 민족은 북방 몽골로이드 또는 고아시아족이며 한민족도 이에 속한다. 유, 무형의 고고유물과 전래 민속, 언어 등 문화의 원류가 한반도와 만주, 시베리아에 공유돼 있는 것이다. 근래에 와서 한국 고고, 문화인류학계와 언론매체에서 그간 한반도 인종의 기원지로 흔히 언급되었던 지역은 북방지역 즉 중국동북부지역, 발해만 등과 러시아 연해주 지방에서 몽고와 바이칼 호 유역의 시베리아로, 그리고 알타이, 중앙아시아 지역으로 확장되기도 하였다. 신석기 시대 북방대륙에서 한반도에 걸쳐 각 지역엔 서로 다른 문화의 인종이 살고 있었다. 이들 다른 인종은 주로 북방대륙에서 서로 다른 길로 한반도로 남진-유입되고 토착민 또는 남방계와 융화된 것으로 밝혀지고 있다.[1] 특히 근래에 유전학자들이 바이칼 호 인근지역을 비롯한 시베리아 몇몇 지역을 민족 형질이 완성된 곳으로 비정하고 있다.[2]

한국의 신석기문화 유물과 시베리아의 그것과의 상관관계는 고고학계의 일반론이었고, 통상 그 전파 경로는 서에서 동으로(우랄에서 만주, 연해주로) 북에서 남으로(한반도 지역으로) 진행되었다고 보고 있다. 그것은 특히 19-20세기 러시아와 구 소련에서의

---

1 한영희, "한민족의 기원", 한영희 외, 「한국민족의 기원과 형성(上)」(서울: 小花, 1997), 79쪽.
金貞培교수는 한반도와 시베리아 신석기시대 토기-빗살무늬토기-의 유사성과, 무덤 속의 시신의 머리 방향-동방선호의 일치 등을 예로 문화유사성을 강조하였다. 즉 이 문화의 담당자가 바로 당시 시베리아에 살았던 고아시아족으로 이들이 한반도로 유입되었다고 하였다. 金貞培는 한반도와 만주 일대에 살던 고아시아족은 고아시아어를 사용하였고 이 언어의 잔재가 李基文 교수에 의해 주장되던 고구려 어휘 속의 길랴크(Gilyaks)어와의 일치성에서 찾을 수 있다고 하였다. 또한 단군신화에 보이는 웅녀사상이 시베리아에 퍼져있는 곰 숭배사상에 뿌리를 두고 있다고 하였다.

2 이홍규 엮음, 「바이칼에서 찾는 우리민족의 기원」(서울: 정신세계사, 2005) 참조.

시베리아 고고학발전에(오클라드니꼬프 등) 기인하여, 한국의 고고 인류학계에서 동북아 구석기, 신석기문화 속의 광역화된 문화진화과정에 관심을 가지며 발전해왔다고 보았다. 또한 단군신화에 보이는 웅녀사상이 시베리아에 퍼져있는 곰 숭배사상에 뿌리를 두고 있다는 것이 통설이다. 그러나 남방설, 자체형성설 등 이설과 함께 아직 논쟁의 여지도 많다.[3]

샤마니즘으로 대변되는 유라시아 대륙의 고대 문화 체계 속에는 수렵과 유목, 농업 대가족 공동체 문화 속에 자연과 어울린 확고한 대륙적 상상계가 존속했었다. 그러한 공동체 문화 속에 자연과 어울린 고대 유라시아 리얼리즘의 세계는 신화적 상상력과 생활이 공존하고 유교, 불교, 기독교 도입 이전의 유라시아 복합문화 양상을 보여준다. 그것은 제사장 샤만이 살던 시대, 그 이전 신화와 민담으로서 결코 단순한 권선징악의 테마에만 머물지 않고 더욱 폭넓은 인간관과 자연관을 담보하고 있다. 이러한 공동체 문화 속에 자연과 어울린 대륙적 상상계의 리얼리즘이 다시 발현되려면 유라시아 드넓은 대륙 곳곳에 형성된 공통적 테마와 상징성이 연구되고, 한민족의 북방계 신화와 민담도 이 테

3 한영희, 앞의 논문, 85-88쪽.

두리에서 다시 검토되어야 한다.[4]

4 참고 할 고고 인류학계의 연구 성과는 많다. 위의 책, 한영희 외 「한국민족의 기원과 형성(上)」(서울: 小花, 1997)에 이어서 「한국민족의 기원과 형성(下)」(서울: 小花, 1997) 에서 인류학자 조흥윤 교수는 샤마니즘 즉 무를 종교로 규정하고 한국 고대 무의 종교적 체계를 분석하고 있다.(18쪽) 조교수는 결론적으로 한국 고대 무의 제반 요소는 시베리아나 북 아시아에서 널리 확인 할 수 있는 것들로 본다. 그런 다양한 요소 및 상징들은 한국 무에서 적절히 복합되어 체계적으로 편성되었다. 그는 한국 무의 계통은 시베리아 및 북아시아와 연결되는 북방계통임이 분명하다고 단언하고 있다. 그리고 한민족의 고대 무는 시베리아 및 북아시아 샤마니즘의 제반요소를 수용하여 체계화하고 특징적인 발전을 이룬 것으로 결론 내렸다. 고조선 단군신화를 무의 종교적 체계의 특징이 내포된 것으로 본다. 김병모(金秉模) 교수는 한반도 무의 시작을 청동기 시대: 청동거울, 청동방울에서 찾는다. 김병모는 신라 왕족의 금관: 山, 出 字形의 상징성을 부랴트 족과 에벤키 족의 무당의 관모(冠帽), 신화와 직통됨을 지적하였다.(김병모, 「한국인의 발자취」(서울: 집문당, 1994), 148-149쪽.
특히 신라 금관의 나무모양 장식은 시베리아 제민족의 세계목과 유사하다. 즉 금관에 붙어있는 뿔 모양 장식은 예니세이 무당들이 진짜 사슴뿔을 장식하는 것과 같은 맥락이라고 볼 수 있다. 이는 처음 독일인 학자 헨체(C. Hentze)가 경주 금관총 출토 금관에 주목하여 시베리아 제민족의 세계수(World tree)과 연관시켰던 것이다. 김열규(金烈圭) 교수는 시베리아의 새(鳥) 형 무당의 모자와 사슴형 무당의 모자, 이 두 형식의 무당관(冠)이 신라 금관에 이르러 복합 내지 종합된 것이라 하였다. 특히 여러 새가 마치 앉아 있는 금관(서봉총의 금관)은 이를 새형 모자의 영향으로 김병모 교수는 그것을 스키타이-바이칼- 신라로 흐르는 문화의 맥으로 주장하였다.(「한국민족의 기원과 형성(下)」 P.49.)
금관의 出 字모양은 큰 사슴 뿔 모양의 재현인 것이며, 우주목/세계수의 가지이기도 하여 상징성과 모양은 곧 솟대와도 부합된다. 부랴트의 천막인 겔 속에 이 나무는 한 가운데 세워져 굴뚝역할을 하는 한가운데 트인 곳으로 하늘을 향해 나아간다. 무당은 바로 그것을 타고 천상계나 지하계로 여행을 한다. 이 우주목은 결국 생명과 불사의 나무라는 상징을 갖는 것이며 그 나무는 솟대가 되어 그 위에 얹혀진 오리를 비롯한 새가 되어 무당의 천계여행을 돕는, 비상을 상징하기도 하는 것으로 이러한 관념들이 신라 금관에 복합적으로 표현된 것으로 본다.

한반도의 자리

유라시아 대륙 끝자락 충수돌기 꼴로 튀어나온 한국 땅은 그간 분단과 삼면이 바다로 둘러싸인 섬 같은 지정학적 위상이었다. 해양세력과 대륙세력이 충돌하고 침략을 도모하는 강대국 틈바구니에서 진출로의 교두보 역할을 했다. 특히 19세기 말 20세기 초 약육강식 패턴의 강대국 식민주의자들의 먹잇감으로, 식민지로, 독립을 위한 투쟁과 이념전쟁이 자행되던 전장으로 도전과 응전, 그리고 패배의 무대였다. 이 땅의 백성은 근현대사를 거치며 결국 외래 이념과 당파적 분열과 분단으로 패배와 분열의 민족이 되었다.

그러나 지금 21세기 한민족은 멸족되지 않고 살아남아 오늘날 몇몇 지표에서 세계 강자의 자리에 도전하는 단계에 왔다. 이제 면면히 이어온 생존의 이유, 그 기층문화 게놈은 무엇인가와 한반도 평화와 통일의 근거와 연루된 미래 전략이 우리의 관심 영역이다. 한민족 공동체의 정체성 또는 디아스포라 한민족의 생활과 정신문화의 뿌리를 지정학적, 지문화적 접근으로 파악해 보는 작업이 과제이다. 또는 예술문화적 상상력으로 기층의 역사와 현실을 파악하고 지속가능한 인류사회를 위한 과제와 새 틀을 상정한 정신한류K-spirit을 탐구한다. 이를 위해 한국사회가 자랑하는 한류의 방향도 학술테마로 재정립되어야 한다. 심도 있는 연구와 함께 전통문화에 대한 고찰을, 미국 출신 이만열 교수의 지적대로 "한류 문화에 한국의 고전문학을 비롯한 다양한 문학을 포함할 필요가 있다."[5]

미래로 이어질 한류의 뿌리는 어디까지 뻗어 있을까? 한반도는 원래 지질학적으로 노년기 지대로 기름지지 못한 가난한 땅과 문명지대였지만, 지구의를 거꾸로 돌려놓고 보자면, 동에서 서로 문명의 출발점이 되는 땅이다. 토박한 지표면 위에 사계절 순환 조건과 대륙과 해양 생태 환경이 융복합되어 다원적 식생대와 문화가 형성되었다. 백두대간을 비롯한 기암과 괴석의 산세 좋고 물이 맑은 땅에, 인종과 문화가 섞인 유라시아문명의 최종 기착지로 농축, 발효된 음식문화로 표상된 새 맛과 향이 창출된 곳이 되어야 한다.

지금 유라시아 대륙에서는

일부 인사들의 재능으로 창출된 예능 한류는 자본에 예속되어 곧 사라질 유행성 돈벌이 수단으로 전락할 우려가 있다. 종교재단조차도 대형 건축공간이나 초대형 교회나 사찰의

5 이만열(임마누엘 페스트라이쉬). 『한국인만 모르는 다른 대한민국』, 파주: 21세기북스, 2019, 159쪽.

건립과 치장에만 치중하며 자본에 포획되어 가는 양상이다. 한국경제의 성장과 선진화를 위한 급속 개발과 부자되기 경쟁에서는 기성 종교계조차도 다르지 않고 물신주의적 대형교회 현상을 본다. 대형화를 지향하는 개신교계 일각에서는 "성장의 한계를 말하지 않고" 예수님과 그 선지자들의 말씀과는 반대의 길을 걷고 있는 것일 수도 있다.[6] 많은 교회와 사찰조차 흔히 영혼 없는 의식과 사업에 매달리며 무신론적 물신주의에 매몰되어 있는 양상이다. 한민족의 영성은 높은 평가를 받을 수 있을까? 물량주의적 신앙과 과도한 욕망의 추구에 매달린 삶의 풍토로 생태환경의 파괴와 교란이 자행되며, 결과적으로 인류는 전염병 팬데믹(코로나19)에 이어 중동과 우크라이나 전쟁으로 세계대전의 위협에 몰리고 있다.

20세기 후반 이래 이념과 국경과 종족의 의미가 흐려지고, 대신 세계화의 급물결 속에 구사회주의 권역은 마치 평등과 무신론 이념조차 버리고 신격화되는 국가권력 우상을 만들어가고 있

6 한 기독교 지식인의 말을 인용하면, "전 세계 50대 교회 중 23개가 한국에 있다. 세계 10대 교회 중 5개가 한국에 있는 교회다. 세계 최대의 교회도 한국에 있고, 세계 최대의 장로교회, 세계 최대의 감리교회도 다 한국에 있는 교회다. 한 교회의 신도 숫자가 대전시 전체 인구의 절반이 되는 교회도 있다. 참으로 이러한 현상은 2000년 기독교 역사에서 한 번도 찾아볼 수 없는 현상이다." 라는 것이나, 그 통계는 확인되지 못했다.

는 추세이다. 일인 장기집권 체제의 북한, 러시아와 중국은 백성들에게 강력한 일당, 일인독재적 국가체제에 대한 신앙적 믿음을 강요하는 것인가? 시진핑의 중국은 공자를 되살리며 세계초강국으로 "굴기"하여 세계를 지도할 정신문화의 전통인 중화주의를 재건 중이다. 동북공정이 그것이며, 경제적 통합을 위한 일대일로 정책을 내세운 중국공산체제는 전통의 무신론 또는 유물론까지 버리고, 집집마다 돈 벌게 해주는 신을 모시도록 하는 모습을 보이고 있다. 러시아는 소련 해체 후 이념을 버리고 자본주의 시장경제의 확산과 동시에 러시아 정교의 급속한 부활이 진행되고 있다. 모스크바는 슬라브주의 또는 제3로마를 꿈꾸는 메시아니즘을 되살려 가며(우크라이나 전쟁을 보면) 뿌찐은 현대판 짜르가 되고 있다. 마치 제정일치 왕정의 시대가 되돌아오고 있는 형국이다. 군산복합체에 휘둘리는 미국과 유럽은 곤혹스럽지만 다시 동서냉전 시대를 두려워해야 한다.

척박한 토양과 역사의 분단의 땅, 한국에서는 생존의 몸부림과 함께 부자되기를 아울러 개발도상국을 졸업하고 선진국 대열에 합류하고 있다. 그러나 성장과 선진화의 과실과 함께 극심한 파괴와 오염의 댓가를 치루고 있다. 고도화된 문명의 이기는 정신을 황폐화시키고 모든 신을 부정하며, 오직 도도히 흐르는 물신주의 물결 속에 빠지더니, 결국 코로나19라는 역신- 바이러스에게 당해 휘청되었다. 신의 징벌인가? 개발과 건설의 땅 중국에서 불어온 황사가 한국의 봄을 위협한다. 지금의 우리 인류는 먼 훗날 호모 마스크스- 마스크 쓴 인류로 기억될 수도 있다.

니체를 원용하자면, 그간 현대문명과 정세를 주도하던 서구 철학과 문명, '우리'가 이미 신을 죽이고 말았다는 것이다. 과연 신을 죽이고 지구를 중병들게 한 범인은 누구인가? 툰베리라는 소녀에 의하면 결국 우리 기성인이 이끈 경제 선진국이다. 고도의 물질문명을 구가하고 있는 인류의 무모한 개발과 소비는 코로나19라는 바이러스 복병을 맞아 전지구적 팬데믹을 겪게 했지만, 다시 여기저기 서로 죽이는 전쟁에 골몰하고 있다. 모두가 무신론적 물신주의자가 되어 무한경쟁의 게임 속에 갇힌 우리는 이른바 산업화에 이어 정보화와 첨단화 4차산업혁명 등의 미명하에 무분별한 소비와 개발과 생산을 위해 지구 전역을 파헤치고 파괴를 감행하고 있다. 그 결과 이제 전 지구적 재난(기후위기/질병)으로 모든 지구생명의 위협에 이어 툰베리와 같은 소녀의 외침과 함께 지구 곳곳에서 자성과 대책이 촉구되고 있다.

다만 유라시아 곳곳에서 민중의 자발적 깨우침으로 신과 대자연에 대한 경외감과 겸손한 자세의 믿음이 부활하고 있다. 기성 교회와 사원의 재건 움직임이 있는 중앙아시아와 투바, 부랴트, 사하 등 시베리아 고아시아인들의 후예들은 자신들의 영토에 성황당과 솟대 등 샤마니즘 기도터를 다시 만들고 있다. 그런 토템과 샤만에 대한 신앙심을 융합한 불교와 이슬람, 기독교 등 기성 종교의 근원적 영적 믿음에 대한 성찰과 자각도 살아나고 있다. 지구의를 돌려놓지 않더라도, 한반도는 분단의 비극을 안고라도, 새 문명의 출발점이 될 수도 있는 땅, 영적 문화 부활의 출발지가 되어 그들 약소 민족들의 정체성과 문화를 아울러 평화와 환경을 도모하는 문화연대의 길을 열 수도 있다.

도전과 응전/ 농축과 발효/ 문화융합

2022년 경주국립박물관에서는 '고대 한국의 외래계 문물-다름이 만든 다양성' 특별전이 열리고 여기서는 계림로 14호 무덤에서 발굴된 황금보검을 비롯한 멀리 서역, 중앙아시아 혹은 흑해 연안에서 만들어진 유물들이 전시되었다. 유라시아 대륙을 가로지른 문명교류의 발자취를 보여주는 것이었다.

전시는 선사부터 통일신라시대에 이르기까지 다양한 외래문화가 한반도로 유입된 교류 양상을 보여주는 데 초점을 맞추고 있다. 경남 사천 늑도에서 확인된 일본 야요이계 토기와 서역인을 닮은 경주 용강동 흙인형(토용), 경남 창원 현동의 낙타 모양 토기 등의 유물이 대표적이다. 최선주 국립경주박물관장은 '이

번 전시가 문화 다양성과 소통에 대해 생각해 보는 계기가 되기를 바란다'고 밝혔다.(2021년 11월 29일 동아일보). 바로 선사시대부터 한반도에는 다양한 유라시아 문명의 이동과 전파, 그리고 접변과 융합 농축이 이루어졌던 사실을 일깨워준 것이다. 한류의 근원을 다시 보아야 한다.

메타버스가 중요한 시대이다. 가상과 현실의 경계가 모호해지고 신화적 세계가 재구성되고 있다. 현실은 갇혀있는 감옥인데 메타버스의 세상에서 사람들을 만나고 더 자유롭게 경계를 뛰어넘을 수 있기 때문이다. 한민족 고대사의 신화와 상징 코드는 유라시아 대륙과 해양문화에 접속되고 이미 메타적이었다. 축소 지향적, 자조적 반도사관의 틀 속에서 그간 대중화주의에 빠진 사대주의와 식민 반도사관에 몰두하던 주류 한국사학계 등 국학계도 눈을 뜨고 인식의 전환을 이루어야 한다.

이 시대에 갑자기 다문화가 회자되고 있지만, 원래 단일 민족 문화는 있을 수 없다. 민족은 어디서도 고립된 집단으로 존속될 수 없는 국가, 영토. 주권이 기반이 된 문화공동체적 실체이다. 한민족은 석기, 청동기와 철기 시대 이래 이 땅에 북방과 남방 또는 중원으로부터 끊임없이 오고 간 종족과 인종들에 의해, 다문화 현상이 무한반복을 거친 역사의 산물에 다름 아니다. 종족간 문화의 융합과 대립의 산물이 민족, 백의민족, 한민족, 한국인의 그것이기도 하다. 물론 한 언어로 소통하기까지 전쟁과 이합집산의 융합과정도 있었던 것이고 골격과 체형도 그렇게 형성되었다.

고조선 이래 민족 정체성은 도전과 응전 속에 언어와 식생을 비롯한 문화 전반의 아이덴티티와 차별성을 형성해온 역사의 산물이다. 한민족은 대륙과 해양에 걸쳐 외래 인종과 종족, 나아가 문명의 도전과 응전 속에 쌓아온 생활문화와 정신을 지닌다. 특히 근대 이후 동서양을 잇는 유라시아의 문화를 함께 수용 융합하여 현대의 문화, 특히 한류로 대변되는 역동성을 보여주는 지금의 가시적인 현상들로 가꿔져 온 것이다.

먹거리에서 주목한다면 김치와 젓갈 등 발효문화 속에 답을 찾게 된다. 대륙과 해양의 산물을 융합하여 오래 저장해 만들어진 것이다. 바로 소금과 양념이 배추와 무 등 채소류와 섞이고 보관되어 농익은 뒤 깊은 맛을 내는 김치와 장류, 농익은 상태와 냄새로 이끌었듯이 –문학적 수사에서도, 시인 백석 시 '국수' 등에서 표현된 바이다. 원시 고대 한반도 정신문화도 문명도 마찬가지다. 대륙에서 도래한 청동기, 철기문화와 곡옥과 유리 등 해양을 건너온 유물과 함께 샤마니즘 풍속과 제의에서 보여지는 것은 그것이 이 땅에서 다시 적당한 양념이 섞여 농축되고 발효되어 이루어진 바와 같은 문화융합이다.

2장 북방한류와 생태통로

가자지구와 우크라이나에서의 전쟁은 합리와 이성, 과학 중심의 서구 문명과 왜곡된 이념과 종교, 민족주의의 극적 한계와 폭력성을 노정한 비극적 사태이다. 경제와 안보를 내세워 무기들을 소비시키고 영토와 전선을 확대하기 위한 패권전쟁에 인간과 뭇 생명을 무차별 학살 중이다. 한반도 상공에서도 미사일이 날고 있다.

진정한 세계평화체제를 위한 세계의 평화문화연대를 염원한다. 한반도와 유라시아 생태통로를 연결하는 생태환경운동과 함께, 고대적 상상력을 기반으로 인문적 상생의 한류를 북방 유라시아에서 창출해 볼 수도 있다. 국경과 국적을 뛰어넘는 케이 팝 한류가 이미 세계대중문화계에서 선도적 일익을 펼치듯, 당위적 '정신 문화강국'이 가장 비극의 땅에서 가장 큰 희망-세계평화체제 담론과 운동을 창출하고 선도할 의지를 표명하는 것이다.

유라시아 대륙과 한반도, 특히 북아시아 시베리아 연해주와 한반도는 자연 생태상으로나 역사적으로 밀접하게 연결되고 소통한 지역이다. 유라시아 대륙은 동서축으로 횡단하며 고대의 종교와 문화와 기술이 오고 간 땅이다. 유럽과 중앙아시아에서 동으로 시베리아-만주-한반도까지 몽골리안 루트와 스텝로드-초원의 길로 문명교류가 이어져 온 역사 사실을 기억하고, 유라시아 평화와 문화연대에 한민족의 역할이 기대되고 있다. 지구 기후위기와 패권전쟁을 멈추게 하는데, 고대 인류의 자연친화적 생업 전략과 상생의 정신문화를 복원하는, 대안을 생각해 본다.

찬란한 봄의 꿈

지난 세기 백석 시인은 민족의 고토 북방 영토와 그곳의 평화를 기리는 '북방에서'를 노래했고, 백범 김구 선생은 광복조국의 미래 "문화강국"을 희망하였다. 지리적, 문화적 인식의 지평을 넓혀야 한다. 윤명철 교수는 말한다. "우리 역사는 아직까지 반도 사관과 동아시아 사관에 갇혀 있습니다. 한민족의 활약 무대를 한반도, 동아시아에만 국한시키고 있죠. 우리 민족의 실제 활약 무대는 유라시아 대륙과 해양이었습니다."(한국경제, 2021.01.19.)

머지않아 한반도 허리를 가른 철책과 콘크리트 벽이 여기저기 제거되며 남북 간 철로를 비롯해 육해공 여러 갈래 길이 연결될 날을 고대한다. 이어 우리의 희망은 한반도 종단철로가 유라시아 횡단철로와 연결되어 항로, 해로와 함께 육지의 길이 유라시아로 이어진다는 것이다. 곧 우리의 심상지리가 폐쇄된 섬나라 위상에서 트인 평야와 다름없는 유라시아 대륙, 푸른 초원의 길 위로 도약하는 것이다. 남북정상의 만남, 2018년 한반도에 찬란한 봄과 가을이 왔었지만 다시 겨울이 지속되고 있다. 그러나 이 땅에 지속적으로 피어날 평화와 통일의 꽃들은 뿌리를 내리고 또 다른 봄을 기다리고 있다. 진정 또다시 새로운 남북 정상회담이 북·미 정상회담을 견인해 내고, 이 땅에 인류사적 변화와 평화의 화원을 꾸며 낼 수는 없는가?

남북 경제와 사회 교류 논의와 함께 분단 이데올로기로부터의 탈주를 위한 문화계의 탈경계 역사에 대한 검토가 필요하다. 월경한 작가 황석영도 있었고, 분단의 아픔을 토로하고 폐쇄된 철책을 넘어 푸른 초원의 평화와 상생, 생명력 복원을 희구하던 시인이 있다. 북파 트라우마를 시화하며 군사분계선을 멀리 돌아 넘던 신대철 시인이다. 그는 철책과 군사분계선, 우리의 기억 저편에 억눌려 있던 이 비극의 현장을 집요하게 환기시키고 있었다.

> "물가에 한 젊은이가 넋 놓고 앉아 있었습니다. 엊그제 죽은 동생을 바이칼에 뿌렸다고 했습니다. 어깨와 다리의 힘이 서서히 풀려나갈 때까지 나는 젊은이 옆에서 물결 소리만 들었습니다.// 땀 흐르는 등줄기에/ 파편만 남기고 죽은 혈육들/ 개울창에 엎드린 채/ 폭음과 함께 사라진 동무들/ 분계선에 뒹굴던/ 갈대숲 모래밭의 하얀 뼛조각들/ 떠오르는 대로 혼 달래어/ 머리 위에 흐르는 물길로 달래어/ 바이칼 호수에 묻고/ 하늘로 덮었습니다." (신대철, '푸른 무덤'에서)

북파공작원들을 떠나보내는 철책선에서 근무했던 시인의 고통과 죄의식이 노정되어 몽골과 시베리아평원과 바이칼까지 이어지는 북방 여정과 그의 족적이 시집 《바이칼 키스》 시편에 담겨 있다. 그의 북파 트라우마는 지독하다. 그러나 그 한과 죄의식이 토로되고 해원되는 시적 승화가 이루어진다. 시인은 한반도의 고통을 수용해 시적 공간의 확장을 북방 민초들의 고대사 공간인식을 바탕으로 전개한다. 만주, 고비사막, 시베리아, 북극권에 이어 알라스카까지 북방 땅으로의 지난한 여로에 이어 비로소 시인이 다다른 시베리아 바이칼 호수의 푸른 물이 진혼과 정화의 물이 되고 있다.

신대철 시인은 백석, 이용악 등 북방 시인들의 심상지리를 되살려 북방 유라시아 대륙에서 한민족과 고아시아계 소수 민족들의 상생을 희원했던 것으로 보인다. 러시아 소설가 도스토옙스키가 사형대에서 내려와 간 불모의 시베리아 유형지에서 갱생의 길을 갔다면 신대철 시인은 북파공작원들을 떠나보내는 철책선의 아픈 기억과 한반도 폐쇄 공간으로부터 탈주하여 북아시아 대륙의 광야와 오지를 방랑한 연후 갱생과 해원상생에 이른 것이다. 그러나 시인은 늘 그렇듯이 다시 한반도로 회귀하며, 민족의 통일과 민초들의 평화와 공생의지를 되살리는 담론을 펼친다.

우리는 나아가 한반도에서 북방으로 이어진 유라시아 평화문화공동체 시공간을 꿈꾼다. 권력과 자본에서 소외된 민초들의 문화를 통한 유라시아문화연대, 민중적 북방특수를 위한 초석을 놓고 공유하는, 모든 자연과 민족의 공생, 상생을 희원하는 백석과 신대철 시인의 심상지평을 돌아보며 정신문화 K-spirit을 퍼뜨리는 통일 한반도의 문화강국을 고대한다. 이를 위해 꿈꾼다. 어느날 투바, 위구르, 부랴트, 몽골 등 유라시아 약소민족 민속공연단을 모아서 평양, 연변, 하얼빈, 우라지오(블라디보스톡) 등지에서 유라시아 민속춤과 음악 합동공연 또는 각종 전시회를 개최한다. 서태지의 "발해를 꿈꾸며"를 들으면서 핵이 아닌 문화예술이야말로 평화의 최고 추진 동력이라 생각하기 때문이다.

호랑이 생태통로의 복원과 유라시아

단군신화 속의 곰-웅녀신화와 함께 호랑이 전설은 한반도의 곳곳에 살아있다. 오늘날까지 우리 전통민화에는 담배피는 호랑이 등 친근한 이미지의 호랑이가 흔히 등장한다. 그러나 생태환경의 변화로 야생 곰과 호랑이는 이제 한반도에 거의 존속하지 않는 것으로 알려져 있다. 그런데 지난 몇 년 전 한국 호랑이 생태복원에 대한 희망을 보여주는 기사가 있었다. 100년 전 한국 호랑이 표본 시료 4점을 입수해 유전자 분석을 한 결과 한국 호랑이와 현존하는 아무르 호랑이의 유전자 염기서열이 완벽하게 일치하는 것으로 나타났다는 것이다.(뉴스펭귄, 이병욱 기자, 2019.01.30)

"호랑이는 1900년께만 해도 아시아 전역에 약 10만 마리가 서식했지만 현재는 3천여 마리만 고립된 지역에서 살고 있다. 호랑이는 지리적 분포와 형태적 특성에 따라 모두 9개의 아종으로 분류되지만, 3개 아종은 멸종했고 나머지 6개 중 남중국 호랑이는 동물원에서만 볼 수 있어 5개 아종만이 야생하고 있다. 이 가운데 러시아 극동에 서식하고 있는 아무르 호랑이와 지금은 사라진 한국 호랑이가 같은 아종에 속한다는 사실이 유전자 분석을 통해 확인된 것"이라는 것이다. 전성우 한국환경정책평가연구원 책임연구원은 "극동 러시아에 살아 있는 야생 호랑이 개체군 보전에 성공해 이들이 번성하고 러시아·중국·북한 사이에 생태통로가 만들어지면 아무르 호랑이가 서식 영역을 확장해 백두산으로 되돌아오고 통일 뒤 한반도에서 서식할 수 있을 것"이라고 말했다. 서울대 이항 교수는 유전자 분석을 뒷받침한다고 설명하며"아무르 호랑이와 한국 호랑이가 같은 핏줄이라는 것은 아직 한국 호랑이가 살아있다는 것을 의미한다"며 "한국 호랑이의 미래는 현재 400마리 정도의 개체만 남아있는 아무르 호랑이 개체군 보전에 달려 있다"고 강조했다.

한반도와 대륙의 생태통로가 필요한 시점이며, 통일을 향한 한민족의 의지도 이 지점에서 검토해 볼 수 있다. 러시아·중국·북한 사이 호랑이를 위한 생태통로는 곧 인간을 위한 생태통로에 다름이 아니다. 이미 정치경제가 아닌 생태와 문화로 소통하고 즐기는 한류라는 문화 통로가 만들어져 있다. 이 시점에 한류의 실체와 그 뿌리를 미래에 연결된 지속가능성과 환경영향을 살피며 어떤 한류 산업이 육성되어 영속성을 유지시킬지를 판단해야 한다.

한류산업의 문화적 콘텐츠를 구성할 고대 우리 문화의 뿌리는 유라시아 대륙에서 아메리카 원주민 문화까지 상징 코드와 디엔에이가 넓게 공유된 상태로 본다. 몽골사 전공 주채혁 교수는 그의 《유목몽골순례II》에서 K-POP에 대한 광대한 생태-역사주의 분석을 하며 유목 몽골로이드와의 연대를 주창했다. "사실상 작은 섬나라에 지나지 않는 한반도 남부 남한에서 불씨가 지펴져 온 누리에 번지는 K-POP 한류 열풍 핵심실체들의 개아사를 복원해 낸다면, 주로 어떤 마력을 품어온 역사적 정체가 드러날까요? 개아사에서 지피지 않은 불길이 들불처럼 번지며 마냥 연기를 내뿜을 수 있을 리가 만무합니다."

그는 이어 몽골의 하르누드 운 하칸추루 교수가 "몽골과 고려는 함께 몽골세계제국을 이룩했습니다!"라는 주장을 했음에 한민족이 이미 유목 몽골로이드의 일원으로 대륙정복의 주체 또는 일원이었음을 강조하고 있다. 이어 현 한류의 뿌리에 천착해 웅대한 역사해석을 펼치며 한류의 근원을 몽골의 초원지배 역사와 연결시키고 근현대사의 서구화 또는 미국화에 초점을 두고 있다.

"그 큰 중간 결실이 7~800여 년 전 "스텝의 바다"에 열린 팍스 몽골리카와 오늘날의 "바다의 스텝"에 결실된 팍스 아메리카나라고 나는 봅니다. 바로 그 양대 축을 비빔밥처럼 혼융해 버무려 발효시켜내며 천지를 아우르는 치열한 심정으로 지금 제3의 세계사를 쓰고 있는 역사의 한 주체가 코리안일 수 있다는 생각도 합니다."

몽골 스텝과 태평양이 팍스 몽골리카와 팍스 아메리카나의 근원이라는 말인 것이다. 그런데 우리 문화의 뿌리는 이미 초원길의 유라시아대륙에서 아메리카 원주민 문화까지 상징 코드가 넓게 공유된 상태로, 샤마니즘과 솟대와 토템 폴로 보여졌던 것이다.

"이처럼 그 장구한 도로공사로 열려온 길이 유목목초의 길인 몽골리안루트이고, 그 길을 닦으면서 부른 노래가 K-POP의 주된 뿌리이며 그런 가락을 따라 춤춘 몸짓과 지은 표정들이 어우러져 종합 예술을 이루어 봇물 터지듯 터져나가는 게 지금의 K-POP 한류라는 겁니다."

한류의 뿌리에 대한 주채혁 교수의 추론은 생태학과 문화인류/고고학을 접목시킨 듯 과장적으로 보이지만 학문 영역을 넘나든 획기적 분석과 종합이기도 하다. 물론 유목 몽골의 전통음악과 춤사위와 우리의 아리랑과 같은 전통가락과 춤사위의 비교연구가 덧붙여지는 연구도 있어야 할 것이다.

대륙 유라시아 중심지 고비사막과 알타이 지역 유목 몽골인들이 들려주는 배음 성악 흐미(Khoomii)는 인간을 전율케 한다. 모든 사물에 영혼이 있다는 믿음에서, 드넓은 초원에서 동물을 부르는데 쓰인다는 이 소리는 바람과 새, 물소리 등 자연의 소리를 재연시킨 목동의 노래다. 고음과 저음이 동시에 울리는 창법으로 하늘과 땅을 아우른 신과 소통하는 소리라 한다. K-POP 한류의 역동성에 무게 있는 추를 달고 깊이를 더하는 창법이 되어 긴장과 가벼움을 이완시킬 기재가 되지 않을까 한다.

샤만의 의례와 함께 솟대와 성황당의 구도와 의식과 함께 원시 조형예술의 경우도 그렇다. 한반도의 암각화 문양과 구도와 그 상징성은 유라시아와 미주대륙까지 곳곳에서 발견되는 그것들과 매우 닮아 있다. 사냥과 어로, 하늘에 대한 경배 등 고대문화는 흔히 생업과 종교의례와 관련된 것으로, 문화의 뿌리는 종교와 예술이며, 이데올로기도 흔히 종교적 담론에서 시작되거나 예술적 상상력과 결부되어 있었고, 이는 모두 대자연과 신에 대한 배려와 경의를 담고 있다. 그러나 현대 한국의 문화 현상은 전반적으로 대자연과 신을 도외시하고, 대체로 자본과 권력, 이념에 억눌려 있다.

특히 종교와 예술은 양심의 자유와 밀접한 관련이 있고 다원적인 상상력이 그 바탕인데 자본의 힘에 밀려 일원적인 물신주의에 귀착되고 다양한 상상력의 바탕이 고갈되고 있는 것이 현실이다. 한민족의 원형질적 열정의 표상으로 세계를 놀라게 한 '붉은 악마'의 축제를 이어나가야 한다. 과거 분단된 반도의 지정학적 위치로 섬나라 같은 고립된 인식을 탈피해 유라시아대륙으로 호랑이와 한민족 생태통로가 열리고 은근과 끈기와 신명과 유장함 등 북방 대륙문화소가 복원되어야 한다.

북방 이웃 중국은 유라시아/ 중앙아시아로 일대일로 건설 사업을 가속화시키며 중화주의적 동북공정으로 역사왜곡에 나서며 공자 사상을 복원시키고, 러시아에서는 역사문화를 재평가하는 정치-지정학적 측면에서 유라시아주의가 복원되고 있기도 하다.[7] 유럽화된 러시아 주류의 이념과 정신의 전통 속에서 뚜르베츠꼬이-구밀료프-두긴으로 이어지며 아시아적 근원을 재발견하고 영토뿐만 아니라 정신적으로 유라시아적 전망을 추구하던 지점이다.

과거 유럽에 편입되길 소망하며 유라시아- 아시아를 흔히 먼 이방, 미개한 땅으로 바라보던 러시아 지성계에 유럽중심주의적 심상지리를 전복시킨 것이다. 그들은 13-15 세기 이래 러시아역사에 몽골 지배가 남긴 영향을 재평가하였다. 즉 그들은 몽골지배기를 부정적 시각으로 일관하며 수치스러워하던 역사관을 전복시키고자 했다. 유라시아주의자들은 전통 사관을 지양하고 모스크바 루시 시대에 몽골로부터 군대, 세금, 교통망 등 국가 경영 시스템을 받아들여 이를 통해 몽골지배영토를 온전히 물려받은 사실을 전제하였다. 유라시아주의 이론에 따르면 모스크바 루시

7 "러시아 유라시아주의"
1920년대 러시아 유라시아주의가 태동했다. 주도자는 G. Vernadskii, N. Trubetckoi, L. Gumilyov 등 서구로 망명한 러시아 이민자 그룹으로 새로운 철학파를 형성했다.

는 비로소 콘스탄티노플을 이은 정통한 그리스 정교국가로 유라시아 슈퍼 파워로 성장할 기반을 갖은 것이었다.

유라시아주의자들은 러시아 이념과 영혼 속에 내재하는 아시아적 요소를 밝히며, 상상의 지리 속에 있던 유라시아를 실제 현실의 지리 속에 자리매김하고자 한 것이다. 러시아는 현재 유라시아 중심국을 표방한다. 그러나 우크라이나와의 전쟁으로 유럽에 묶여있다.

한반도가 대륙으로 연결된 지구 북반구는 지난 세기 북방시인들과 '붉은 악마'가 보여준 공동체 정신, 신명의 뿌리인 샤마니즘과 토템, 애니미즘이 존속하는, 고아시아 문화가 청동기시대와 스키타이 문명기 이래 초원의 길로 유럽까지 대평원으로 연장된 유라시아문화권 한 덩어리 땅이다. 이미 100년 전 한국 호랑이가 한반도에 살았을 즈음까지 한민족의 북방은 분명 생태통로인 유목 몽골리아 그리고 시베리아 초원의 길로 유라시아 대륙의 복합문화에 접속되어 있었다. 21세기 100년을 내다보고, 유라시아 제민족 문화를 수용하며 알래스카와 북태평양을 건넌 고아시아의 후예 아메리카 원주민 인디안으로 불리는 인종과 민족과도 연대하고 공유하는 문화를 키워야 한다.

지속적인 한류의 확산을 희망한다면 유행성 돈벌이보다는 한반도를 포함하는 유라시아 대륙의 고대적 상상력과 문화적 보편성에 대한 인식을 복원해야 한다. 분단극복을 위해서도 심상지리를 넓혀 동북아를 포괄하는 유라시아의 문화와 역사를 꼼꼼히, 냉철히 보는 시각과 함께 제주 남단에서 시작해 만주, 몽골, 시베리아, 중앙아시아, 핀란드까지 넓은 대륙과의 생태통로를 다시 생각해 보아야 할 시점이다.

비무장지대(DMZ)와 유라시아 그뤼네스 반트(Grünes Band)

비무장지대(DMZ)를 유라시아평화와 생태공원으로, 아울러 유라시아 대자연공원의 미래를 생각해본다. 남북 군사분계선(MDL)으로부터 남, 북으로 2km씩 병력배치를 금하고 민간인 출입을 통제한 넓은 지역이다. 이 땅에 70년 동안 인간의 발길이 멈춘 결과 폐허에서 자연이 살아나 한반도 동서 생태축으로, 생명다양성의 보고로 변신한 역설적으로 '축복'의 땅이 되었다. 여기는 더구나 한반도의 지질학적 역사를 간직하고 있기도 하다.

통일은 어느날 갑자기 찾아올 수 있다. 그날 북한의 주민들과 만나면서 그들의 동의를 얻어 함께 가꾸어 갈 공간 프로젝트를 생각해야 한다. 디엠지DMZ는 남북한을 너머 세계평화와 함께 무엇보다 지구 기후위기에 대응한 생태환경의 보전지역으로 거듭나고, 생명파괴 현상을 참회하고 기억하는 기억공간이 되어야 한다. 분단의 질곡으로부터 세계인들이 감탄할 자연과 인류의 공생 철학을 제시하며, 인류의 미래를 위한 세계적 생태철학 한류의 시원지로 만들어 갈 수 있다. 평화와 문화 이전에 지구생태 보전의 슬로건을 앞세운, 남북극 빙하와 아프리카와 중미 브라질 밀림 보전 운동 차원의 지구적 프로젝트를 위한 모범케이스로 생각해 보는 것이다.

이미 비무장지대(DMZ)의 미래 모습을 가늠할 수 있는 접경지역 사례로는 독일의 '그뤼네스 반트'(녹색 띠)와 함께 에콰도르와 페루 접경지역 콘도르 산맥 평화공원을 살펴볼 수가 있다. 에콰도르와 페루 사이 불분명했던 국경을 두고 충돌했던 접경지역 콘도르 산맥에는 1998년 평화협정을 맺고 16425.7평방km에 달하는 이름다운 콘도르 산맥 평화공원을 조성해-사진 www.flickr.com- 양국의 공동관리와 자유통행을 보장하며 분쟁해결과 화해의 상징공간이 되었다.

독일 통일과정에 만들어진 그뤼네스 반트(Grünes Band)는 -사진 www.bund.net- 길이 1,393km, 면적 177평방km에 달하는 동서독접경지로 3m 높이의 철조망과 2km너비의 지뢰밭이었던 곳이다. 현재 자연보존적인 관광지로, 냉전의 상처와 화합을 상징하는 세계적인 관광지로 각광받고 있다고 한다. 그뤼네스 반트가 중요한 것은 30여 년 동안 동·서독이 대립한 옛 국경인 '철의 장막'이 자연보전과 생태·역사 관광지로 탈바꿈해 독일을 넘어 유럽의 그린벨트로 거듭나고 있기 때문이다.

그뤼네스 반트는 9개 주 영토를 통과하며, 1개 국립공원, 3개 생물권보전지역, 136개 자연보전지역에 걸쳐 있고, 이 일대에는 약 5200종의 동식물이 서식하고 있다는 분석이 나온다. 이념의 대결과 갈등 속에 냉전과 죽음의 공간이었던 분단 현장이 화합과 생명의 상징공간으로 탈바꿈할 수 있었던 배경에는 1972년 '동·서독 관계 기본조약'이 있었다. 이 조약을 바탕으로 동·서독은 '접경위원회'를 설치하고 수자원, 에너지, 자연재해 방지 등 교류협력을 지속하다가 1989년 베를린 장벽이 붕괴되면서 '죽음의 지대'에서 '생명과 평화의 녹색 띠'로 탈바꿈했던 것이다. 문제는 통일 이후 국경지역의 토지가 곧 과거 소유자에게 돌아가고 일부 토지는 기업에 매각돼 생태계 훼손의 위험에 빠졌다. 독일 정부는 생태계 보전을 위해 국경 일대 사유지를 집중 매입해 국유화했고, 이 일대를 국가자연유산으로 지정해 주 정부에 귀속시키면서 2003년 국경지역의 보전, 활용 기반을 마련할 수 있었다고 한다.

그뤼네스 반트는 21세기 들어 초국가적 환경운동으로 번지기도 했다. 2002년 독일을 방문한 미하일 고르바초프 전 소련 대통령은 그뤼네스 반트를 남북으로 확장하는 유럽 그린벨트 운동을 제창했다. 그뤼네스 반트를 독일 밖으로 스칸디나비아, 발트해, 중부유럽, 발칸 등 24개국을 통과하는 1만2500㎞로 확장한다는 것이다. 무엇보다 그뤼네스 반트 관계자는 한국인들에게 "지방정부와 엔지오(비정부기구), 지역주민의 참여를 통해 디엠제트 보전과 개발의 사회적 갈등을 최소화하는 노력이 필요하다"고 강조했다.[참조와 인용; 박경만 기자 mania@hani.co.kr 연재[경기도-한겨레 공동기획] '비무장지대'를 꿈꾼다]

한국 〈환경운동연합〉은 독일 통일과 환경문제의 선례를 파악하기 위해 독일 시민단체와 협력해온 선도적 단체다. 시민운동으로 시작한 독일 최대 환경단체이자 환경연합인 분트(BUND)가 그들이다. 분트는 독일 통일 이전부터 그뤼네스 반트의 야생조류와 생물조사를 진행하면서 '철의 장막'이 독일을 가로지르는 거대한 '생태축'으로 변화하고 있음을 발견했다. 그 과정에서 가장 큰 역할을 분트 바이에른 주 사무소와 회원들이 했다. 현장조사, 모금활동과 시민홍보를 통해서 분트는 철의 장막이 녹색생명의 띠로 변화했음을 알렸고 이 파장은 유럽 전체로 확대되어 2003년 유럽 그린벨트 협력사업이 시작되었다고 한다.

2023년 현재 디엠지DMZ는 꽁꽁 언 동토인 긴장 지대이지만 한반도와 지구촌 전체를 위한 생명회복의 인류문화유산으로 만들어 남기자는 소망을 빌며 가능성을 타진한다. 십년전 2013년 정전 60주년을 맞아 각종 디엠지DMZ 관련 행사가 이어지고 박근혜 대통령도 DMZ을 세계생명평화공원으로 조성하겠다는 계획을 발표했었다. 2013년 7월 환경부, 경기도 등이 주최한 DMZ 국제심포지엄 참석차 내한한 분트 그뤼네스반트 사업 담당국장 리아나 가이데지스Liana Geidezis 박사에 의하면 2001년부터 독일 연방정부와 주정부와 함께 시민단체들은 완전히 한 목소리로 움직이고 있다고 말했다. 이어 독일 분트의 성공은 정부와 시민단체가 함께 그뤼네스 반트를 보전하겠다는 공동의 목표를 달성하기 위해 노력한 결과로 이루어졌음을 강조하고 있다.

그뤼네스 반트 보전을 위한 전략적 사업 3가지가 소개되었다. 분트의 첫 사업은 개인들의 기부로 그린벨트 사유지 매입과 홍보비용마련을 위한 초록주식(상징적인 주식인 기부증서) 모금사업을 진행했고, 댓가로 상징적 소유문서, 현장투어 프로그램 참여 기회를 제공했다. 분트의 두 번째 주요 사업은 주정부, 연방정부, 또 유럽연합의 관련 정치인들을 대상으로 시민들의 뜻을 전달하고 그것을 제도화하기 위한 홍보와 로비 활동인 것이다. 분트의 세 번째 전략적 사업은 그뤼네스 반트 보전 프로젝트를 연방정부와 함께 수행하는 것이다. 그뤼네스 반트에는 총 150개의 크고 작은 보호지역이 포함되거나 인접해 있는데, 주요 지역의 생물상을 조사하고, 지역주민들과 함께 지역 문화와 역사를 기록하고 이를 통해 지역주민들과 시민들에게 그뤼네스 반트의 생태 및 역사적 의미와 가치를 알리고 자부심을 갖게 하는 것이다.

분단과 냉전의 상처를 녹색생명의 띠로 바꿔내는 상상력과 실천의지가 돋보인다. 우리가 배울 점은 시간이 걸리더라도 시민들의 힘으로, 주민과 함께 반드시 성과를 만들어내는 독일인의 철저함이다. DMZ의 생태를 보전하면서 생명평화의 공간으로 전환해야할 한국 시민과 환경단체, 그리고 정부에게 필요한 덕목이기도 하다. /참조와 인용 글: 최준호(환경운동연합 정책국장)

DMZ는 금단의 공간이다. 2023년, 2024년 지금은 더욱, 분단과 대결의 상징이다. 그 속에서도 경기도는 "방역, 경제부문을 포함해 재해와 재난 대응 등 실행 가능하고 지속 가능한 사안부터 다양한 시도를 통해 남북교류 활성화에 힘쓰겠다고 강조했다. 특히 비무장지대(DMZ)를 평화와 생태 공간으로 탈바꿈시키는 시도도 멈추지 않겠다고 선언했다." 그러나 남북 대화가 단절되고 다시 긴장공간이 되어가고 있다. 하지만 전쟁과 갈등의 상흔이 남아 있는 그 속에도 평화와 생태, 문화예술의 터전으로 탈바꿈시키려는 꿈은 지속되어야 한다. 이미 동서로 강화도와 김포에서 인제와 고성까지 신비한 경관과 함께 "DMZ평화의 길" 테마노선 11개가 개방되기도 했다.

"10년 넘게 방치돼 있던 DMZ 내 남북 임시 출입사무소 건물을 문화예술공간으로 리모델링한 유니마루가 개관되었다. 유니마루 개관과 함께 파주 철거 감시초소(GP), 경의선 도라산역, 강원 고성 제진역, 서울 국립통일교육원 등 5곳에서 국제예술 전시 '2021 DMZ 아트 & 피스 플랫폼'도 열렸다. 백남준, 양혜규, 임흥순, 최재은, 프란시스 알리스 등 국내외 작가 32명의 작품이 전시돼 큰 관심을 끌었다."는 기사가 검색된다.

경기도는 '경기도 DMZ 일원 발전 종합계획(2021~2025)'을 수립했고, '위험한 DMZ에서 안전한 DMZ'라는 비전 아래 한반도 평화 실현과 DMZ의 평화적 활용을 위해 앞으로 5년간 DMZ의 미래 청사진을 담았다. 아울러 DMZ를 유네스코 생물권 보전지역으로 지정하고 유네스코 세계유산 등재 신청을 한다는 것이다. DMZ의 환경·생태적 가치는 충분하다. 따라서 세계유산으로 등재되고 생물권 보전지역으로 지정되면 국제적인 관광명소가 될 수 있다. 아울러 경기도는 생태교육 및 생태관광 프로그램 운영, DMZ 환경예술 관련 사업 등도 추진할 계획을 밝혔었다./참조와 인용 출처: 경기신문 (https://www.kgnews.co.kr)

그간 디엠지 DMZ 일원 발전 종합계획 등 발전과 개발입국론과 시장논리에 매몰된 업계와 관료사회의 일각의 시각이 위태롭다. 특히 일부 기업과 단체, 평론가의 개발논리는 우려를 낳고 있다. 지뢰제거 로봇 개발을 진행, DMZ 세계평화공원 조성 기대감, "DMZ 평화공원 테마주 시황에 대한 분석, DMZ세계평화공원 조성 기대감"에 관련주로 언급되는 종목군 운운하며 "어떤 기업이 구체적으로 수혜를 입게 될 것인지"를 따지고 있다. "평화공원은 가치가 분명 있을 것, 암호화폐나, 통일처럼 한 번도 겪어 보지 못한 것, 엄청난 호재가 될 수도 있겠다"는 등 자칫 돈벌이 프로젝트로 생각을 달리고 있지 싶다. 이 공간환경이 미래 돈벌이 목적으로 파괴된다면 평화와 통일조차 의미가 없을 것이다.

문제는 유동적인 남북관계의 유동성과 함께 거시적 철학의 부재이다. 'Let's DMZ 평화예술제', '디엠지 런', 뚜르드 디엠지(Tour de DMZ) 자전거 대회, 평화통일마라톤, DMZ국제다큐멘터리영화제 등의 그간 행사는 그 진정성에서 의미가 있지만, 개별 이벤트 중심이다. 이제는 세계평화와 생태환경 보전을 목표로 하는, 거시적 한류와 결합한 지구촌 대자연과 인류를 살리는 생태공원을 구상함이 어떨까. 무엇보다 독일 연방정부와 주정부와 함께 시민단체들이 합심하였듯이 한국정부와 경기도와 강원도 그리고 환경단체와 지역민과 전국민의 합치된 거대담론과 철학의 정립이 필요하다. 계획의 이행과정에서 지역주민과 시민단체와 전국민의 참여와 동의가 요구된다. 독일 그뤼네스 반트는 9개 주 영토에 걸쳐 약 5200종의 동식물 가운데 600종 이상이 멸종

위기종이 된 것으로 알려졌다. 이에 반해 디엠지는 반트보다 넓이와 길이가 크고 더 다양할 수 있다.

유라시아 대륙을 동서로 잇는 유라시아 대자연공원(Eurasia Great Nature Park)을 상정하며, 디엠지 벨트에 유라시아 녹색평화벨트 출발점, 또는 세계평화문화, 생태한류 공원과 무대를 조성함이 어떨까? 가령 유네스코 생물권 보전지역으로 지정하고 유네스코 세계유산이 되고, 전 인류의 상징적 공유공간으로 제시한다면 그 누구도 침범이 어렵게 된다. 더구나 지구촌 산소공급지로, 북극 빙하와 아프리카와 중미 브라질 밀림이 파손되는 이시점에 지구환경보호를 위한 대자연생태공원으로 디엠지를 만들어 간다면 국제사회의 공감과 지원, 남북한 군사적 갈등과 대치국면도 완화되리라 본다. 전(全)인류를 향한 생태한류 담론을 이 공간에서 이끌어 낼 수도 있다.

'비무장지대' 평화와 문화공원을 구상하며 정치와 역사 현실의 장애와 난제를 거론함은 당연하다. 이제 우회로를 모색할 단계이다. 오히려 그보다 세계 한류의 파도를 타고 지구생태보전의 슬로건을 앞세운, 인류전체의 숙원사업으로, 디엠지를 지구적 환경생태 보전공간으로 설정하고 세계 환경운동 차원으로 추진할 수 있다고 본다. 남북극 빙하와 아프리카와 중미 브라질 밀림 보전운동과 함께 명분과 실리 차원의 녹색벨트 한류를 추진하는 것이다.

한반도는 유라시아 대륙과 연결된 땅이다. 동서 횡축으로 강화도와 김포에서 인제와 고성까지 위대한 자연이 살아있는 생태통로 디엠지DMZ가 종축으로 북방 연해주에 이어진 백두대간과 크로스되고 있어 대륙 생태계에 연결되어 있다. 디엠지는 남북한을 너머 인류의 양심과 영혼 치유와 회복 공간으로 가야 한다. 우선 유라시아 평화와 함께 무엇보다 지구 기후위기와 생명파괴 현상을 참회하고 기억하는 기억공간으로 남기자는 말이다. 심상 지리의 확장이 필요하다. 그뤼네스 반트(Grünes Band)의 목표를 확장 발전시키는 담대한 구상으로, 독일보다 훨씬 처절한 분단의 땅에서 시작한 인류미래를 향한 생태한류의 구상적 공간을 염원한다. 유라시아대륙의 양 끝자락을 잇는 생태통로를 상정한 유라시아 대자연공원을 그려본다. 소련시절 반트 확장을 제안한 고르바쵸프의 구상과 분트의 경험을 보며 우리는 디엠지를 연결해 유라시아 그린벨트를 제안하는 것이다.

소멸되는 소수민족과 함께 야생말, 곰과 호랑이, 당나귀 등 유라시아 대륙에서 사라져가고 있는 온갖 생명체의 복원을 위한 생태통로 프로젝트를 구상할 단계이다. 해양생태계와도 연계해, 인위적 개발을 억제하고, 자연생태계를 영구보전하는 유라시아 대자연공원이 된다면 남북한 미래세대와 전인류가 이 공간의 가치를 공유할 수 있을 것이다. 전 인류가 지켜보는 거대한 산소공급지로, 온갖 생명과 종 다양성을 세심하게 지켜볼 수 있는 시공간이 펼처진다면 평화와 통일은 부수적으로 따라올 수도 있다. 유라시아 대자연공원이 만들어지면 거기 솟대와 장승을 세워 울타리를 치고 영적 또는 생태 철학적, 또는 신자연주의 한류가 펼쳐지는 것이다.

3장 오래된 미래/ 한류의 탈경계

탈경계 한류 K-culture

한류K-culture의 미래를 위해, 거대한 자본과 국가권력의 홍보 건축물과 화려한 불전과 교회보다는 오래된 민초들이 찾는 돌무덤과 장승, 솟대에 깃든 고대적 상상력을 돌아보아야 한다. 한반도의 암각화 문양과 민화의 해학성과 상징성을 이어받고, 광대와 무당의 처절하고 역동적인 몸짓과 소리를 살펴보아고 되새길 시점이다. 아악보다는 기층의 민요와 판소리 등 민중의 소리가 더 어필하고 있지 않은가. 물론 농악과 사물놀이와 함께 국악 등 전통 예술 일반은 이미자와 조용필, 방탄소년단 같은 대중성과 현재성을 함께 갖춰야 한다.

한류의 방향은 전통 정체성과 함께 현재성, 대중성을 담지한 인류 보편의 감성과 희망을 대변해야 한다. 코로나 팬데믹과 중동과 우크라이나 전쟁과 튀르키예 지진 등 시대의 아픔을 함께 하는 문제의식과 함께, 지구촌 민중 미학을 선도할 과제를 안고

서울 은평구 소재 금성당 샤마니즘 박물관에서 찍은 시베리아 샤만의 모습.

갈 수도 있다. 자연과 우주에 대한 경외감과 조상에 대한 의례의 정신을 돌아보며, 민중의 가락과 몸짓을 탐구하고 그 역동성을 살려내는 것이다. 신명과 정과 한의 심리와 정신을 아울러, 무엇보다 지구를 살리자는 소녀 툰베리의 외침을 경청하는 시대정신을 수용해야 한다. 한류는 한민족의 독점물이 아니라 세계인의 공동자산으로 영속되기를 바란다.

고래로 우리 문화는 격이 있었다. 공자가 오고자 했던 예와 풍류의 땅 한국에서 홍익인간, 유불선, 선비문화 전통을 되살려야 한다. 지구 살리기 운동에 앞서고 인류평화와 공생의 시간과 공간을 여는 신명과 지구촌 공생문화 케이컬쳐 한류의 창출을 기대한다. 나아가 한류의 시간은 앞으로 인류의 정신문화를 선도하고 한반도 평화와 통일에 이바지하는 방향으로 나아가길 희망한다.

고대적 상상력과 문화융합

민족이라는 집단의 성향과 정향은 흔히 인류보편성과 갈등 관계를 낳는다. 전통과 관습은 타기의 대상이 되기도 한다. 그래서 민족 문화를 대변하는 상품은 세계시장에서 개인과 개별 구성요소의 특수성을 뛰어넘는 보편가치를 지녀야 한다. 그러나 문화는 온전히 상품성에 얽매일 수는 없다. 결국, 보편성의 함정에 빠져 무도한 강자들의 부와 무력의, 식민주의와 금권주의의 전도사로 전락될 수도 있다.

케이팝K-pop에서 한식K-food 등으로 이미 한류는 산업화되고 있지만, 한류의 실체와 근원에 대한 논의가 부족하다. 미래로의 영속성에 대한 회의와 함께 어떤 한류산업이 지속성을 지닐지 의문이다. 다만 지금은 SNS와 영상문화, 메타버스의 시대가 전개되며, 그것이 생존의 조건이 되어가며 서사체제는 가상세계와 환타지가 주요 장르로 등장하고 있다. 스토리텔링을 위한 순문학적, 예술적 상상력이 결부된 고대 신화와 전설 이야기도 콘텐츠로 되살아나고 있다.

인류 미래와 관련된 모든 체제와 시스템을 위한 근원적이고 시원적 접근이 필요하다. 미래 사회에 대한 디스토피아적 전망과 예측에 대응한 정치적 대안과 함께, 진지한 인류애와 철학, 숭고한 종교적 담론을 성찰해야 한다. 한국적 정서와 정신의 원형적 가락으로 흔히 민요 '아리랑'을 떠올린다. 그 속에는 애끓는 '정'의 문화와 '한'의 정서와 함께 희망의 철학이 녹아있다. 민초들이 간직한 원형적인 인간애와 부단한 삶의 의지 표명을 읽어내야 한다.

돌 사진 속에 나는 물론 지금의 나는 아니지만 그 시절 지고의 순수성이 간직한 눈매와 얼굴 윤곽이 살아있는 법이다. 광화문과 조계사, 경복궁과 인왕산, 계룡산, 지리산 곳곳의 솟대와 성황당은 제주의 돌하르방과 불국사 석불과 함께 그 윤곽은 끝까지 남을 것이다. 백남준의 작품과 윤이상의 교향악의 웅장함은, 한국어와 한글의 주체성과 춘향전과 바리데기 신화의 휴머니즘과 함께 세계인의 심금을 울릴 것이다. 김홍도 그림의 해학과 풍자 정신과 함께, 까치밥을 남겨 겨울새를 살리고 솟대를 세우고 하늘을 향해 빌어대는 치성의 정서와 그러한 혼은 지속되어야 한다.

윤이상의 오페라 심청전은 독일음악에 한국적인 것을 보탠 것(탁석산)으로 유라시아적 융합에 의한 재창조이자 문화융합이다. 한국의 특징적인 효도문화 이야기를 오페라라는 장르 속에 담아, 민족이라는 집단의 개별 문화요소의 특수성에 인류보편성을 담아낸 것이다. 현대 한국문학 노벨상 문제도 전통과 뿌리의 한국문화에 기반한 인류보편성을 끝까지 담아내느냐의 문제이다. 물론 보편성의 함정에 빠져 결국 강대국 파워의 전도사 또는 식민주의의 전도사가 되지는 말아야 한다.

지속적인 한류를 위해 한반도를 포함하는 유라시아 대륙의 고대적 상상력과 문화적 보편성에 천착한다. 동북아를 포괄하는 유라시아의 문화와 문명교류 역사를 보는 시각이 필요하다. 한반도가 대륙으로 연결된 지구 북반구는 고조선, 고구려, 발해 땅이었고 단재 선생과 '북방시인'들이 말한 우리 문화의 뿌리가 묻힌, 대륙정체성과 생명공동체 정신, 신명의 뿌리인 샤마니즘과 토테미즘이 존속하는 공간이다. 고아시아 청동기 문화시대와 스키타이 문명기 이래 초원의 길로 유럽까지 대평원으로 연장된 유라시아 문화권은 신라와 가야 문명과 직결된다. 우리 후대는 다음 세기를 내다보고 유라시아 제 민족 문화를 수용 융합해 발효시킨 케이컨텐츠를 창출해야 한다. 나아가 애틸리카 같은 북아메리카 솟대 표상을 되살리는, 알래스카와 북태평양을 건넌 고아시아의 후예 아메리카 원주민, 인디언 인종과 민족과 공유하는 K-culture 한류 문화를 도모할 단계이다.

영상한류에 오래된 미래를

한국적인 것, 한국인의 정서와 정체성은 무엇인가? 민족 정체성, 아이덴티티(identity)는 동일성과 주체성을 내포한 말이며, 이는 개인과 집단의 지속적인 관습과 의례로, 또는 타민족과 차별적 의식과 무의식의 발현으로 나타난다. 그러나 민족 정서의 경우, 정신적인 또는 심리적인 작용으로 세계인의 보편 정서와 연루되는 것이다.

철학자 탁석산은 한국적인 것에 내재된 세계적인 보편적 속성이 한류의 본질일 것으로 보았다. 홍콩영화가 그랬듯이 한국영화도 한국적인 양식에 세계적인 코드를 담아내며 세계와 미국에서 성공하는 것이리라. 고유 브랜드라는 것이 특수성과 정체성을 강조하지만 결말은 보편적인 감성과 메시지로 관객을 감동하게 해야 한다.

서유럽과 미국에서는 한국영화 이전에 그곳의 한국인 또는 한국계 현지인 예술가들의 활동이 이미 찬사를 받아 왔다. 그렇지만 이응노, 백남준, 조수미 등 그들의 활동이 한국적 정체성을 갖는가, 한류의 정체성과 실체와의 관련성은 무엇인가 뚜렷하지 않다. 비티에스와 봉준호 영화 등 지금의 한류 작품에 한국적 정체성이 얼마나 구현되었는가, 아니면 한국인 제작자를 기준으로 하는가 질문을 상정할 수 있다. 지속 가능한 한류의 미래를 생각하면 더욱 난해하다. 다만 몇몇 영화에 육화된 한국문화의 특질과 상징 코드는 뚜렷이 파장을 일으키고 있는듯하다.

최근 봉준호 등 뛰어난 재능을 발휘한 감독들의 영화 속에서 영상 한류의 방향성이 구현되는 것 같다. 그것은 지난 몇 년간 주로 미국과 유럽 영화시장을 매개로 세계에 퍼져나갔다. 영화 〈기생충〉, 〈미나리〉, 드라마 〈오징어 게임〉이 미국과 유럽에서 상을 받거나 큰 인기를 끌어 세계인들의 시선과 관심을 받고 있다. 현대 첨단기기와 기술의 상품성은 모두 우선 미국에서 인정받아야 하듯 미국영화계가 중요하다.

물론 이들 영상 작품의 주제나 소재와 디테일은 한국적 현실과 상상력을 기반으로 창조되고 있다. 한국적 정서와 가족주의, 극적인 사회갈등을 포괄하는 역동성이 담긴 스토리와 영상미의 구현으로 세계인의 보편적 감성을 움직인 것이다. 황동혁 감독의 넷플릭스 오리지널 한국드라마 〈오징어 게임〉의 오영수 배우는 '세계 속 우리가 아니라 우리 속 세계를' 말하고 있다. 봉준호 감독 영화는 처절한 현대 한국 현실의 비극성을 희화화하며 폭로하여 눈물 속 쓴 웃음과 공포를 동시에 느끼게 한다. 우리의 현실반영의 처절한 리얼리즘과 동시에 한국적 환상성과 환타지를 믹싱하여 현대 인간과 자본주의 보편의 모순과 갈등의 본질을 드러내고 있다.

가장 한국적인 색과 소리를 내는 소재, 토속 한국문화소는 도심이 아니라 농촌과 산간에 묻혀져 있다. 또한 오갈 수 없어 잊혀졌던 오지에, 같은 유라시아문화권의 오지에 공유된 샤마니즘이 그 예이다. 아주 오래된 한반도 암각화 문양과 솟대의 구도, 상징성은 유라시아와 아메리카대륙까지 동질적 패턴을 공유하고 있다. 국경이 없던 시절 선사시대 문화는 이동과 전파가 용이했고 한반도에서 유라시아와 아메리카 대륙은 연결되고 소통이 가능한 조건이었기 때문이다.

이미 가장 오래된 보편적 한국적 정서와 정체성이 반영된 영화들인 샤마니즘 소재 영화가 있었고 유럽에서 인정받았다. 이두용 감독 〈피막〉, 강수연 주연 〈씨받이〉와 〈아제아제 바라아제〉, 배용균 감독 〈달마가 동쪽으로 간 까닭은〉 등이 베니스, 모스크바, 로카르노 영화제에서 수상했다. 미국이 아닌 유럽에서 본원적 한국의 정체성이 이미 평가받아왔던 것이며 그것은 유럽과 아시아 사이에 유라시아적 문화소통과 연대의 근거이고 미래 전망이다.

중요한 것은 세계적 공감을 얻는 것, 그리고 남과 다른 지속가능한 콘텐츠 발굴과 육성이다. 놀이와 게임 차원의 재미보다는 인류 미래사와 접속하는 이야기를 기대한다. 지구환경 위기와 문명의 비극성 폭로 메시지와 대안 모색을 위한 시나리오로 정신적, 영적 구원이나 갱생 차원의 이야기와 노래와 그림을 기대한다. 전략과 함께 우리의 오래된 상상력이 바탕이 된 보다 큰 담론도 필요하다, 오래된 미래를 말한다.

4장 유라시아 평화문화공동체 시공간

장면: 철책, 군사분계선을 넘어

2018년 4월 27일 판문각 문이 열리고 김정은 북한 국무위원장이 군사분계선을 넘어왔다. 이어 문재인 대통령이 그 선을 넘어갔고, 결국 2018년 9월 18~20일 간 평양을 방문했다. 실로 남북 군사분계선은 5㎝ 높이의 콘크리트 덩어리에 불과했고 그 턱을 2019년 6월 30일 트럼프 미국 대통령도 한 걸음으로 넘어갔다 다시 넘어왔다. 한민족 상쟁의 비극, 격한 갈등과 분열과 파국의 트라우마를 노정하던 군사분계선을 남북미 3국 지도자가 넘나들며 평화체제 가능성에서 민족의 새로운 미래가 열리는 듯했다.

문제는 북미관계에 회귀되었다. '미국 트럼프 대통령도 그 선을 넘는다면' 했는데, 결국 트럼프가 그 군사분계선을 넘었다. 그렇게 남-북, 북-미 정상회담이 전 세계의 이목이 집중된 가운데 실현되었으나 결과는 2023년 지금 여기 한반도는 다시 온갖 설전과 대결국면의 고도의 긴장 상태로 전쟁의 위협 속에 빠져있다. 비핵화와 체제보장을 둘러싼 군사 경제 외교적 주도권 다툼만 있고, 평화공존과 상생을 위한 주도적 대화, 나아가 궁극적 담론, 즉 민족과 인간에 대한 신뢰와 사랑을 바탕으로 통일환경을 조성하는 노력이나 주고받음의 정치문화전략이 없다.

주도적 평화통일의 의지를 채비하고, 닫혔던 마음들이 열려야 한다. 문 대통령은 노벨상을 트럼프에게 양보한다고 했었고 김 위원장은 남한의 철도시스템의 우수성을 인정했었다. 어느 시점에서 남북 간 철로연결프로젝트가 다시 추진될 가능성, 곧 한반도종단철도가 유라시아, 시베리아횡단철로와의 연결 가능성을 상정한다면, 이른바 유라시아 철도에 이어 가스 망이 실현되는 날 가스비가 줄고, 물류와 관광이 활성화되고, 중국과 일본의 관광과 물류까지 흡수하여 한반도에 평화체제가 다가올 것이다. 무엇보다 한민족의 심상지리가 섬 같은 반도의 반쪽에서 대륙으로 확장되는 것이다.

상생과 공존의 시대를 향해

20세기 후반까지 한국 사회문화 전반에 북한과 만주와 연해주 시베리아의 북방공간은 거의 닫힌 공간이었다. 일제의 억압에서 해방된 조국에서 한민족은 곧 한반도 전쟁과 분단으로 단절과 고립으로 인한 폐쇄 공간 속 약육강식의 생태계, 죽음의 공포와 트라우마로 잠재적 정신질환이 만연한 시대의 고난을 겪고 있다. 다만, 일제 치하 억압에 대한 반동으로 사학자 육당 최남선, 단재 신채호와 김동환, 백석, 이용악 등 '북방파' 시인들에 의해 제기된 북방공간의 역사성과 상징의미가 회자되고 서술되었다.

지난 세월 필자는 학술교류를 명분으로 시베리아 대지와 몽골초원을 다니며 유라시아라는 지역 틀 속의 '유라시아문화연대'라는 개념을 제안했다. 그것은 유럽 대 아시아라는 이분법을 넘어서 기존의 문화복합과 근대 이후의 복합성 생성과 공존의 가능성 경험을 담보하고 있는 개념이다. 아시아 특히 '동아시아'라는 지정학적 개념은 제국주의의 확산 과정에서 문명의 충돌에 이은 융합 과정에서 만들어진 개념으로서 식민주의적 폭력성을 내포하고 있다. 제국들의 해양 프레임에 이은 대륙 프레임의 확장과정에 국가와 국가의 대립, 문화와 문화의 충돌과 갈등 등 대립적 관계에서 식민화와 함께 차별적 지리학이 이루어졌다. 그 근저에는 식민주의 주체와 타자의 이분법적 인식과 태도에서 "아시아적" 미개성이 담보, 또는 강요되어 있었다. 그런데 서구문화와 학술 영역에서 성찰과 반성 담론이 일며 '동아시아'에 대한 시선을 바꾸고 있다. 홍콩영화에 이어 한류가 서구를 감동시키는 지금, 아시아가 주체가 되고 유럽이 타자가 되는 유라시아 문화연대를 상정할 수도 있다. 그러나 지구촌의 지속 가능한 안녕과 평화를 위한 연대와 소통을 위해서 '유라시아문화'의 연대 정신은 유럽 대 아시아라는 이분법을 넘어서 생장해야 한다.

10여 년 전 소설가 황석영이 아시아의 중앙지대를 수평으로 연결하는 '복합성 생성과 공존의 문화연대'를 발의하였다. 그는 파국적 한반도정세와 탈북민들의 비극적 디아스포라를 아파하며([바리데기]), 북한을 방문하고 김일성을 만나며, 분단체제를 넘나든 체험을 바탕으로 사회 전면에 나서 몽골, 중앙아시아로 연결된 "알타이문화연대"를 발기했었다.

"저는 다시 한번 '알타이 문화연대'를 제안하면서 중앙아시아 5개국과 몽골 그리고 남북 코리아가 단계를 거쳐서 '알타이 문화 경제 연합'으로 발전하게 되기를 희망합니다. 위의 각국은 고유한 국가적 민족적 정체성을 유지하면서 문화적 경제적으로 연대하여 지역 연합의 형태로 발전하려는 목표를 가지고 있습니다. 각국은 서로 연대하며 상보적 발전과 번영, 자주적 생존을 함께 도모해 나갈 것입니다. 이들 나라들은 서로 인접하여 국토가 연결되며, 역사 문화적 친연성을 가지고 있으며, 땅, 지하자원, 자본, 기술, 노동력 등에서 상보적 관계에 있는 나라들이며, 국가적 민족적 상호 이익이 합치될 수 있는 나라들입니다. 알타이 문화연대는 개막사에서 밝힌 바와 같이 이동과 조화, 생존과 절제, 정체성과 다양성을 추구하면서 이 지역에서 새로운 문화 문명의 유형을 창출하면서 공동 번영하고자 합니다." ('2009알타이문화포럼' 자료집 9쪽)[8]

"지속가능 녹색성장을 위한 중앙아시아와의 협력"을 모색하며 문화인류학적 동질성을 찾아 민족과 국가 간의 연대와 연합을 도모하자던 황석영 작가의 주장은 지금도 의미가 크다. 연대와 연합을 꿈꾸며, 자원과 자본, 기술, 노동력까지 '상보적 관계', 국가와 민족들의 '상호 이익의 합치'의 가능성을 상정하여 구체적 설득력을 확보하였다. 특히 알타이문화권 민족들의 "역사 문화적 친연성"을 바탕으로 "문화적 경제적으로 연대하여 지역 연합의 형태로" 가자는 작가의 주장은 이미 정치와 국제관계의 영

---

8 '2009알타이문화포럼', (사)알타이문화포럼, 2009, 12/7~14, 서울 롯데호텔. 황석영 작가는 '알타이 문화연대'를 제안하는 이유를 이렇게 토로하였다. "우리 알타이 문화권은 유목적 자유로움으로 서로를 받아들이고 대접하는, 내가 너에게 베풀어야할 나그네였던 것입니다. 우리에게는 각각의 영토가 교류하는 길이었습니다. 이것은 거대한 신시, 하늘의 마음을 가진 저자였던 것입니다. 우리가 이 자리에 모여서 먼저 문화적 친연성과 공통점을 확인해보려는 것은 바로 이 지역의 새로운 발전 모델을 만들어가야 하기 때문입니다. 우리는 20세기의 대부분을 전쟁, 식민, 지배, 착취의 상태에서 살았습니다. 하지만 21세기에는 발전, 상생, 자립, 협력으로 우리의 삶을 바꿔야만 합니다."('2009알타이문화포럼' 자료집 8쪽)

역에서 화두로 회자되어야 했다. 중앙아시아, 몽골, 터키, 중국 등 유라시아 각국과의 정치, 경제협력 틀조차 이러한 작가, 예술가와 지성들의 상상력과 의지를 근간으로 인류 상생의 큰 그림을 그리며 만들어 갈 수도 있을 것이다.

유라시아에 가능한 문화연대의 목표는 우선 해양 프레임에 이은 대륙 프레임의 확장 방향에 지속가능한 녹색성장과 공생의 프레임을 설비할 발판 구축을 도모하는 작업이다. 그것은 곧 하나의 독단적 문화의 중심화와 다른 문화의 주변부화를 부정하는 것이다. 온갖 은유와 상징 속 해학과 절규, 고발을 감행한 예술문학의 역사와 전통과 함께 하는 것이며. 이미 한류가 그 단초를 만들어 주고 있다 할 수 있지만, 지속가능한 한류를 위해선 주변부 민족과 민초들과 나누고 협력, 연대해야 할 것이다. 이미 백석 등 한국 북방시인들의 공간시학은 영혼의 부활이 도모되는 북방 공간을 상정하며, 고아시아 제민족의 부활과 연대의 가능성 탐색이기도 했다.

한류와 유라시아 문화연대기
- 유라시아 민초들의 문화와 생활연대를 상정하며

“우리 역사는 아직까지 반도 사관과 동아시아 사관에

갇혀 있습니다. 한민족의 활약 무대를 한반도, 동아시아에만 국한시키고 있죠. 우리 민족의 실제 활약 무대는 유라시아 대륙과 해양이었습니다." (윤명철 교수, 한국경제, 2021.01.19.). 주채혁 교수는 한류에 "유목목초의 길인 몽골리안루트"를 관통하는 유라시아 정신의 접목을 주장하고자 했다.

남북한, 만주, 연해주로 이어지는 한반도 생태통로의 복원을 희망한다. 전성우 책임연구원의 말처럼 "러시아, 중국, 북한 사이에 야생 호랑이 생태통로가 만들어지면 아무르 호랑이가 서식 영역을 확장해 백두산으로 되돌아오고" 이어 DMZ 생태공원화가 이루어지면 한반도는 독보적 생태환경 지대를 이루며 민족통일에 다가갈 수 있다.

단군신화에서 호랑이는 곰과의 경쟁에서 지고 인간이 되지 못했다. 이 이야기는 호족이 웅족과의 싸움에서 지고 지배받게 되었음을 말해주는 것으로 해석된다. 즉 우리의 옛 조상은 대륙 시절의 곰과 호랑이를 숭배하던 민족이다. 고고인류, 민속, 언어, 유전학적으로도 현대 한국인의 디엔에이는 약 70프로가 북방계로 알려져 있다. 여기서 고조선 기층민은 호랑이 숭배민족이었고 더 북쪽의 웅족이 지배종족이 되어 건국된 역사를 추론한다. 한반도와 만주와 연해주는 호랑이의 터전이었고 당연히 백성들은 무서움과 함께 경외감을 갖춰 산신령으로까지 모셨던 것으로 본다.

러시아·중국·북한과 남한 사이에 생태통로가 복원되고 평화로운 통일한반도를 만들어 곰과 호랑이가 백두대간을 타고 오가게 해야한다. 멧돼지 폐해도 막고, 삼림과 모든 생명에 대한 경외감도 되살릴 수도 있을 것이다. 아울러 우리의 심상지리가 대륙고토로 넓혀지고. 호랑이의 기상을 살려 좁은 반도 안에서의 분열과 반목을 끝내고 전 지구촌의, 평화 한류를 이끄는 한민족으로 거듭날 것이다. 호랑이와 곰의 생태통로 복원 필요성은 기후위기를 막는 담론에 이어짐이며, 특히 호랑이 숭배민들이 기층 한민족이었다면 그들의 기상과 예지를 살리는, 크고 작은 코로나 바이러스에게 이기는 생태복원이 급히 필요한 시대이다

케이팝K-pop과 K-화장품까지 이미 한류는 산업화되고 있지만 정확히 어떤 것이 한류의 본질적 실체인가 의문이 간다. 그리고 어떤 한류 산업이 육성되어 영속성을 유지시킬지 의문이다. 지금은 SNS와 영상문화의 발전과 함께 한류문화콘텐츠를 구성하는 상상력과 이미지가 산업 원자재가 되고, 생존의 조건이 되는 시대다. 무엇보다 한류산업의 문화적 콘텐츠를 구성할 우리 문화의 뿌리를 파 보아야 한다. 그리고 문화의 뿌리는 종교와 예술이다. 그런데 문화한류와 종교조차 일원적인 물신주의에 귀착되고 다원적인 상상력의 바탕이 고갈되는 과정에 있다.

한류의 확산을 희망한다면 유행성 돈벌이보다는 한반도를 포함하는 유라시아 대륙의 고대적 상상력과 문화적 보편성에 대한 인식과 함께 동북아를 포괄하는 유라시아의 역사를 냉철히 보는 시각이 필요하다.새천년을 맞은 지도 23년차이다. 그러나 한반도 안보는 미국과 일본 눈치 보기에 바쁘고 북한의 미사일과 핵개발, 싸드 문제로 늘 대재앙의 문턱에 서성되는 꼴이다. 더구나 동북아시아 한·중·일 삼국 간에는 역사와 영토논쟁이 지속되고 있다. 한반도 민초들에게 동북공정은 다가올 황사와 함께 참담한 중화 속국의 불편한 기억을 되살리고, 독도에 대한 일본의 집착은 그들의 역사교과서 왜곡과 함께 참담한 일제 치하를 상기시키고 있다. 동남아와 사할린 탄광으로 징용당했던 할아버지들과 동남아 각처를 끌려다니던 위안부 할머니들에게 더 큰 좌절과 분노를 일깨우고 있다.

그러나 대학과 기업, 관계, 언론계의 각 부서에서 또는 모든 시험에서 국어와 국사의 비중 하락과 함께 유럽의 제국가와, 그 언어와 문화에 대한 비중은 급속히 추락하고 있다. 대학에는 앞으로 불어불문학과 독어독문학을 가르칠 예비인력인 대학원생들이 이미 (거의) 고갈되어 있다. 유럽 문물과 문화야말로 미국과 일본, 러시아와 중국까지의 현대문명의 원뿌리이기도 한데 말이다.

작금의 국제관계는 구소련권의 러시아-우크라이나 전쟁과 지속적인 황·백인종 간의 대결 가능성과 기독교와 이슬람 세계의 종교분쟁 양상이 잠재된 극한적 분열의 시대를 보이고 있다. 중국의 급속한 성장과 북한과 이슬람권의 만만치 않은 대미 항전 태세가 한반도의 갈등과 언제라도 연루될 수 있는 불확정성을 내포하고 있다. 그래서 우리의 시각은 하시의 위기관리를 위해서도 동북아시아를 넘어 지구촌 세계로 열려야 한다. 그리고 담론을 키워야 한다.

'붉은 악마'가 보여준 공동체 정신, 신명의 뿌리인 샤마니즘과 고아시아 문화가, 청동기시대 또는 스키타이 문명 이래 초원의 길로 유럽까지 유라시아 한 덩어리 땅으로, 한반도가 연결된다. 우리의 담론은 늘 해양문화에 뿌리를 둔 미국과 일본, 그리고 중국 중심적이었다 해도 과언이 아니다. 제주 남단에서 시작해 핀란드까지 넓은 대륙의 의미를 다시 생각해 보아야 할 시점이다. 한반도의 탯줄, 한민족 문화의 원형인 유라시아 대륙의 실체적 의미를 고찰하고 고양해야만 한다.

필자의 다른 화두는 한류문화가 통일에 어떻게 기여할 것일까이다. 문제는 언제까지, 후손들에게까지, 잠재공포를 안고 가게 할 것인가이다. 남북한이 영화를 합작하거나, 공연과 세미나 등 다른 문화예술 교류 기획을 통해, 민간교류 노력을 하는 시늉이라도 필요한 시점이다. 정치권력만 쳐다보며 남북 통치자, 미국과 러시아, 중국 그 누구의 탓만 하기엔 우리의 자세가 아니라 본다. 잘난 당신들이 그 시절 뭐했느냐고 우리 자식손자들이 상처받고 고통당하며 울부짖을 때 우린 얼마나 가슴과 영혼이 더 아플까? 하얼빈이든 하바롭스크든 개성이든 신의주든, 도문이든 가서 만나 눈빛으로라도 공유해야 한다. 전쟁, 국지도발, 핵무기는 더더욱 안되고, 황금 만능주의에 굴복하지 말자고. 남과 북이 민간 차원에서 한류문화의 콘텐츠를 함께 만들고, 이익을 공유하며 통일의 기반을 조성할 수도 있다. 지금 우리의 움직임을 세계인과 우리의 먼 후손까지 바라보고 평가할 것이기 때문이다.

통일 환경 조성을 위해서도 유럽과 아시아 기존의 예술문화 복합과 복합성 생성과 공존의 가능성을 확인하고 연대와 협업을 실천해 나가는 것이다. 지난 세기 유라시아 식민제국들의 해양 프레임에 이은 대륙 프레임의 확장 과정에 국가와 국가의 대립, 문화와 문화의 대립이 심화되어 왔다. 이러한 대립적 관계를 발전시켜온 현 글로벌 이념과 자본, 국제관계를 극복하고 대안의 제시와 희망과 공생의 틀을 설비할 발판을 만드는 작업이 우리의 과제이다. 그것은 곧 하나의 독단적 문화의 중심화와 함께 가속화한 다른 문화의 주변부화를 부정하고, 세계 민초들과 함께 이념과 자본, 현실 초강대국들의 오만과 독선의 실상을 자각하며 비굴성과 신민의식, 노예근성을 벗어나는 길을 여는 작업이다.

어느 날, 남북이 하나의 경제공동체, 또는 철도 물류와 함께 문화공동체와 연대가 형성된다면 하는 바램이 있다. 여기에 우리의 희망은 시베리아, 만주를 통과해 알타이문화권을 포괄하는 유라시아 민초들의 진정한 문화와 생활 연대와 공동체가 실현되는 단계까지이다. 중앙아시아, 몽골로 이어지는 알타이문화연대 논의가 부활되기를 바라며, 평화체제 또는 통일을 대비하여 북방으로 심상지리를 넓히는 작업이다. 그런 염원은 단재, 춘원 등 역사가와 소설가, 후대 정치, 경제인뿐만 아니라 학자, 이미 백석 등 북방시인들의 전통을 이어 신대철, 서태지 등 이 시대의 여러 시인과 가수의 글과 노래로 나타나고 있다.[9]

9 북행열차를 타고

- 이달균

사리원 강계 지나며 빗금의 눈을 맞는다
북풍의 방풍림은 은빛 자작나무
퇴화된 야성을 찾아 내 오늘 북간도 간다
북풍에 뼈를 말리던 북해의 사람들
결빙의 청진 해안은 박제되어 서성이고
고래도 상처의 포경선도 전설이 되어 떠돌 뿐
다시 나는 가자 지친 북행열차
어딘가 멈춰 설 내 여정의 종착지는
무용총 쌍영총 속의 그 초원과 준마들
갈기 세워 달려가던 고구려여 발해여
수렵의 광기와 야성의 백호를 찾아

우리는 이제 유라시아 모든 민족과 함께하는, 중앙아시아, 몽골로 이어지는 단군 조선과, 발해의 북방 고토 시베리아와 만주, 연해주에 문화가 앞세워진 공생시스템으로, 돈과 권력의 지배를 경계하고 배척하며, 포괄적인 평화문화공동체 공간의 가능성을 생각한다. 문화로 평화의 추동력을 확보하는 것이다. 이는 한반도의 허리 디엠지DMZ 공간에서도 마찬가지이다. 그것은 남북 경제와 정치 교류 이전, 평창올림픽을 통한 문화, 체육교류에서 이미 확인된 바의 평화를 위한 문화의 선도적 기능과 그 가능성을 상정한 것이다.

무력에 의한, 돈에 의한 것이 아닌 문화에 의한 진정한 세계평화체제를 한반도와 북방 고토에서 시발점과 시험공간을 창출해 보자는 선언인 것이다. 싸이, 비티에스BTS의 후예 케이 팝 한류가 이미 세계 대중문화계에서 선도적 일익을 펼치듯, 유라시아 민중의 평화문화연대 또는 공동체 담론 발의는 세계인들을 향해 '문화강국' 한민족이 가장 참혹한 비극의 무대인 갈라진 땅에서 가장 큰 희망을 창출하고 선도할 의지를 표명하는 것이다.

꽝꽝 언 두만강 너머 내 오늘 북간도 간다
—'퇴화론자의 고백'(고요아침, 2019)

유라시아평화문화공동체 공간과 거점

한반도에서 북방 유라시아로 이어진 유라시아 평화문화공동체 시공간을 염원한다. 문화야말로 평화의 최고 추진 동력이라 생각하기 때문이다. 지구촌 미래세대를 염두에 둔 민초들의 문화를 통한 유라시아 문화연대가 과제이다. 민중적 북방특수를 위한 초석을 놓고 공유하는, 백범 선생의 희망인 문화강국을 구현하는, 통일 한반도와 북방, 유라시아를 고대한다. 백석과 이용악, 신대철, 정희성, 이달균 시인의 '리얼리즘의 승리'와 심상지평을 확장해 공생, 상생이 펼쳐지는 무대로 서울과 평양, 연변, 하얼빈, 우라지오(블라디보스톡), 우쑤리스크 등지에서 유라시아 민속춤과 음악 합동 공연 또는 각종 전시회 등등, 다민족 해동성국 "발해를 꿈꾸며" 신명의 축제를 기획해 볼 수 있다.[10]

러시아는 시베리아와 연해주에 한국인과 한국자본의 유입을 환영한다는 태도였다. 급속한 자국 인구 감소와 함께 중국의 경

---

10 케이팝, 케이푸드 한류와 더불어, 북방 또는 알타이 문화연대로 우선 한발씩 내딛는다. 동북아평화연대의 역할을 기대하며, 문화예술계가 개성, 평양, 연변, 우라지오—블라디보스톡 등지에서 만나야 한다. 물론 민간차원에서 남북러합작 공연, 영화 등의 제작이 추진되고 음악, 어문학, 신화, 문화인류, 미술 등 제분야에서 세미나, 전시, 콘서트, 제공연 등 어떠한 기획과 실행 시도도 가능해야 한다. 장르의 다변화, 예술민주화와 함께 '유라시아문화연대'의 목표를 구체화, 실행할 단계이다.

제 영향력 확장과 아시아-태평양 시대에 대응하겠다는 전략에서이다. 이미 19세기 이래 20, 21세기 들어 유라시아주의자를 비롯한 범슬라브주의 후예 지성인들에 의하여 아시아적 문화와 원천이 러시아 내부, 특히 시베리아에 존재하고 있음을 공언하며 서구주의적 역사관을 수정하고 있다. 고르바쵸프와 티타렌코와 같은 논객의 주장에 이어 인구학자 수린의 '코리아선언-공생국가론'은 중국의 패권적 시베리아 세계화를 예측하고 이에 대응하는 유라시아주의적 전략 모델의 제시라고 해석할 수 있다.[11] 여기서 경제적 개발과 상생의 행정이 이루어져야 함은 물론, 코리아의 전략은 러시아와 함께 한국, 북한, 고려인의 한민족 공동체와 중국계까지 포용하는 유라시아계 모든 원주민의 정신과 생활문화가 보존되며 융화되는 담론과 시공간을 제창하고 주도하게 되어야 한다.

---

11 미래를 우려한 러시아 지식인 그룹의 일각에서, 몇 년 전 블라디미르 수린 박사가 주장하는 한-러 공생국가(Symbiotic State)론은 한민족과 함께 시베리아 또는 극동-연해주에서의 공생의 틀을 만들어 개발과 경영을 함께 하자는 생각이었다. 그것은 외국 또는 '외국인을 흡수하려 하지 않는 한국인'을 파트너로('내국인 대우'를 고려하며) 그 땅의 보존과 경영을 도모하겠다는 것이다. 그러나 지금 한국의 정세와 우크라이나와의 전쟁으로 도탄에 기운 러시아의 정세는 전혀 여유가 없어 보인다. 지금은 남북한의 민간 기업과 민초와 고려인, 조선족이 나서고 연해주 정부나 우쑤리스크 시가 차분히 논의하고 준비할 시간으로 사료된다.

홍익인간 정신을 되살리는 실천적 유라시아 문화연대의 앞날을 위해 그간 필자와 몇몇 동료는 바이칼복합문화 공간에 이어 이제 북방 단군의 고토에 포괄적인 평화문화공동체 공간을 우쑤리스크 등지 연해주에, 일례로 농업을 앞세운 평화문화지구 Peace Culture Region 아이디어를 논의해왔다. 지금 우리 한류의 바램이기도 한 문화강국의 실현을 위해, 미래지향의 세계평화 담론을 선점하는 일환으로, 발해 고토에 '유라시아 평화문화공동체'의 거점 공간 추진을 제안하는 것도 생각한다. 나아가 북아시아 모든 원주민을 포괄하는 연대와 협력을 전제한 구체적인 사업으로 '바이칼복합문화센터'와 함께 "발해문화센터" 설립 추진이 논의될 수도 있다.

우리의 희망은 한류와 나란히 유라시아의 공생 생활문화연대를 도모하며, 전세계 민중 민초들의 상생 평화체제를 향한 길로 문화예술적 교류협력과 연대를 이끄는 것이다. 이를 통해 진정한 세계평화체제의 초석을 여기 한반도에서 만들어가는 한민족의 창의적 이니셔티브가 발현된 유라시아 평화문화공동체를 구현해내는 것이다. 아울러 새로운 인류공생 철학과 이념을 창출해 볼 수도 있다. 그 이념은 정치와 군사, 돈과 핵이 아닌 문화야말로 평화의 최고 추진체라 생각하며, 가장 비극의 땅에서 가장 큰 희망을 창출하고 선도할 의지를 표명하는 것이다.

위 사진은 필자가 우쑤리스크 최재형 고택, 기념관에서 촬영한 안중근 의사의 가족사진으로, 독립운동과 관련해 연해주 지역의 민족사적 의미망 속에 깊은 회한과 시사점을 던지는 장면이다.

5장 지구위기와 영적 한류

총-균-쇠

지구촌 인류와 모든 생명은 질병과 재난의 위협에 취약하다. 21세기 지금 우리는 지진과 코로나 등 바이러스의 침투와 전쟁의 위협을 벗어날 길을 모색하고 있지만 요원하다. 무엇보다 세계화 이후 인간에 의한 지구환경 변화에 기인한 이러한 기후위기와 전지구적 재난은 동시다발적으로 여기저기에서 마치 곳곳에서 화산폭발이 동시에 일어나는 양상과 흡사하다. 그것도 반복적으로 일어나며 해결의 실마리가 없는 심각한 미래를 예견케 한다. 더구나 미래 전망은 정치와 군사 관련 이익집단들의 무관심과 왜곡과 간헐적 음모와 조종에 의해 사안이 더욱 복잡한 양상을 보인다. 종교와 철학, 교육 엘리트조차 자본과 권력의 속도전에 예속되어 우왕좌왕하기 때문이다. 다행히 현대과학을 이끌어가는 일부 과학자들이 구체적 자료와 추정치로 위기경고를 말해주고 있다.

《총, 균, 쇠》의 작가 제러드 다이아몬드(미국UCLA 생리학교수)는 근간 한국에서의 한 인터뷰에서 인류의 위기, 문명의 위기에 대해 심각한 경고를 하고 있다. 그는 무엇보다 가장 시급한 위기를 묻는 그 방식에서 벗어나라고 충고한다. 기후변화, 자원고갈, 핵무기 문제가 모두 시급하고 한국에서 북한 문제, 젠더 문제 또한 시급하고 이는 모두 세계 다른 나라들과 연동되어있다는 것이다. 질문과 답은 이렇다.

"일상과 문명을 구할 수 있는 시간이 42년 남은 건가요?"
다이아몬드; "아닙니다. 30년입니다. 예상보다 빠르게 진행되고 있어요."

결국 재러드 다이아몬드의 예측에 의하면 30년, 즉 2050년대는 문명 붕괴의 시간이 될 것으로 본다. 옥스퍼드대학교 인류미래연구소 소장인 닉 보스트롬은 '문명 파괴'의 상황을 세계 인구의 15%가 사망하거나 세계적으로 국내총생산(GDP)의 50%가 감소하고 그 상태가 10년 이상 지속되는 상태라고 했다. 재러드 다이아몬드의 2050년은 이보다 엄중한 시간이다. 오늘처럼 다수가 안락한 내일을 기대한다면, 가능성이 남아 있는 10년 안에 우리는 인류 문명의 생존 전략을 구축해야 한다는 것이다.

"코로나19가 우리 문명의 전환점이 되리라 보나요?"

다이아몬드; "그렇게 되길 바랍니다. 코로나19가 준 주요한 가르침이 바로 모든 나라가 안전하지 않을 경우 아무리 초강대국일지라도 안전할 수 없다는 것이기 때문입니다. 우리에게는 모두 죽을 수 있는 심각한 위협들이 있습니다. 핵무기가 즐비합니다. 기후변화라는 위기 요소가 있습니다. 자원 고갈 또한 서서히 세상 곳곳을 무너뜨리는 요인이죠."

제레드 다이아몬드에 의하면, 미국인들은 부정하려 하지만, 15, 16세기 신세계 아메리카 대륙에서 인디언 원주민들은 무력보다는 오히려 유럽인들이 가져온 병원균들로 파멸과 붕괴를 맞게 된 것이었다. 미시시피강 하류에 17세기 말 진출을 시작한 프랑스 이민자들은 그곳에 이미 유라시아의 병원균들이 인종청소를 한 결과 쉽게 정착을 한 것이었다. 북아메리카에는 면역력이 없던 약 2,000만 명의 인디언 원주민들이 살고 있었는데 콜럼버스 도착 이후 2세기에 걸쳐 95%가 감소했다. 천연두, 홍역, 발진티부스, 디프테리아, 말라리아 등 병균의 급속한 전파력으로 인디언 원주민들을 제거해 나간 것이다.[306~307]

15, 16세기 신세계에 뿌리내린 유럽의 질병으로 아메리카대륙의 주인 인디언 원주민들은 속수무책으로 죽어갔던 것이다.

유럽 또는 유라시아 병원균은 어떻게 진화되었나? 제레드 다이아몬드는 유럽의 소와 돼지에서 칠면조까지 또는 유라시아에서 가축화된 군거 동물 즉 가축들이 지니고 있는 각종 질병으로부터 진화되었음을 확인해 주었다.[309~311] 인디언 원주민들은 유라시아 가축의 질병에서 진화한 구버전의 코로나19 바이러스를 유럽인들이 옮겨 준 결과 이 사악한 선물을 안고 스러져 간 것이다, 이 시대 코로나19 또한 유라시아 동물에게서 옮겨온 것으로 인디언 원주민들이 당한 그 유라시아 발 병원균이 이제 마치 전 세계 문명사회를 다시 휩쓰는 양상이다.

제레드 다이아몬드는 말한다. 무기, 기술, 정치조직 등에서 피정복 식민지 비유럽인들에 비해 월등한 유럽출신 이주민들은 "다른 여러 대륙에 이 사악한 선물- 즉 유라시아인들이 오랫동안 가축과 밀접하게 살며 진화된 각종 병원균을 주"며 인종소멸을 자행한 것임을 고백하자는 것이다. "코로나19가 가르쳐주는 수업을 제대로 배우고 있다면, 우리는 지구적인 문제에 대한 지구적인 해결책을 찾아가고 있어야만 합니다. 이는 기후변화와 자원고갈, 불평등에 대한 수업이기도 합니다. 코로나19는 우리에게 지구적인 답을 찾도록 숙제하게 하는 막강한 스승님이에요."

그런데 인류는 코로나19가 가르쳐주는 수업을 제대로 배우기도 전 2022년 초 유럽에서 전쟁이 터졌다. 러시아가 우크라이나를 침공하고 이 나라 곳곳에서 수많은 인명이 살상되고 있다. 특히 젊은 군인들과 함께 어린아이들까지 죽어가고 있다. 비극은 러시아의 군대가 무차별 포격하고 미국과 유럽의 독려를 받는 우크라이나의 군대가 결사 항전하며 죽음의 행렬이 이어지고 있다. 난민들은 전세계로 유랑하고 있다. 제3차 세계대전이, 또는 재레드 다이아몬드의 2050년 엄중한 시간이, 또는 닉 보스트롬의 '문명 파괴'의 상황이 벌써 다가온 것인가.[12]

한반도에도 핵미사일의 위협은 나날이 점증하고 있음이다. 정권이 바뀌고 보수화가 급격한 한국에서 경제와 안보의 미래를 낙관하는 정치가만을 바라보며 우리는 죽음과 죽음의 위협에 너무 무감각하거나 눈을 감고 있지는 않은가. 돈 버는 사업과 한류에 취해 있을 수만은 없지 않은가. 기후위기와 코로나와 전쟁의 위협은 끝나지 않았다. 인류에게 문명 파괴를 멈추게 하고 엄중한 시간을 지체시킬 대안 이념과 전략의 변화를 촉구할 기재로, 한류 정신문화의 창조를 제안하고자 한다. 정신문화로 국격을 높이고 돈도 버는 한류를 만들어가기 위한 성찰과 사고의 전

12 《총, 균, 쇠》, 제레드 다이아몬드 지음, 김진준 옮김, 2002년 5월, 문학사상사. 이 책에서 다이아몬드에 의하면, 인류는 유라시아에서 약 100만년을 살아왔고 B.C. 12000년 경부터 알래스카를 통하여 남북아메리카로 이동하여 B.C.10000년 경 남미 최남단에 이르른 것이다. 따라서, 말하자면 100만년 또는 1만 4050년간 일궈온 인류문명이 지금 파멸의 위기에 처해져 있다는 것이다.

환을 바탕으로, 홍익인간과 선비정신을 살리며 지구환경 위기의 극복 아젠다를 문화콘텐츠로 육성하고, 그런 정신문화와 생활문화를 가꿔가며 세계를 향한 선도 역할을 추구하기를 소망한다. 이를 위해 한국의 기성종교와 함께 전통 종교계의 큰 역할이 기대된다.

샤마니즘과 영적한류의 근거

서울 은평구 금성당에서 이뤄진 금성당제 당시 모습

한반도의 위기는 분단체제와 함께 이념과 자본의 갈등과 시장주의와 분배의 문제와 함께 종교의 갈등 구조가 내재 되어있다. 그러나 한국은 유교를 중국보다 더 깊이 연구 발전시켰고, 불교는 흔히 호국불교의 위상을 갖춰, 신라, 고구려, 백제 등 고대사의 국교로 민족종교의 면모까지 보이고 있었다. 기독교는 세계에서 가장 크고 빠른 성장과 대형교회와 신도 수를 자랑하고, 세계 어디나 선교사를 파견하는 위력으로 세계 기독교 부흥과 성장의 상징이 되었다.

그간 이 땅에서 고도의 문화융합은 불교, 기독교 등 외래 종교와 샤마니즘 등 토착종교의 융화합에서 보여진다. 모든 불교사찰에는 산신각 또는 삼신각이나 삼성각을 두고 있다. 불교가 단군을 받들지는 못하지만 토착 산신과 또는 삼신, 삼성문화를 수용하며 한국 전래 풍수신앙과 전래 토속 샤마니즘을 수용하고 있는 현상은 많다. 불교 사찰 건축의 특성과 함께 불교와 무속의 융화와 공존 현상이 천도제 의례 등으로 지속되고 있다. 대표적 사례로 계룡산 신원사 중악단(中嶽壇)은 전통 산악숭배 풍속과 풍수지리와 무속신앙이 결합되어 불자들 외에도 다수 비신도들의 기도처로 기능함을 입증하고 있는 것이다.

기독교와 샤마니즘 또한 서로 적대시보다는 내밀히 닮아가기도 했다. 한편 한국적 수용 변형을 거친 뒤 농축되어 외부로 분출되는 한민족의 에너지를 보여준다. 대형 교회와 성당, 신도들의 열정적 믿음과 함께 한국기독교가 토착화하는 데는 샤마니즘의 기복적 요소를 흡수하여 성공한 것이었다. 교회의 헌금, 감사와 건축 헌금 등은 굿돈, 별비와 같은 것이며 그 댓가로 목사의 기도와 무당의 추원이 이루어진다는 평가이다.(탁석산)

지금 여기 한국의 우리 유불선 신도와 스님들과 한국 기독교의 사제들과 신도들이 함께 나서 엄중한 시간과 '문명 파괴'의 상황을 늦출 기도와 정신부흥운동에 나설 때가 아닌가. 국권이 흔들리고 민생이 추락했을 때, 삼일운동 당시와 같은 그러한 신앙인들의 용기있는 행동과 기도가 이루어져야 하지 않을까? 더구나 우리에겐 가장 오래된 치유와 영성의 종교 무속이 있지 않은가. 인류의 죄와 횡액을 막아낼 큰 무당의 대동굿과 씻김과 살풀이 시간이 다가온 것이다. 세계인들이 함께 눈물 흘리며 해원상생의 축제로 받아들일 시점이다. 조흥윤 교수는《한국巫의 세계》에서 〈Schamanentum〉을 저술한 독일 학자 한스 핀다이젠(Hans Findeisen)의 시베리아 샤마니즘 연구업적을 소개하며 그의 결론을 알려준다.

"구체적 종교체험을 가진바 있는 핀다이젠의 샤마니즘 이해는 물론 남다르다. 그는 북아시아 제 민족의 종교에 큰 공감을 느끼어, 유럽의 정신을 새로이 부활시킬 가능성으로서 무(巫)를 제시한다. 무를 미신으로 치부하는 태도는 그에게 있어서 3백년래 이성에 대한 유럽의 낡아빠진 자만에 지나지 않는다. 그리하여 그는 샤마니즘이라는 '조화의 문화(Harmonische KulTur)가 유럽의 지성 뿐아니라 예술 전반에도 조화있는 균등한 발전의 가능성을 가져다 줄 것으로 확신하고 있었다."[13]

그러나 우리 민족의 국조인 단군을 기리는 전국 각지의 단군 성전 또는 단군 사당은 그간 구석구석의 굿당과 마찬가지로 초라하고 주로 방치된 상태이다. 그 원류 한반도 기층 샤마니즘은 그 어떠한 성전도 짓지 못하고 민중과 자연 속에 그대로 남아 있다. 지금 인류가 필요로 하는 자연과 우주 만물에 대한 경외감과 겸양의 미덕을 지니고 있지만, 사이비 또는 미신으로 천대받고 멸시받고 있는 실정이다. 민속학에 기대거나 일부 흑샤만들의 돈벌이 굿에 이용당하기도 하며, 종교학자나 민속학자나 무교인과 그 연구자들조차 호전적 전도사업을 일상화한, 권위를 내세운 기성 종교 권력에 대한 두려움으로 자신들의 존재를 숨기기에 익숙해 있다. 식자들은 만가, 민요와 판소리 등 한국의 소리와 춤사위는 거의 굿과 무당의 그것에서 유래했음을 말하는데 공적 언론과 교육은 이를 외면하거나 비켜 간다. 무속인들의 자각과 용기가 필요하고 사회 인식이 개선되어야 한다.

한국기독교 일파는 호전적인 선교행태를 보이며 일각에서 단

---

13 조흥윤, 《한국巫의 세계》, 서울:민족사, 1997. 348쪽.

군을 우상 타파의 대상으로 삼고 초대형 교회를 지어 재산 싸움을 하는 등 세간을 놀라게 했다. 한편 큰 성전을 떠나 어디나 개척교회를 만들어 민초들의 이웃이 된 목사님들의 기독교 정신은 면면히 이어지고 있다. 몇몇 대형교회의 역사는 경이롭다. 폭발적 신도의 증가와 거대한 교회 건축의 에너지는 국내를 벗어나 해외선교를 나서고 심지어 서구 원조 기독교 나라에 진출하여 실상 한류산업보다 앞서 세계에 한국문화를 알리고 영적한류의 선구가 되었다. 그러나 불신지옥을 외치며 '말씀'들의 잔치로 신도의 이탈 현상을 겪고 있기도 하다. 기복신앙에 바탕한 신앙체계와 통성기도 장면은 굿판의 그것과 흡사하다.

시베리아 샤마니즘의 원형과 그 영성이 가장 확실하게 살아있는 곳이 한국이다. 유럽과 러시아의 관련 학자들에게서 흔히 듣는 지적이다. 샤마니즘은 우주 만물과 함께 공존하는 '조화의 문화'를 인류에게 깨우칠 시점이다. 무와 무속은 한류의 뿌리 예술 전반에도 "조화있는 균등한 발전"과 신명의 정신을 불어넣을 가능성이 있다. 실제로 젊은 한류스타들의 리듬과 목소리와 몸짓은 굿당 무당의 가락과 몸짓을 많이 닮아 있다. 한류에 부응한 한국 샤마니즘이 인류에게 마지막 희망의 단서를 내어 줄 수도 있다. 그런데 회복되어야 할 상황은 지나친 세속화를 멈추고 이론 체계를 갖춘 진정한 '영성' 회복에 있다.

신의 죽음 / 비극의 실상과 반성

지금까지도 문명사회 세계 인류를 코로나19라는 바이러스가 위협하고 있다. 그간 경제는 발전하고 문명은 눈부시게 진보하며 인류와 그 구성원인 우리는 지금까지 역사상 가장 풍요로운 시대를 살아오며 행복을 구가했다. 그런데 갑자기 전염병이 창궐해 모두가 놀라 허둥대며 마스크 쓴 삶은 초라해지고 여기저기 풍요와 여유의 공간이 닫히거나 격리되었다. 어쩌다, 밝은 눈에도 보이지 않는 바이러스라는 복병을 만나 공포가 일상을 지배하고 인간 관계망은 엉클어지고 거의 모든 진보와 발전 트랙도 크게 흔들리고 있다.

그간 인류사회에는 진정한 영웅은 사라지고 꿈과 이상은 스러져 가고 작은 이익과 쾌락을 다투는 일상으로 행복해했다. 지구촌 곳곳이 오직 물신 숭배에 빠졌으며 종교와 철학, 고급 문화조차 말초적인 쾌락을 추구하는 이벤트에 편승하여 왔다. 우리는 과거 유물을 도굴하듯 의식도 없이 역사를 파헤쳐 버리고, 오늘의 먹거리를 위한 무한대의 생산과 건설만이 자랑거리였다. 그렇게 지구 생태계 파괴의 주범인 우리 인류는 보이지도 않는 바이러스에 의해 한꺼번에 생과 사의 위기에 매달렸다. 더구나 이 땅에 숭고한 죽음은 이제 있을 수 없고, 인간의 죽음은 장례 비즈니스 또는 정치 이벤트의 도구로 전락한 것이 아닌가도 싶다.

지난 세기 지구 위의 모든 국가와 조직은 "모든 것이 허용된" 듯 성장 이데올로기와 무작위적 개발 논리에 따라 자본과 권력의 채찍을 휘두르며 빠른 속도로 파국을 향해 질주하여 왔다. 서울과 부산, 뉴욕과 런던 등 서구문명 사회, 로마나 북경이나 모스크바나 어디서건 신은 죽은 지 오래된 양상이 지속되어 왔다. 우크라이나 벌판과 가자지구에까지, 모든 수도의 거대한 마천루와 고속도로 밑에, 첨단과학과 거대 글로벌 자본의 위력 아래 신은 비천한 주검이 되어 유폐되어 있었다. 말하자면 인류는 돈 앞에서 신을 죽이고 영혼을 팔아, 인성과 자연의 생명성은 학살당하고 숭고한 죽음조차 매도당했다. 핵무기로 쓸어버리겠다는 그런 야만적 무신론의 시대가 되고 종교 성전조차 모두 쇼비즈니스와 특설이벤트 무대가 되어간다.

퇴출되는 무덤, 버려진 혼

무너져 버려진 궁녀, 내시 묘역의 실상과 반성

한국 도시에선 죽음을 추도하면서도 모든 공동묘지와 추도관을 농촌과 산림 속으로 밀어넣고 있다. 도심엔 무덤과 추념비 등 모든 죽음의 흔적을 지우고 귀신이 무섭다는 양 그 흔적도 남기지 않으려 애쓰고 있다. 주거지나 공원이나 모두, 교회와 사찰에도 고인의 유류품과 유택은 들여놓기를 거부하고 있다. 마치 모든 죽음은 방역이 완벽한 병원 영안실에서 끝내자 하기라도 하듯, 건설과 진보를 위한 생산 담론만이 판을 치고 삼신이나 죽은 부처나 예수 등 죽은 신들에 대한 언급은 주저되고 있다. 죽음의 흔적은 모두 무신론적 에너지 속에 용해되고 있다.

서울 은평구 진관동 이말산 내 궁녀들의 묘역, 머리잘린 문인석

서울 은평구 진관동 이말산에는 흙과 낙엽 속에 파묻히는 궁녀들의 묘역이 있고, 그 건너 북한산 자락에 북한산 내시 묘역이 또한 방치되어 있다. 북한산 자락의 내시 집단 묘역은 우리나라에서 가장 오래되고 규모도 큰 조선 시대 최대의 묘역이라 한다. 이 집단 묘역이 조성돼 있는 곳은 서울 은평구 진관내동 199

중골 마을로 북한산 의상봉 등산의 기점이 되는 백화사 인근이다. 내시들의 묘는 서울 은평구 진관내·외동, 도봉구 쌍문동, 노원구 상계동, 중랑구 신내동 등에도 산재해 있다.

이말산 계곡에 묻혀가는 비

진관동 이말산에는 궁녀들의 묘가 어지럽게 방치되어 있다. 목 잘린 문인석과 무너져 묻힌 비와 상석은 곳곳에 비참한 꼴로 묻히거나 등산객들의 발길에 밟혀 무너지고 있다. 나라 곳곳의 호화롭고 엄숙한 분위기의 왕릉과 권력자들의 무덤과 대비되는 버려진 궁녀, 내시 묘역의 실상은 처참하다. 후손이 없어서도 그렇다는 것이다. 묘역 표시도 뚜렷하지 못하고, 무너져 방치되어 스러져가고 있다. 서울과 경기권, 부여, 경주, 김해 등 각처의 왕릉의 화려 장대한 위용에 극명히 대비되는 광경으로, 그들을 모시던 궁녀와 내시, 민초들의 무덤은 그렇게 버려지고 잊혀지고 있다.

그들은 죽어서도 천시 방치되어 있는 것이다. 후손도 없어서

겠지만, 산자들의 무지로 이 땅은 이렇게 죄악에 물들어 불모와 불임의 길로 가고 있다. 그 곳은 묵상할 수 있는 신성한 사적공간으로 국가가 유적으로 보존 관리해야 한다. 21세기 살아있는 인권, 평등의 실체는 무엇이며 한국의 인권 담론은 너무 협량하다. 조상숭배가 아닌 삶의 이면에 대한 성찰과 교훈을 위한 문화유산으로 성역화를 소망한다.

무덤 유적은 이른바 선진국 어디나 흔히 추모와 역사교육의 현장으로, 깊은 영혼의 힐링 공간으로 재구성되어 있다. 우리의 궁녀, 내시 묘역도 복원되면 성스러운 관광명소도 되지 않겠는가. (스토리텔링이 가능하다.) 내시와 궁녀는 때론 구중궁궐의 숨은 권력자이면서 동시에 노예와 같이 왕과 대신들의 수족으로 평생 육체적인 결함과 마음의 외로움을 안고 살아가야 했던 사람들이다. 그들의 죽음을 살려야 한다. 궁녀와 내시 묘역이 확인된 만큼 정부에서 하루빨리 사적으로 지정, 보호해야 한다.

전 세계가 중동과 유럽의 전쟁과 코로나에 떨고 있다. 신의 징벌인 듯, 무신론적 자본과 권력의 질주와 폭력에 제동이 걸리지 않고 있다. 과연 니체가 단언한 신의 죽음과 연루되어 있는가, 악마가 그 주검 위에 마지막 인류 멸족의 파노라마를 전개하고 있는가. 지금, 한국 사회에선 순구한 아이들에 대한 학대와 죽음까지 횡행하기도 하여, 아이들을 부모가 유기, 살해하는 막장 지옥이 펼쳐지기도 한다. 삶의 이면을 외면하고 죽음을 경시, 천시해 온 결과이다. 이제 도시, 마을마다 민초들의 죽음을 정중히 추모하는 모습을 보여야 한다. 공원과 각 종파 성전들을 죽음으로 연속되는 삶의 이면에 대한 성찰과 교훈의 장으로 만들고, 나아가 억울한 민초들의 묘역을 신성화하고, 죽음의 의미를 일깨워 삶을 신성화할 때이다. 무엇보다 우리의 무덤과 묘역에 대한 인식의 대전환과 죽음 환기로 삶의 이면에 대한 성찰과 교훈을 얻는 노소 막론 교육의 장이어야 한다. 서구 유럽 대성당들과 교회 경내 무덤과 같이, 숭고한 역사교육과 영혼 회복의, 명상과 참회의 공간으로 전변시켜야 한다.

놀이와 굿 / 기독교와 문화융합

원래 놀이와 굿은 동시에 한 무대 위에서 벌어진다 흑샤만이 판치는 21세기 호모 루덴스 인류는 정치권력과 전쟁까지 놀이화하여 코로나 팬데믹에 이어 핵전쟁의 참화를 자초하려는 태세이다. 비극의 무대 위에서 우리를 성찰한다. 진정한 놀이는 자신에 대한 반성과 회오를 동반하는 것이다. 인간은 그 어느 생물보다 놀이를 즐긴다. 다른 종들에 비해 아마도 놀이 본능이 더 발달되어 있다는 것이다. 호이징하에 의하면 놀이는 긴장을 해소시키려는 노력이다. 소설과 연극도 놀이의 한 방책이다. 이 시대엔 영화가 가장 어필하며 사람들은 판타지를 비롯해 스릴과 서스펜스가 넘치는 게임 놀이까지 각종 장르 영화를 만들고 있다.

조홍윤 교수가 말하는 한스 핀다이젠의 생각인 샤마니즘이 "유럽의 지성 뿐아니라 예술 전반에도 조화있는 균등한 발전의 가능성을 가져다 줄 것"이란 믿음은 근간의 한 영화에서 구현되었다. 2018년 최상진 감독이 만든 '샤만 로드(Shaman Road)'는 순 다큐 영화이다. "서로 다른 나라에 태어났지만, 똑같은 삶의 행로를 걸어온 두 여성이 프랑스에서 열린 세계샤마니즘축제에서 처음 만난 뒤, 서로 위로하고 교감을 나누면서 마치 자매처럼 끈끈한 관계로 발전해 나가는 과정을 담은 다큐 영화다."[14]

---

14 복사 https://blog.naver.com/leemsan/221347104314
'샤만 로드'
프랑스 주라의 작은 시골 마을에 태어난 꼴레뜨 그랑죵-로조뜨(Colette Granjon-Rozotte), 한국의 서울 변두리 마을에 태어난 박성미는 어렸을 때부터 신내림으로 인해 남들과 다른 삶을 살 수 밖에 없었고, 이를 운명으로 받아들였다. 2014년 프랑스에서 열린 세계샤마니즘축제에서 서로를 만나고 나서야 꼴레뜨와 성미는 자신들의 특별한 능력이 세상 사람들의 아픈 상처를 치유하기 위한 신의 선물이라 생각한다.
프랑스 샤만 꼴레뜨는 떳떳하고 당당하다. 꼴레뜨는 자신의 특별한 능력에 대한 자부심이 있기 때문이다. 자긍심이 없는 사람을 누가 존중하겠는가! '신이 내렸으니까, 팔자니까 어쩔 수 없이 무당 노릇을 할 수밖에 없다.'라고 해서는 안된다. 한국의 무당도 꼴레뜨처럼 자긍심과 자부심을 가져야 한다. 한국의 무당들이여 영원하라! 성미와 꼴레뜨의 우정이여 영원하라!

필자는 유라시아 문화 속 '샤만 로드(Shaman Road)' 버전 한국적 판타지 영화를 위한 역설적 근거로 기독교적 신화놀이 드라마를 도스토엡스키 소설 속에서 찾았다. 소설 《까라마조프가의 형제들》 속 이반Иван의 극시(劇詩) 〈대심문관의 전설〉 "대심문관(大審問官)" 이야기는 인류사의 숨은 진실을 밝혀내는 드라마이다. 부활하여 재림한 예수를 스페인 도시 쎄비야 광장에서 추기경이 체포 구금해 감옥에 가두었던 기상천외한 이야기이다. 흑샤만을 닮은 추기경이 예수를 상대로 거행한 거대한 권력게임 놀이 드라마이다. 서유럽에서 기독교인들이 아연실색하고 독일의 철학자 니체가 그 의미를 음미하고 짜라투스트라로 대응한 이야기로 보아야 한다. 짜라투스트라는 도스토엡스키적 선과 악의 갈등을 초월한 인신(人神)의 모습을 한 이반의 반역을 보여주고 있기 때문이다.

니체의 '초인'과 '권력에의 의지'는 도스토엡스키의 역설과 강변의 끝인 인신론과 함께 회의를 모르는 혁명가- 독재자 이반의 대심문관의 모습과 예수의 침묵에서 유추된 것으로 보여진다.[15]

---

15 〈대심문관의 전설〉 발췌
"내 극시의 시대 배경은 16세기로, 스페인의 세비야를 무대로 하고 있어. 하느님의 영광을 위해 매일 장작더미가 불타오르던 무서운 종교 재판을 배경으로 하고 있지.
활활 타오르는 화형장에서 사악한 이단자가 불타 죽도다 …(중략)… 그리스도

도스토옙스키는 타고난 '잔인한 천재'로 불리기도 한다. 즉 그의

는 남쪽 도시의 '뜨거운 광장'에 내려왔는데 마침 그때는, '활활 타오르는 화형장'에서 거의 백 명에 가까운 이단자를 국왕을 비롯하여 대신, 기사, 추기경, 아름다운 궁녀들과 세비야의 수많은 시민이 지켜보는 가운데 대심문관인 추기경의 지휘 아래 한꺼번에 처형시킨 그 이튿날이었어. 그리스도는 눈에 띄지 않게 살그머니 모습을 나타냈어. 그러나 실로 기이한 일이지만 세상 사람들은 그 분이 그리스도란 것을 순식간에 알아챘단 말이야. …(중략)… 바로 이때 성당 옆 광장을 대심문관인 추기경이 지나가고 있었지.
이 대심문관은 나이가 거의 90에 가까웠지만 키가 크고 허리가 꼿꼿했으며 여윈 얼굴에 눈은 움푹 패어 있었지만 아직도 두 눈에는 불꽃 같은 광채가 번쩍이고 있었지. …(중략)… 그는 호위병에게 손가락을 쳐들어 보이며, 저 자를 체포하라고 명령했지. …(중략)… 호위병은 이 죄인을 신성재판소의 낡은 건물 앞에 있는 어둡고 좁다란 원형 천장의 감방으로 끌고 가서 굳게 자물쇠를 잠가버렸지. 날이 저물어 죽음과도 같은 세비야의 밤이 찾아왔어. 대기는 월계수와 레몬의 향기로 가득 차 있었지. 그런데 캄캄한 어둠 속에서 갑자기 감방의 철문이 열리더니, 늙은 대심문관이 등불을 들고 감방으로 들어왔어. 그는 혼자 들어왔는데, 들어오자마자 감방 문은 곧 닫혀버렸어. 그는 문 옆에 선 채 일이분 동안 그리스도의 얼굴을 뚫어지게 바라보고 있더니, 이윽고 조용히 다가와 탁자 위에 등불을 내려놓고 이렇게 묻는 거야. "네가 정말 그리스도냐? 네가 그리스도냐 말이다!" 그러나 대답이 없자, 그는 얼른 말을 이었어.
"대답하지 않아도 좋다. 잠자코 있어도 좋아. 하긴 대답할 말도 없을 테지! 나는 네가 하고 싶은 말을 너무나 잘 알고 있다. 게다가 너는 지금껏 말한 것 이외에, 아무것도 덧붙일 권리를 가지고 있지 못해. 대체 왜 우리를 방해하러 왔지? 너는 정말 우리를 방해하러 온 거지? 그건 너 자신이 더 잘 알고 있을 거다. 그러나 너는 내일 무슨 일이 일어날지 알고 있느냐? 나는 네가 누군지도 모르고, 또 알고 싶지도 않다. 네가 진짜 그리스도건 가짜건 그건 아무래도 좋아. 어쨌든 나는 내일 너를 재판에 회부하여 극악무도한 이단자로서 화형에 처해 버리고 말 테다. 그러면 오늘 너의 발에 입을 맞춘 민중이, 내일은 내가 손가락을 놀리기만 해도 네가 불타고 있는 모닥불 속에 앞을 다투어 장작을 던져 넣을 거다. 그걸 너는 아느냐? 아마 알고 있을 테지."
대심문관은 한시도 죄수에게서 눈을 떼지 않고 무언가를 골똘히 생각하는 듯

예지로 해서 찬탄을 불러일으키기도 하고 때로는 독자를 소름이

한 표정으로 이렇게 덧붙였어. …(중략)… "나는 무슨 말인지 모르겠군요." 알료샤가 형의 말을 다시 가로챘다. "노인은 비꼬아 말하는 겁니까, 비웃는 겁니까?"
"결코 그렇지 않아. 그들이 마침내 자유를 정복하여 민중을 행복하게 해주었다는 것이 자신과 자기 동료의 공적이라 생각하고 있는 거야. 왜냐하면 그제야 비로소 민중의 행복을 생각할 수 있게 되었기 때문이지(그는 물론 심문에 대해서 이야기하고 있는 거야). "인간은 원래가 반역자로 창조되었지만, 반역자가 과연 행복할 수 있을까? 너는 여러 번 경고를 받았어." 하고 노인은 그리스도에게 말하지. "너는 경고와 주의를 받았음에도 불구하고, 그 경고에 귀를 기울이려고 하지 않고, 인간을 행복하게 할 수 있는 유일한 방법을 거절했어. 그러나 다행히 너는 이 세상을 떠날 때 자신의 사업을 우리에게 넘겨주고 떠났어. 너는 그것을 네 입으로 확실히 약속했고, 인간을 묶고 푸는 권리를 넘겨주었어. 그러니까 너는 이제 와서 그 권리를 우리한테서 빼앗아갈 수는 없단 말이다. 그런데도 도대체 무엇 때문에 너는 우리 일을 방해하러 온 거냐?" 하고 말했지.
"경고와 주의를 받아 마땅하다는 건 대체 무슨 뜻이죠?" 알료샤가 물었다.
"바로 그것이 심문관이 말하려는 가장 중요한 대목이야. 무섭고도 지혜로운 악마가…" 하고 노인은 말을 이었어. "자멸과 허무의 악마가 광야에서 너하고 말을 주고받은 적이 있었지. 성경이 전하는 바에 의하면 그 악마가 너를 시험했다고 하는데, 그게 사실이냐? 그러나 그 악마가 너한테 던졌던 세 가지 물음, 즉 너한테 대답을 거절당하고 성경에서 시험이라 불리는 그 말보다 더 진실한 말이 과연 어디 있겠는가? …(중략)… 너는 민중한테서 자유를 빼앗기를 원치 않았기 때문에 이 제의를 거부해버렸던 거다. 너의 생각으로는 만약에 그 복종이 빵으로 살 수 있는 것이라면 어떻게 거기 자유가 존재할 수 있겠느냐 하는 것이었다. 그때, 너는 '사람은 빵만으론 살 수 없다'고 했지만 그 빵의 이름으로 이 지상의 악마가 너한테 반기를 들고 너와 싸워 승리를 거두고, 모든 사람들은 '이 짐승을 닮은 자야말로 하늘에서 불을 훔쳐다가 우리에게 준 자'라고 부르짖으면서 그 악마의 뒤를 따라가고 있는 것을 너는 모르느냐? …(중략)… 그러나 결국에 가서는 그들도 자신들의 자유를 우리의 발밑에 갖다 바치고 '우리를 노예로 삼아도 좋으니 제발 먹을 것을 주십시오' 하고 탄원할 게 틀림없어. 즉 자유와 빵은 어떠한 인간에게도 양립할 수 없다는 것을 그들 자신이 깨

끼치게 하기도 한다. 바로 이 시대 우리가 확인하는 소시민적 배금주의와 무작위적 물신풍조로 니체가 예기한 우리의 노예근성을 확인하며 우리를 당혹스럽게 하고 있다. 니체의 "인간은 짐승과 초인 사이에 놓인 밧줄"이고 노예라는 평가는 '대심문관의 전설'에서 예수를 문초하는 대심문관 추기경의 선언에서 확인된다.

"그러나 결국에 가서는 그들도 자신들의 자유를 우리의 발밑에 갖다 바치고 '우리를 노예로 삼아도 좋으니 제발 먹을 것을 주십시오' 하고 탄원할 게 틀림없어. 즉 자유와 빵은

닫게 되는 거지. …(중략)… 그들의 양심을 영원히 정복하고 사로잡을 수 있는 힘은 이 지상에 세 가지밖에 없어. 그 세 가지 힘이란 기적과 신비와 교권을 말하는 거다. 너는 이 세 가지를 모두 거부함으로써 스스로 모범을 보여주었다. …(중략)… 그러나 기적을 부정할 때 인간은 신까지도 함께 부정한다는 것을 너는 몰랐던 거야. 왜냐하면 인간은 신보다는 기적을 원하기 때문이지. 인간이란 기적 없이는 살 수 없는 거야. …(중략)… 그리고 그쪽이 오히려 사랑에 가까울지도 모른다. 즉 그들의 부담이 가벼워졌을 테니까. 인간은 원래 무력하고 비열한 족속이야." …(중략)… "나는 이렇게 끝을 맺기로 했어. 심문관은 말을 마치고 얼마 동안 죄수의 대답을 기다렸지. 그는 상대방의 침묵이 괴로웠어. 그러나 죄수는 조용히 눈을 들여다보며 아무 말 없이 그냥 귀를 기울이고 있을 뿐이었지. 노인은 무섭고 괴로운 말이라도 좋으니 뭐라고 말해 주기를 바랐어. 이때 갑자기 죄수가 말없이 노인에게 다가오더니, 90 나이의 그 핏기 없는 노인의 입술에 조용히 입을 맞췄지. 그것이 대답의 전부였어. 노인은 부르르 몸을 떨었어. 그의 입술 양끝이 경련이라도 일으킨 듯 파르르 떨리고 있었어. 그는 곧 문 쪽으로 걸어가서 문을 열어젖히고는 죄수를 향해, '자, 어서 나가, 그리고 다신 오지 말아라. 두 번 다시 오지 말란 말이다. 앞으로 영원히!' 이렇게 말하고 그를 어둠의 광장으로 내보냈어. 죄수는 조용히 떠나가는 거지."

어떠한 인간에게도 양립할 수 없다는 것을 그들 자신이 깨달
게 되는 거지."

도스토옙스키는 인위적 유토피아가 아닌 인본주의에 바탕을 둔 '유토피아 세계'와 신과 인간의 화해가 이루어진 이상적 사회를 제시하려 하였다. 그러나 도스토옙스키 미학의 특징은 때로는 죄와 악을 거치며 유보와 모순과 갈등을 관통하여 전개되는 상징적인 철학체계로 구축되어 있다. 아버지를 죽이려던 탕아 드미트리의 갱생의 여정이 이를 시사한다. 작가 도스토옙스키는 시베리아 유형 생활, 처절한 가난과 불행, 잦은 간질 발작을 거쳐 인간과 세계를 꿰뚫어 보는 혜안을 갖게 되었다. 그는 예지자로 불리며 마치, 선지자-샤만이 되어갔던 것으로 보인다. 그가 창작한 대심문관은 결국 예수의 반대편에 선 거대한 무신론자 흑샤만으로 19세기 서구 내지 오늘날의 현실 속 권력과 권위의 실체를 선명히 대변하는 형상이다.

"대심문관의 전설" 이야기는 인간에게는 '모든 것이 다 허용된다'는 극단적 결론에 도달했던 이반의 무신론 논리에 따른, 그리스도에 대한 반역의 논리와 인간과 신의 관계를 극화한 것이다. 기독교 문명과 물신주의 무신론에 대한 이 작가의 사상과 신학 논쟁의 핵심이 이 〈대심문관의 전설〉 속에 구현된 것이다. 오

늘날의 비대화, 권력화된 종교와 정치 권력의 결탁과 야합에 대한 폭로로 원용될 수도 있고, 철학 한류의 스토리 텔링에 부응한 한국 기독교와 샤마니즘의 좌표를 각성시킬 기재이다.

우리의 각본과 화두는 코로나가 창궐한 21세기 서울 또는 로마에 이 불쌍한 인류를 가르치기 위해 예수님이 다시 부활하여 재림한다면 그를 누가 반길 것인가이다. 병들고 가난한 기독교 사제와 신도들의 기쁨과 환희가 잠시 물결칠 것이다. 그런데 과연 인신적, 물신적 사랑과 복음으로 충만한 대형 교회 사제들이 어떻게 나올 것일까의 문제이다. 그들이 버선발로 뛰어나와 예수님께 부복하여 눈물 흘리며 찬양할 것인가? 아닐 것이다. 스페인 도시 쎄비야 광장에서의 끔찍한 반역은 벌어지지 않겠지만, 광장에 나타나는 사람들은 가난한 민초들뿐, 돈과 권력에 취한 그들은 숨어 전전긍긍할 것이다.

예수님은, 우리의 각본대로라면 광장보다는 오히려 오지 산간을 찾아들면서, 초라한 굿당의 무당들과 소수 개척교회 목사들이 버선발로 뛰어나와 모셔서 대접하고 가르침을 듣는 장면으로 무대를 연다. 큰 권위의 사제들은 광장과 광야에서, 사탄을 물리친 예수님의 뜻대로 온갖 무신론적 유혹을 이겨내고, 정신적, 영적 변신을 위해 부복하거나 스스로 떠나야 한다. 피날레는 예수님 앞에서 가난한 목사, 신부, 무당이 경계를 넘나드는 고도의 문화융합을 바탕으로 하늘과 땅, 나무와 바람의 말을 전하며 총과 균과 쇠를 막아내고, 자작나무를 타고 하늘로 오르고 노는 굿을 펼치면 된다.

"아름다움이 세계를 구할 것이다"라는 도스토옙스키의 말은 예언이었다. 미학적 측면에서 지금의 한류가 보여주는 가능성에 부합할 것이다. 세계인에게 크나큰 울림을 줄 그런 영화나 드라마, 또는 시와 소설을 지속적으로 누군가 만들고 있었으면 좋겠다. 한류의 뿌리가 잠긴 제주 남단에서 시작해 만주, 몽골, 시베리아, 중앙아시아, 유럽, 아메리카까지 가장 오래된 보편적 믿음인 토테미즘과 샤마니즘에 천착한 콘텐츠를 바탕으로 만들어 지는 전복된 시각의 철학적, 영적 한류를 염원한다. 지구위기 시대의 넓은 대륙과 해양의 생태통로의 의미를 생각하며 생명을 아끼고 죽음을 신성시하는, 모든 사물에 영혼이 있다는 믿음을 재음미하고 고양하는 영적 문화한류의 출현을 기대하는 것이다.

제3부

문학 속 북방 유라시아 공간인식
- 한류의 미학과 유토피아

1장 북방 유라시아 담론

시원의 북방대륙 유토피아

고구려 무용총 수렵도, 호랑이와 말과 사슴, 신단수, 쑥과 마늘, 대자연과 어울린 고구려인의 기상을 보는 듯 하다.

1920-30년대 백석과 김동환, 그리고 이용악 같은 시인들은 일제치하의 어두운 조국상실의 아픔 속에 북방대륙의 역사와 현실에 조응하였다. 특히 백석은 '북신'에서 북방의 정조를 노래하며

대륙 혼과 태고적 정조를 아울러 한민족 북방 대륙정체성에 천착한다. 북방대륙의 공통된 옛 전설, 신화에 익숙한 시인은 '북방에서-정현웅에게'에서 원초 한민족의 이상공간으로서의 공생의 시원인 북방마을을 노래하며 그 상실을 안타까워하고 있다.

아득한 녯날에 나는 떠났다
부여(夫餘)를 숙신(肅愼)을 발해(渤海)를 여진(女眞)을 요(遼)를 금(金)을,
홍안령(興安嶺)을 음산(陰山)을 아무르를 숭가리를.
범과 사슴과 너구리를 배반하고
송어와 메기와 개구리를 속이고 나는 떠났다.
나는 그때
자작나무와 익갈나무의 슬퍼하든 것을 기억한다.
갈대와 장풍의 붙드는 말도 잊지않었다.
오로촌이 멧돌을 잡어 나를 잔치해 보내든 것도
쏠론이 십리길을 딸어나와 울든 것도 잊지 않었다.
〈중략〉
그동안 돌비는 깨어지고 은금보화는 땅에 묻히고 가마귀도 긴 족보를 이루었는데
이리하야 또 아득한 새 녯날이 비롯하는 때
이제는 참으로 이기지 못할 슬픔과 시름에 쫓겨

> 나는 나의 녯 한울로 땅으로-나의 태반으로 돌아왔으나
> 이미 해는 늙고 달은 파리하고 바람은 미치고 보래구름만 혼자 넋없이 떠도는데
> 아, 나의 조상은 형제는 일가친척은 정다운 이웃은 그리운 것은 사랑하는 것은 우러르는 것은 나의 자랑은 나의 힘은 없다 바람과 물과 세월과 같이 지나가고 없다.

백석의 이 시는 한민족의 북방연대의 역사를 회고한 서사이다. 한국 고대사의 북방 주체 또는 가까운 이웃인 부여, 숙신, 발해, 여진, 요, 금 나라 강역과 흥안령과 음산, 아무르 강과 숭가리 같은 친숙한 터전을 버리고 떠나 한반도에 안주한 한민족의 처지에 대한 회고와 반성이다. 장엄한 고대 한민족의 역사인식과 반도로 내몰린 이후의 안주와 게으름과 비굴성으로 인한 태반의 상실의 아픔을 토로한 장면이다. 시인은 그 고토에서 우리 조상들은 만주와 시베리아 북방 이웃민족들인 퉁구스계 종족 '오로촌'과 '쏠론'과의 공생공영의 경험과 우정과 의리를 나누었던 기억을 말한다. 북방은 무엇보다 한민족의 주도로 이들 고아시아제 인종들과 '범과 사슴과 너구리'와 '송어와 메기와 개구리'의 짐승들과 '자작나무와 익갈나무'와 '갈대와 장풍'의 대자연이 공생하며 연대하여 돌비-석비(石碑)가 세워지고 금은보화가 넘쳐나

던 공간이었다. 하지만 지금은 "바람과 물과 세월과 같이" 아무 것도 남아있지 않고! 탄식하는 백석의 미학은 역사와 역사 공간에 대한 회고이자 지구촌 여러 인종과 동식물과의 공생, 연대 의식을 바탕으로 한 이상향에 대한 그리움을 담았다.

리얼리즘과 유라시아 공생의 공간시학

문학과 역사와 관련하여 유라시아 문화의 연대와 공생 담론을 조명하고 미래 비전을 생각해보고자 한다. 문화의 전파와 융합을 넘는 '연대' 개념은 새로운 영역-틀이지만 기존 문명교류와 서세동점의 역사체험을 재검토하는 것으로, 그 바탕 위에 한류와 '유라시아문화'의 접속과 연대의 실천과 실재를 전제한다. 이러한 접근은 새로운 이론적 관점의 도입과 기존 개념과의 상호 연관 속에서 치열하게 논의되고 실천되어야 한다. 이는 기존 영역과 관점의 전복과 '탈경계', '탈영역화'를 통한 공존과 상생을 지향하기 위한 출발점에 있기 때문이다. 이는 한류철학과 한류미학의 구축을 목표로 병행되어야 한다.

19세기까지 조선의 선비와 관료들은 문학적 수사가 주가 되는 과거시험이라는 시험을 통과했고. 그들은 모두 시문에 밝았다. 선비들은 시문에 밝고 문학적 수사에 능할 뿐만 아니라 예술적 취향을 지녀야 했다. 그러나 봉건군주제 치하 사회와 정치현실은 의식있는 선비와 묵객의 목숨을 위협하거나, 흔히 그들의 가난한 살림과 마찬가지로 미학적 관점과 수사, 테마와 문체는 고정되거나 충효에 고착되기도 했다. 그러나 초야에 묻힌 묵객과 문인은 개별적 차원의 풍류와 초월적 절대 미학과 이상향을 그려내기도 했다. 다만 초야의 일반 선비들은 풍류와 절제된 음율의 가무를 즐겼지만 정치와 권력 지향, 이념적 스펙트럼과 주자학 범주 속에 안주하거나, 자유롭지는 못했다.

유럽은 18세기에 귀족과 부르조아지 사이의 경쟁 관계 속에서 시민계급이 서서히 문화의 주체가 되어갔다. 아놀드 하우저에 의하면, "18세기에만 해도 작가는 서양세계의 정신적 지도자였다. 그들은 개혁운동을 배후에서 추진하는 활동분자들이었고 진보적 계층들의 모범이 되는 인격이상을 체현하고 있었다. 그러나 이러한 상황은 프랑스혁명의 종말과 함께 변화하였다." 혁명의 결과, 개혁과 변화가 너무 지나쳤다, 또는 미흡했다는 비난에 직면하고 혁명 후 문화적 암흑기에 지식인들은 자신들의 무력함을 절감하고 현실과 괴리되어 독일 낭만주의와 같은 도피적 낭만주의에 탐닉하기도 했다.[1]

---

1 창비신서29, 문학과 예술의 사회사, 근세편 하, pp.203~204.

하우저에 의하면, 18세기까지 “자기 독자층의 대변인에 불과했던” 작가들은, 1848년 이후 부르조아 시민계급으로부터 “지식인”이라는 사회집단이 형성되며 시민, 소시민의 삶에 주목하게 되었다. 프랑스 낭만주의는 1820년대 후반부터 자유주의적 운동과 혁명에 우호적인 흐름에 편승을 시작하여 19세기 리얼리즘의 토대를 이룬다. 스땅달과 발자끄의 소설은 생활, 즉 인생문제, 윤리 도덕적 어려움과 갈등을 다룬 최초의 책들이다.

르네쌍스 이래 드러난 서구 근현대 자본주의의 근본적 경향은 비인격화의 경향, 즉 개인의 환경과 인격, 개성에 대한 고려를 배제하려는 것이다. 결과적으로 문화예술 전반이 세속화 대중화에 매몰되었다. 20세기에 격화된 극한 대립의 동서 이데올로기와 함께 자본과 문명의 폭력성이 21세기 현대 사회의 가장 큰 병(病)이 되었고, 문화 전반이 돈에 얽매인 불구가 되었다.

가능하면, 유라시아 문학과 예술을 선도하는 한류는 표상된 “리얼리즘의 승리”와 함께 도덕적 영적 인간회복을 향한 미학의 구축으로 질병을 폭로하고 치유를 향한 길을 여는 연대를 지향해야 한다. 피터 대제이래 서구화 과정을 겪으며 푸쉬킨에서 시작된 러시아 리얼리즘 문학의 성취와 파급력은 톨스토이와 도스토옙스키와 체홉까지 폭넓은 스펙트럼의 인간사와 철학과 신학적 문제를 포괄시켰기 때문이다. 러시아 리얼리즘을 종교와 철학의 영역까지 확장시킨 도스토옙스키는 이데올로기적인 색채가 가장 짙은 소설가이면서 동시에 이데올로기에 저항하였다. 그러나 피할 수는 없는 이데올로기를 그는 소설과 평론 속에서 리얼리즘 미학의 틀 속에 녹여내며, '아름다움이 세계를 구할 것이다'라 갈파하였다.

프랑스와 러시아 문학사의 "리얼리즘의 승리"의 함의와 이면의 실제 배경은 늘 근대화 산업화 과정의 민중의 고통과 지식인의 고뇌와 혁명의지와 연루되거나 개입되어 있다. 현대 한국문학은 장르와 구성, 문체까지 유럽과 러시아 근대문학의 영향을 받아 성장해 왔다. 다만 한국문학은 분단되고 폐쇄된 지정학적 조건하에 이데올로기, 혁명 담론은 억압되거나 금기시되고, 극한의 폭력이 난무한 독재치하의 암흑 속에 위축되어왔다. 그 속에 한국 리얼리즘 문학은 흔히 잠재적 정신질환이 만연한 시대를 폭로하는 연단이 되어 왔다. 이 시대 21세기 한국 소설가 한강은《채식주의자》,《소년이 온다》등 작품으로 폭력성과 잠재적 정신질환이 만연한 현대한국 우리 시대를 폭로하며 유럽에서 맨부커 국제상 등을 수상하였다. 이미 문학은, 유라시아 제민족의 예술문화는, 상생과 공존의 미래를 선도할 책무를 공유하며 연대하고 있다고 할 수 있다.

현대 한국문단은 한류와 함께 확장과 연대, 상생과 공존의 시대를 향해 매진할 타이밍에 있다. 목표는 조국의 진정한 독립과 함께 지구촌 폭력성을 무마할 문화한류의 미학적 완성과 상생의 우주관을 희구하는, 인류 공존을 선도하는 한류 문화강국의 실현이며, 첨예한 분단 현실을 겪고 있는 이 땅에서 가장 아름다운 미학의 구현이다. 한국문학 앞에 놓인 하나의 과제는 전쟁과 분단과 고립으로 인한 폐쇄 공간, 약육강식의 생태계 문제였으나, 이제 지구촌 어두운 그늘을 살피며 치유와 상생의 연대를 추진할 넓은 세계로 향한 심상 지리의 확장이다.

김동환, 백석, 이용악 등 '북방파' 시인들에 의해 북방공간은 이미 고아시아인 후예들의 공생의 역사성과 상징의미가 형상화되었었다. 지금 우리의 과제는 북방시인들의 공간시학에 다가가 자연과 인간, 유라시아 제민족의 상생과 공존, 연대의 가능성 탐색에 동참하고, 서정성을 근간으로 한 유라시아 '리얼리즘의 승리'를 도모하는 것이다. 그것은 인류 전체의 디스토피아와 종말을 막는 리얼리즘 예술문화의 상생과 공존의 의지를 공유하며 지속적으로 연대하고 선도할 책무를 동반하기 때문이다.

2장 북방 시베리아 이미지

잊혀진 공간, 유라시아적 상생과 공존

몽골과 시베리아 바이칼, 알타이 지역 원주민의 삶의 양태와 얼굴 모양과 언어 그리고 유전자의 우리와의 친연성이 부각되고, 바이칼 호 인근의 솟대나 성황당이 우리의 그것들과 맥이 닿아있음이 확인되고 있다. 신석기시대 우리나라 각 지역엔 서로 다른 문화의 인종이 살고 있었다고 한다. 이들 다른 인종은 주로 북방대륙에서, 또는 남방에서, 서로 다른 길로 한반도로 유입된 것으로 밝혀지고 있다. 특히 북방 바이칼 호수 인근지역을 비롯한 시베리아 몇몇 지역을 북방계 민족 형질이 완성된 곳으로 비정하고 있다. 그러나 그간 민족시원과 관련하여 한국의 정통 사서에 북방 만주 시베리아 관련 기록은 거의 찾아 볼 수 없었다. 한국 역사학계가 그간 중화사상과 주자학의 위압에 눌려 고대사 부분 및 발해에 대한 언급조차 자제했던 것으로 보여진다. 더구나 사마천의 사기史記이래 작금의 '동북공정'까지 한반도 강역을 축소-왜곡하려는 중국의 '공정'은 지속되어 만주일대 고구려와 발해의 예전 강역에 대한 언급과 발길조차 쉽지 않았다. 조선조 북벌의 역사 사실의 이면을 보면 한반도는 이미 오래 전 대륙으로부터 단절되어 왔다. 특히 그간 섬 같은 위치에 갇혀있던 남한 사회는 해양문화가 지배하고 원래의 유장한 성격과 대륙 문화적 기개를 잃어 조급성과 분열적 민족성이 배태되어온 측면이 있다. 그것은 서세동점의 19세기와 일제치하의 침탈과 민족분단을 거쳐 진화된 특질이었다. 그렇게 지난 20세기에는 한국 역사계와 문학계에 북방 만주와 시베리아 공간에 대한 현실적 이해나 관념, 또는 기억이 거의 사라져갔다. 다만 단군신화의 곰 신앙과 함께 신화와 솟대 등의 민속, 그리고 구전설화('나뭇군과 선녀 이야기' 등)와 같은 문학담론 속에 정신문화적 상징 공간으로 명맥을 유지해 왔을 뿐이다.

유라시아 샤마니즘으로 대변되는 시베리아의 고대 문화 체계 속에는 수렵과 유목, 농업 대가족 공동체 문화 속에 자연과 어울린 확고한 대륙적 상상계가 존속했었음을 확인할 수 있다. 유라시아 드넓은 대륙 속에 형성된 공통적 테마와 상징성이 종합되고, 상호 전파되어 공유된 한민족의 북방계 신화와 민담도 이 테두리에서 다시 검토될 시점이다. 수렵과 유목, 농업 대가족 공동체 문화 속에 자연과 어울린 고대 유라시아 리얼리즘의 세계는 신화적 상상력과 함께, 거의 대부분 기독교 도입 이전의 유라시아 고대 문화적 뿌리를 보여준다. 그것은 샤만이 주제하던 시대, 또는 그 이전 신화와 민담으로서 결코 권선징악의 테마에만 머물지 않고 더욱 폭넓은 인간관과 자연관을 담보하고 있기 때문이다. 곰 숭배 등 러시아-유라시아 민담과 우화와, 시베리아의 신화와 민속 등 고대 러시아 구전문학 속에는 이러한 수렵 유목, 농경 공동체 문화소와 함께 자연과 어울린 상생의 철학이 담겨 있었다. 이러한 대륙적 상생의 정신은 시베리아가 고향인 발렌틴 라스푸틴 등과 같은 현대의 진지한 러시아 작가들의 작품 속에도 부분적으로 계승되었다.

유라시아 담론과 관련해서, 러시아문학 속에 시베리아는 아시아와 같은 범주의 의미망 속에 다양한 철학적, 종교적, 윤리적, 그리고 사회학적 사유의 문제들을 제공해주었다. 특히 현실을 거부하고 이상향을 갈구하는 러시아 문인들의 다양한 사상들을 펼쳐 보일 수 있는 공간이 되어주었다. 19, 20세기의 러시아 지식인, 작가들은, 톨스토이와 도스토옙스키, 라스푸틴까지, 고대 문학의 아바쿰 이래 표출되어 온 시베리아에 대한 상반된 이미지를 때론 천국과 지옥의 이미지까지 교차시켜 왔다. 디스토피아적 유배지 시베리아로 유형간 러시아 유형 지식인들의 최종적 이미지, 즉 유토피아로서의 긍정적 이미지로 진화하기도 한다.

우크라이나 건국신화를 표현한 조형물이다. 우크라이나 키이우 드녜프르 강가에서 키예프 시대와 그 이전 스키타이 문명의 화려함을 생각한다. 하지만 지금 어둡고 참혹한 전란에 휩싸여있다.

그것은 시베리아 초원과 같이 광대한 공간과 대자연이 존재하는 것 자체만으로도 인간의 상상력을 자유롭게 하기 때문이며, "미개"하지만 아시아적-동양적 신비를 내재하기 때문이다. 20세기 초의 상징파 시인 알렉산드르 블록은 시 "스키타이 인"을 통해 러시아의 동방 아시아적 뿌리를 강조하고 유라시아 민족들과의 연대를 예언하기에 이르렀다.

만주와 몽골, 시베리아는 원래 유럽과 아시아를 연결하며 유목문화와 찬란한 황금문화를 전파한 스키타이와 흉노족의 무대였던 곳으로, 몽골계, 터키계, 위구르-핀계 민족이 공생해 온 광대한 공간이며, 고아시아 등의 문화적 원류가 잔존하는 유라시아 복합문화 공간이다. 그러나 주류 슬라브계 러시아의 역사 속에 시베리아는 흔히 황무지나 유배지로, 그리고 에스키모 같은 아시아계 원주민들만 사는 미개지로 여겨졌다. 또는 일확천금을 노리는 슬라브 러시아인들과 제정러시아 정부의 현실주의자들에게 모피와 황금의 공급지나 야생 동물 수렵지에 불과했다. 하지만 19세기이래 러시아와 전 세계의 산업원료가 되는 각종 자원의 최대 공급지로 인식되며 러시아뿐만 아니라 세계의 주목을 받는 지역으로 부상하였다. 19세기 시베리아 "애향자 그룹"은 이 공간에서 러시아의 유토피아, 또는 미국과 같은 신세계 창건을 꿈꾸기도 하였다. 그것은 곧 유라시아적 공생의 공간이었고 20세기 이후 유라시아주의적 정세흐름의 근원이기도 하다.

시베리아 출신 작가로 주로 시베리아에 거주하며 현대 러시아 문학계에 가장 두드러진 영향력을 보여주었던 작가 발렌틴 라스푸틴은[2] 일찍이 《마리아를 위한 돈(1967)》, 《살아라, 그리고 기억하라(1974)》, 《마쪼라와의 이별(1976)》 등의 중, 단편 소설 속

2 1970년대 이후 발렌틴 라스푸틴Валентин Г. Распутин, 친기스 아이뜨마또프를 비롯한 시베리아 농촌문학작가들은 시베리아의 수질오염, 산림자원의 남벌, 토양오염 등의 환경문제를 급속한 도시화로 인한 전통의 파괴로 소외와 갈등을 겪는 인간사회의 실상과 함께 부각시키기 시작했다. 이들 시베리아 농촌문학작가들은 그들의 선배 시베리아 지역주의자들이 제기한 문제점을 계승하여 유토피아 이상을 실현시킬 수 있는 시베리아의 "천국적" 이미지의 상실을 환경문제에 부각시키며 우려하였다. 특히 앙가라강과 바이칼호수 주변에서 전 생애를 보냈던 발렌틴 라스푸틴은 19세기 러시아 문학의 리얼리즘 전통을 이어 받으며 시베리아 환경과 인간문제를 주요 테마로 전체 러시아문학에서도 주도적으로 농촌문학의 흐름을 이끌었다.

에서 시베리아의 농촌을 무대로 그 지방의 인간과 자연의 갈등 양상과 공생의 당위성을 전제한 인간의 존재 문제와 윤리와 사회제도의 관계를 탐구하였다. 작가에게 시베리아와 그 자연은 외경의 대상이 되어야 할 절대적인 존재로, 미미한 인간의 남용과 오만을 경계하며 환경보호론자 또는 자연주의자가 되어가게 하였다. 그래서 그는 "자연은 그 자체가 항시 윤리적인데, 인간만이 이 도덕적 자연에 감히 손을 댈 수 있다는 것이다"라고 항의하며, 시베리아 에벤키족은 "바이칼 호숫가에서 필요에 따라"서만 나무를 베어내고, 이때조차 "오래 참회하고 그 필요성에 따라 베는 행위"를 하늘에 고하며 자연에 용서 빌었던 전통을 들려준다. 그러나 현실의 러시아인들은 그 어떤 외경심 없이 얼마든지 울창한 숲을 베어내고 땅을 파헤치고 있다는 것이다.

작가는 《마쪼라와의 이별》에서 서구 문명의 근원과 체계에 대한 회의와 함께 자연주의적, 또는 공동체적 전통가치관에 회귀하고, 결국 20세기의 전지구적 '개발'과 자연'환경파괴', 물질과 정신의 갈등과 대립을 시베리아 작은 마을의 수몰로 표상하였다. 그 대신 대자연과 융합하는 시베리아 원주민의, 주로 아시아계를 포함한 토착 시베리아인들의 상생정신에 귀착하고 있다. 토종의 대왕 낙엽송의 저항이 작가의 결론이지만 결국 마쪼라섬은 현실의 무차별적 개발 사업 속에 헐벗고 제 모습을 잃어 수

몰될 운명을 맞는다.

"유일한 생존자인 복종을 모르는 대왕 낙엽송만이 계속해서 주위에 있는 모든 것을 지배했다. 하지만 주위는 텅 비었다."

정신과 전통을 대표하는 상징은 그 섬의 노파들이고, '지킴'인 대왕 낙엽송이 높고 굳게 버티고 있다. 그 중 다리야 노파는 섬의 마지막 거주자이자 획일적 산업화를 거부하는 비극적 주인공으로 남는다. 그녀는 자연과 조상을 모시고 전통을 이어가려던 몸부림 속에 아들조차 외면하는 고향의 수몰을 지켜보며 무너져 간다. 땅과 조상을 섬기는 세계 공통의 농민의식에 의해, 또는 한민족의 조상숭배와 한의 문화를 상기시키듯 다리야는 아들 빠벨에게 "무덤을 그대로 버려두어야 해? 우리 가족 무덤을 물속에?" 라고 묻는다.

그녀에게 땅과 함께 조상을 버린다는 것은 크나큰 쓰라림이고, 분노와 죄의식을 안겨주었다. "오~호! 우리는 인간도 아무것도 아냐. 조상의 무덤도 없이 어떻게 살지?"하며 다리야는 빠벨이 떠난 뒤 공동묘지로 가 부모의 묘를 마지막으로 확인한다. 왼쪽에 어머니, 오른쪽에 아버지의 묘 주변은 무덤이 만들어질 때 없었던 소나무까지 자라고 있었다. "나무의 뿌리들이 영양분을 취하는 땅속에 계신 부모들이 나무들의 성장과 어느 정도 관련이 있다는 생각을 했을 때에는 무섭고 죄스러웠다. 그러나 만족

스럽기도 했다." 그것은 무덤주위에 있는 모든 것이 "가족"이었기 때문이다. 생태학적 순환의 고리가 무덤 속에서 만들어진 것이다. 그러나 이것이 모두 수몰될 처지에 이른 것이다. 조상들이, 죽은 혼들의 환영이 다리야를 현기증에 떨게 하고 있다.

라스푸틴이 창조한 다리야와 그녀의 친구 노파들은 조상숭배와 같은 샤마니즘적, 아시아적 가치관을 통해 문명에 의한 자연파괴의 비극성을 절규하듯 고발하고 있다. 한편 토종의 대왕 낙엽송이 표상하는 것은 최종적 구원과 상생의 모티브를 찾는 작가의 숨은 의도의 표출로 보아야 하며, 마치 그곳 시베리아의 토종 아시아적 가치를 러시아 문명사회에 이식해야 할 당위성을 깨닫게 유도한다. 그것은 유라시아주의의 또다른 근원으로 작동한다.

북방시, 이용악의 유토피아에 대한 꿈

근현대 한국문화 속에 만주와 시베리아를 포괄하는 "북방(北方)"이라는 용어는 중의적으로 사용되었다. 주로 추위와 먼 북쪽의 이국 땅으로서의 부정적 개념과, 고조선 이전 시기 민족시원과 고구려와 발해로 대변되는 고토로서의 긍정적 이미지와 개념이 대표적이다. 그것은 곧 광활한 대지와 자연 속에서 조상들이 간직한 유장한 또는 강직하고 장엄한 대륙적 기개와 정서와 연결된다. 그러나 현대문학과 기타 예술장르에서 이러한 긍정적 북방정서와 이미지는 거의 사라졌다. 일제치하 '북방시인'들에게도 만주와 시베리아는 주로 가난한 유민과 일제에 맞서 투쟁하고 좌절하던 독립운동가들의 피신과 유랑 생활의 고난이 깃든, 춥고 어두운, 비극적 디스토피아 이미지가 주조였다. 그러나 간혹 긍정적 이미지와 희망의 근거가 되기도 하였다. 그것은 주로 한민족의 유전인자의 친연성에 기인하였고, 때로는 이육사의 "광야"로 표상된 해방공간이거나, 단재 신채호에 의해 '조선상고사'에서 표명된 고토의식이 작용하였던 것이다.

원래 김동환, 백석, 이용악 등 만주와 시베리아, 연해주를 드나들던 이들 북방시인들은 주로 고향상실의 고뇌, 또는 식민지 한반도의 체제모순의 질곡으로부터의 도피처이지만 한민족의 현실 생활공간이었고 역사공간이었다. 그러나 해방과 분단 이후 북방은 거의 완전히 잊혀진 문학공간이 되었다. 더구나 오장환, 이태준, 김남천, 김동환, 이용악, 백석, 정지용 등 기존의 월북 또는 북방계열 문인이나 개별 작품들은 논의의 대상으로도 금기시되어 왔다. 그들 작가와 시인들이 자의적으로나 타의적으로나 북의 땅을 선택한 연유였다. 1988년 이후 이들 문인에 대한 해금

조치가 이루어져 비로소 논의가 재개되었다.[3]

북방시인들에게 만주 시베리아를 포괄하는 북방은 무엇보다 나라 잃은 극한의 슬픔과 그들이 체험한 한반도 북쪽 민중의 비참한 삶이 대륙을 떠도는 유이민의 비극과 중첩된 공간이었다. 1937년 5월 발표한 〈北쪽〉과 〈풀 벌레소리 가득차 있었다〉, 〈바람 속에서〉 등의 작품에서 이용악 시인은 어두운 북방 이미지를 '팔려간 여인'과 '아버지의 죽음'에 붙여 전한다.

> 북쪽은 고향/ 그 북쪽은 女人이 팔려간 나라/ 머언 山脈에 바람이 얼어붙을 때/ 다시 풀릴 때/ 시름 많은 북쪽 하늘

3 한국문단에서는 누구보다 김동환, 백석과 이용악 등 이른바 '북방시인'들이 1920-40년대 어두운 일제 치하 고향을 잃은 슬픔을 승화시키며 북방대륙의 실체와 역사를 인식하고 실체적 전통과 상징성에 천착하였고, 결국 현대시단의 신대철 시인에 의해 계승되었다. 2007년 발간한 시집 「바이칼 키스」에서 신대철 시인의 발길은 압록강과 두만강을 넘고 몽골 초원을 거쳐 시베리아에 이르고 바이칼 호수에 이르러서 민족의 시원을 상기하는 장면을 보여준다. 여기서 "바이칼 소년"을 중심으로 시원의 담론을 반복하며 유년 시절부터 겪었던 체험과 중첩되어 북방으로의 족적을 그리며 북방대륙 관련 역사의식을 이끌어 간다.

이제 이들 북방계열 문인들과 북방정서와 시학에 대한 연구는 한반도의 통일 과정과 통일 후 미래를 대비하는 차원에서, 다가오는 유라시아 시대를 대비하여 한국문학의 외연에 대한 성찰을 위해 필연적 작업이라 할 수 있다. 특히 유라시아문화가 태동하던 대륙을 떠돌며 비극적 한반도의 현실에 고뇌하던 선구적 시인들 김동환, 백석, 이용악 등 시인들의 북방 담론을 부정적 폐쇄 이미지 공간범주에서 긍정의 열린 공간 이미지까지 다시 검토할 시점이다.

에/ 마음은 눈감을 줄 모르다.

〈북(北)쪽〉

…[중략]…

아버지의 침상 없는 최후(最後)의 밤은/ 풀 벌레소리 가득 차 있었다/ 露領을 다니면서까지/ 애써 자래운 아들과 딸에게/ 한마디 남겨두는 말도 없었고/ 아무을 만의 파선도/ 설룽한 니코리스크의 밤도 완전히 잊으셨다./ 목침을 반듯이 벤 채

〈풀 벌레소리 가득차 있었다〉

시인에게 〈눈보라의 고향〉에서 "험난한 북으로의 길"로 표상된 러시아 슬라브 세계는 "노령(露領)"과 "니코리스크" 등으로 표상된 극한의 고통과 슬픔, 한이 점철된 공간의식이 자리 잡았다. 더구나 슬라브 국가 러시아는 아버지의 비극적 죽음이 떠올려지는 추운 우라지오(블라디보스토크)와 언 바다가 가로막고 〈바람 속에서〉에서의 "그곳 뽀구라니-츠나의 밤"같은 캄캄한 폐쇄공간이다. 그러나 이용악 시인의 슬라브, 러시아, 시베리아에 관련된 구절은 비극적 정조와 함께 모더니즘적 사랑과 혁명, 그리고 유토피아적 북방공간의식으로 다가가기도 하였다.

벨로우니카에게
고향선 월계랑 붉게도 피나보다
내사 아무렇게 불러도 즐거운 이름
어디서 멎는 것일까
달리는 뿔사슴과 말발굽소리와
밤중에 부불을 치어든 새의 무리와
슬라브의 딸아
벨로우니카
우리 잠깐 자랑과 부끄러움을 잊어버리고
달빛 따라 가벼운 구름처럼
일곱 개의 바다를 건너가리
고향선 월계랑 붉게도 피나보다
내사 아무렇게 불러두 즐거운 이름

이용악의 시 세계는 떠밀려온 척박한 북방대륙의 디스토피아적 이미지를 토대로 구축되어 있지만 시원적 유토피아에 대한 꿈과 유라시아적 상생과 공존과 현세적 이상향에 대한 염원을 담아 민족해방과 함께 온갖 생명의 공생을 꿈꾸고 있었던 것으로 보아야 한다.

3장 역사 인식과 지평

20세기 북방, 시베리아의 역사성과 북방 테마

만주와 시베리아 지역은 고래로 많은 민족이 부침하며 다양한 유라시아 문화를 형성하여 왔던 공간이다. 샤마니즘과 곰 신앙, 솟대와 성황당 같은 전통 토속신앙과 유럽과 아시아의 문명이 만나고 불교, 이슬람, 기독교 등 타문화공동체와의 교호작용이 일어났던 공간이다. 유라시아 샤마니즘으로 대변되는 이곳 고대 북아시아 문화 체계 속에는 수렵과 유목, 농업 대가족 공동체 문화 속에 자연과 모든 타자와 어울린 확고한 대륙적 상상계가 존속했었다.

20세기 후반까지 한국역사학계와 문화계 전반에 만주와 연해주 시베리아의 북방공간은 닫힌 공간으로 자리매김하였다. 그것은 대체로 일제강점과 전쟁과 냉전체제의 이데올로기의 이념적 장벽 그리고 일방적 서세동점의 글로벌화와 해양문화의 독점적 파급에 기인하였다. 결국 북방대륙은 동아시아의 지정학적 공간

의미가 왜곡되어 한반도로부터 소외되고, 분단 이후 더욱 대륙과 단절된 민족사의 비극성이 심화되었던 한반도는 질곡과 모순의 땅이 되었다. 그러나 지난 세기이래 북방대륙을 향한 길이 열리고 만주와 함께 멀게만 보았던 시베리아까지 인식의 지평이 열리고 있다. 서쪽으로는 우랄산맥에서 동쪽으로는 중국, 몽골, 한국과 접해 있는 거대한 땅 시베리아, 과거 황무지나 유배지로 인식되던 이 땅이 자원의 보고로 알려지기 시작하면서부터 시작된 변화이다.

주로 경제적 이유에서 북방이 열린 공간이 되고 있는 것이다. 통일과 통일 후를 바라보며 한민족의 심상지리 속에 동아시아로부터 유라시아로 확장되는 매개공간으로의 북방공간이 되살려져야 한다. 지난 세기 말이래 한국인의 시베리아에 대한 관심은 '철의 실크로드'로 고조됐다. 부산에서 출발하는 한반도 종단철도(TKR)와 시베리아 횡단철도(TSR)를 연결하여 유라시아 물류(物流) 회랑을 건설하려는 계획이었다. 이어 시베리아에 묻힌 천연가스와 석유 등 엄청난 에너지 자원의 운송 가스관 건설에 눈길을 돌리기도 했다. 그러나 지금 세계 정세와 한반도 남과 북의 정세변동이 이 모두를 주저하게 만들고 있다.

한반도 문화전반의 심상지리에는 아직 분단과 아울러 대륙과 단절된 민족사의 비극성이 온존하고 있으며, 질곡과 모순이 자리잡고 있는 현실이다. 그러나 백석 등이 일제하의 북방시에서 보여준 바와 같이, 문학에서 북방은 그 모순에 근거한 상상력이 결합을 통하여 동양과 서양의 경계를 건너 펼쳐질, 또는 대륙문화와 해양문화가 융합 상생할 희망의 땅으로 인식되고 있다. 한민족의 고대적 상상력 복원과 함께 현재의 분단과 분열을 치유할 단초가 내장된 공간으로 탈바꿈하는 것이다.

1920-30년대 시베리아 연해주 땅은 간도와 함께 가난한 조선 유민들의 삶의 현장이었으며 조명희 등 지식인들의 정치적 정신적 피난처였다. 두만강 건너에 위치하고 있는 러시아의 극동·연해주는 우리 민족이 살고 끊임없는 교류를 해온 지역으로 한때 발해의 터전이었을 뿐만 아니라 조선시대 이래 정치적 탄압이나 굶주림을 피해 한인들이 정착했던 삶의 현장이었으며 일제치하 독립 운동가들의 거점 지대이기도 했다. 그러나 그간 한민족의 의식 속에 만주와 시베리아는 주로 가난한 유민과 일제치하 투쟁하고 좌절하던 독립운동가들의 피신과 유랑 생활의 고난이 깃든, 춥고 어두운 비극적 디스토피아 이미지로 각인되었다.

20세기 초 국제적으로 큰 이슈는 시베리아횡단철도의 완공과 이에 따른 열강의 역학관계 변화였다. 시베리아횡단철도의 건설은 러시아로서는 동방 개발과 지배 의지의 실천이었고, 이를 남하정책으로 보았던 일제로서는 대륙진출의 꿈을 품게 된 계기였다. 이미 시베리아횡단철도의 완공 전에 발발한 노일전쟁이 그 한 양상으로, 승리한 일본은 만철(滿鐵)의 운영권을 접수한 후 조선지배 의욕을 실현하고, 관심을 만주로 뻗어 나갔다. 결국 만주와 시베리아는 일제와 러시아의 식민지 개척 각축장이 되어 개척자 관료들과 그 유민들의 생존경쟁지가 되었다. 만철이 완공될 당시 만주에는 이미 일본인들이 거주하였으며, 그들은 내지에서 취업에 실패한 노동자나 매춘부가 많아 기층민이 주로 많았다.[4] 그러나 조선인들은 농민이 많았으며 때로 독립지사 등이 가세하였고, 잃어버린 조국의 해방과 독립을 꿈꾸었다. 이광수와 마찬가지로 조명희는 소설 속에나마 이 북방에서 새로운 이데올로기와 유토피아의 실현을 위한 이상향을 주조하였다.

유민들이 국경을 넘는 이유는 생존을 위해서였다. 이해조의 「소학령」(1913)에서 러시아 연해주, 해삼위(블라디보스토크)는 '되로 심으면 그 두 배로 수확이 가능한' 이상 공간이면서 동시에 공포감을 주는 낯선 풍경 속에 눈과 바람이 몰아치는 황량한 벌판이자 부랑민의 무법지대였다. 최서해의 「해돋이」(1926)에서 북간도와 연해주는 삼일운동과 독립운동의 거점이 되어 낭만적인 공간

4 노연숙, "시베리아 철도와 개화기 작가의 북방의식" 語文硏究, 제39권 제2호(2011년 여름호)

으로 변모하고 있다. 안수길의 「북간도」(1967)에 나타난 유민들은 대부분 조선의 기층민으로, 일본 유민과 같았지만 강인한 정신력으로 독립의지가 팽배한 분위기의 민족 저항운동을 전개하는 사람들이다.

간도의 경우 독립당의 근거지로, 지사들의 도피처로 북방의 이미지가 묘사된다. 대한민보에 연재된 신소설 「소금강(小金剛)」(1910.1.5~3.6)은 의병활동을 소재로 삼고 있는 특이한 작품으로 '빙허자(憑虛子)'라는 필명의 작가가 누구인지 밝히지 않고 있다. 갑신정변에 참여했다가 몰락한 개화 양반의 자제였지만 저항하고 투쟁하는 고통의 길을 선택한 인물이 소설의 주인공이다. 그의 활빈당 무리는 압록강을 건너 서간도(西間島) 지역으로 근거지를 옮겨 그곳에서 새로운 삶을 설계하는데, 서간도에서 일제를 몰아낼 계획을 세우고, 중국계 마적단과 싸워 이기기도 한다. 「소금강」은 1909년 당시 의병들이 국내에서 일본군과 교전을 벌이다 만주나 연해주 지방으로 옮겨가 활동한 사실을 서사화한 것으로 보인다. 일본의 국권 침탈에 저항하고자 하는 그들의 활약은 간도와 연해주 일대에서 항일투쟁을 계속했던 유인석(柳麟錫) 장군과 홍범도 장군의 의병부대 활동을 연상시킨다.

「소금강」은 민족주의적 실천과 모험이 북방에서 벌이는 이민족과의 전쟁으로 극대화되어 나타난 한 예라고 볼 수 있다. 다물주의, 을지문덕주의 그리고 국가의 유기체설을 수용하여 고난의 시국을 극복하고 있는 당대 단재 신채호도 이와 맥을 같이 하고 있다. 신소설 작가들은 '북방의 영웅'들의 공적을 재현하며, '다물주의'(옛 고구려영토회복주의)를 주창하여 잃어버린 영토에 대한 회상과 함께 민족혼의 부활을 희구하고 있다. 북방을 한민족 역사공간으로 형상화하며, 북방의 실정을 작중인물의 모험을 통해 알리고, 북방을 바라보는 새로운 시각을 제공해준 것이다. 기차를 타고 북방으로 공간을 이동하는 인물들은 큰 재력을 얻기 위해 또는 생존을 위한 마지막 삶의 도약지로서 대륙을 선택한 이들이다. 그러나 막상 정착하여 새로운 삶의 터전을 만들려는 이들의 노력은 실패하는 것이 현실이었다. 신소설에 등장하는 한반도의 북방은 주로 만주와 연해주였다. 러시아 연해주의 블라디보스토크까지 건설된 시베리아 횡단철도는 작가들의 북방에 대한 상상력을 더욱 확장시킬 수 있었다.

그러나 '북방'의 실제 영역은 한민족 최초의 국가인 고조선과 고구려와 발해의 영토였으며, 한민족 심상의 지리 위에 늘 존재해왔던 러시아 시베리아까지 확장되어 있었다.[5] 국권이 흔들리

5 북방은 정치학자들에 의해 구 공산권 러시아 중국을 지칭하기도 하였지만, 역사적으로 대체로 현재 중국의 동북부 3성을 포함한 지역이 주 무대이며 만주와 간도 지역을 주요하게 일컫지만 러시아의 연해주 지역까지 포괄하여 일

던 20세기 초 이 드넓은 '북방' 대륙공간이 신채호를 비롯한 지식인들과 사가들에게 새로운 낭만적 관점과 역사의식을 불러일으켰음은 당연하다.

역사의식과 시적 상상력을 갖춘 문인들이 대륙으로 확장되었던 고대시간 속을 거슬러 올라가고 역사 공간에 시선을 던지게 된다. 물론 여기에는 때로 강요된 근대화에 따라 새롭게 형성된 서구 중심의 표상 체계에 대한 심리적 반발도 포함되어 있다. '북방'은 일제와 친서구적 지식인들이 수입한 근대적 표상체계의 피식민적 편향성과 조악성에서 벗어나는데 유용한 오랜 기표이면서도 새로운 기의로 보인다. 백석 시의 '북관'과 '북방', 이용악 시의 '북쪽과 '북방'은 한국문학의 외재적 근대화에 맞서는 새로운 문학 주체성을 확보하는데 기여한 오래된 기표였다고 할 수 있다.

한국 현대문학 속에 드러나는 유라시아 북방 대륙의 테마는 먼 이국 유랑자의 이야기가 되는 등 비극적 추상성이 지배적이

컫는다. 그 공간을 우리의 역사공간으로 인식해야 한다는 것이 북방담론이기도 하다. 20세기 초 이를 직간접적으로 입증시키는 광개토대왕 비문은 1908년 '증보문헌비고'에 수록되었으며, 1909년 박은식과 신채호가 언론에 소개하였다. 1912년 '권업신문'에도 비문 전문이 게재되었다. 이로써 조선사회에서 '북방'은 고조선 건국의 중심지며, 고구려와 발해의 광대한 영토로서 한반도 역사의 중심영역으로 떠올랐다.

다. 그러나 백석의 〈북방에서〉에서 보듯 간혹 희망을 불어넣는 긍정적 이미지가 되기도 하는데, 비극적 현실 속에 피어난 이러한 희망의 근거는 주로 한민족의 고대사와 유전인자의 친연성에 기인하였을 것이다. 때로는 시베리아 유형을 경험한 러시아 유형 지식인들이 말하는 최종적 시베리아 이미지, 즉 유토피아로서의 긍정적 이미지와 겹쳐지기도 한다. 아직 문명의 때가 묻지 않은 광대한 공간과 대자연의 존재 그 자체만으로도 인간의 상상력을 자유롭게 하기 때문이다. 이육사의 "광야" 속에서 북방은 조국의 광복과 인간 구원을 그리는 땅으로 그려져 최종적 유토피아 이미지와 겹쳐지고 있다. 현대 한국문학 속에서 만주 땅과 함께 그 너머에서 시작되는 시베리아의 이미지는 가난과 추위의 땅, 고행과 같은 머나먼 유랑과 피신의 땅이었지만 광대한 유라시아대륙으로 이어지는 유토피아적 희망과 대안 공간이 되고 있다. 물론 이르쿠츠크파 한인공산주의자들의 민족해방 운동 범주의 대안적 공간담론으로도 확산되었을 것이다.

나중에 친일행위로 얼룩졌던 이력의 춘원 이광수는 《무정》에서 평양을 세운 조상으로부터 웅장한 정신을 이어받아 새로운 평양을 건설하자는 함 교장의 웅변을 듣고 기생 계월화가 감명을 받는 장면을 통하여 작가의 민족의식을 드러내었다. 이광수의 《유정》의 주인공 최석은 옥사한 친구의 딸 남정임을 사랑하는 부도덕한 교장으로 손가락질을 받으며, 괴로워하다가 시베리아로 도피한다. 시베리아, 바이칼 호수는 최석과 정임에게 한반도의 질곡을 벗어나 순수한 인간애와 명예를 지키는 공간이 되고 있다. 여기서 작가가 시베리아를 광대한 자연의 숭고함 속에 민족의 갱생이 시작되어야 할 공간으로 상정하고 있음이 나타났다. 세속의 때가 묻지 않은 원시적인 고고함을 간직하고, 광활한 대지에 펼쳐진 웅대한 바이칼 호수는 나약한 인간이 무릎을 꿇어야 할 숭고함을 간직한 곳이다. 이광수의 친일행적은 변절의 과오를 묻는 것이 당연하더라도, 민족적 자의식과 역사 공간에 대한 거대담론을 주목할 수 있다.

식민조선은 새로운 역사의식이 태동했던 시기이기도 하다. 신채호는 민족사의 찬란함을 확인하기 위해 "고대 동아시아에서 가장 강성했던 부여족을 중심종족으로 단군 시대와 고구려와 발해에 이르는 고대사"에 천착하였다.[6] 민족사의 연원과 주체적 의미 확정을 위해 만주와 시베리아로 이어지는 북방대륙으로 역사인식을 확장했다. 이러한 북방담론과 북방시의 출현은 일제의 동남아진출로 가시화된 대동아공영권 구상에 맞대응하고 있었

6 김현주, "신채호의 '역사'이념과 서사적 재현양식의 연관성에 대한 연구" / 상허학회, '한국문학과 탈식민주의', 깊은샘, 서울:2005, pp.304-305 참조.

던 것으로 보인다.

그러나 당대 이광수, 김동리, 모윤숙, 주요한 등 전향한 친일 문인들은 일제의 대동아공영권 주장에 호응하였다. 주요한이 대동아공영권을 찬양하는 이른바 남방시(南方詩)의 대표작인 〈손에 손을〉에서는 북방 우랄 산맥과 바이칼 호수까지 등장시켜 "시빌"-시베리아에 대한 일제의 야욕을 대변하며 북방 서사에 한몫을 하고 있다. 시인은 일제의 북방 식민화 논리를 충성스레 받들어 되뇌고 있는 것이다. 내적으로 그 한계에 부딪혀 있었던 시인은 춘원 등 다른 문인들처럼 내선일체와 대동아공영권 이데올로기와 같은 제국의 판타지에 놀아났다.[7]

"북방" 공간에 대한 역사적 자각은 이러한 "남방찬가"에 대한 반발로 일부 선각자들이 의도적으로 시도한 인식공간의 확장이었다. 백석과 이용악 등에게 대안적 해방공간의 표상으로 떠오른 것도 이러한 맥락으로 이해할 수 있다. 시 속에서 시인의 자아의식과 시적 상상력에 의해 창출된 공간인식은 궁극적으로 현실보다 나은 세계에 대한 지향적 의지를 추구하는 법이다. 후에 친일행위로 지탄받은 김동환의 경우는 오도된 지향적 의지로 자아

---

7 권명아"태평양전쟁기 남방종족지와 제국의 판타지"/ 상허학회, '한국문학과 탈식민주의', 위 책, pp.327-361 참조.

의식조차 잃고 말았다. 그 시대 시인의 시적 공간은 민족과 국가의 생활이 영위되는 역사 공간과 일치해야 한다.

식민치하 "북방"을 주제로 한 시들의 출현은 무엇보다 민족의식의 깨우침과 함께 일제의 수탈적 정복욕에 대한 대응이었다. 제국주의 논리에 굴복하여 국권회복과 민족해방을 포기한 친일파들의 훼절과 변절행각이 극단으로 치달으면서 대안적 공간과 이데올로기를 찾아야 했다. 무정부주의에 다가간 신채호의 고대사 인식과 함께 백석의 민족정서 천착이 그 대표적 실천 작업으로 보아야 한다. 이용악의 북방담론도 탈식민주의와 탈근대-탈서구 담론의 틀 속에서 재평가되어야 할 것이다. 북방, 시베리아, 유라시아 대륙과 북방시인들에 대한 재평가는, 통일과 통일후를 바라보며 민족의 문화적 뿌리와 북방 시베리아의 역사성을 망각에서 구해내고, 기억을 회복하는 계기가 될 것으로 보인다. 그것은 분명 한류문화의 근원을 살펴보는 작업이기도 하다.

백석 시의 북방 정조와 공생의 시학

무엇보다 백석의 시 속에 묘사되고 구현된 삶, 풍물, 풍속, 의식과 시인의 세계관과 역사현실에 대한 수용 양태는 북방대륙, 시베리아와 유라시아 대륙의 인간과 인간, 자연과 인간

시집 『나와 나타샤와 흰 당나귀』 표지

의 공존과 상생의 당위성을 표명한 거대담론과 시학으로 보아야 한다. 백석은 대가족 제도가 해체되기 이전 훼손되지 않은 원형적 삶을 복원하고 비극의 역사 속 현실의 상처를 위무하는 재생과 부활의 시공간으로 상정하고 있다. 그래서 북방 고향 땅과 옛 정조를 추억하며 이를 복원하고자 하는 과거 회고적 면모를 보인다. 특히 〈조당에서〉, 〈두보나 이백같이〉 등에서 보이는 고대 중국사의 회고는 시적 상상계 속의 도연명(陶淵明)과 양자 (陽子), 그리고 은“殷”,상“商”, 월“越”의 나라 이미지와, 현실 후예 중국인들과 동거하는 감회에 이르고 〈조당에서〉, 〈두보나 이백같이〉에서 당나라 두보(杜甫)와 이백(李白) 같은 중국 시성(詩聖)의 향수에까지 다다르며 그의 시학 공간이 대륙으로 확장되고 있다.

백석은 〈북신〉에서 북방의 정조와 ‘내음새’까지 노래하며 호방한 고구려의 정서와 북방 고토의 역사성을 생각하며 민족의 대륙적 자긍심을 토로하는 장면을 보여준다.

〈중략〉
어쩐지 향산 부처님이 가까웁다는 거린데
국수집에서는 농짝 같은 도야지를 잡아 걸고 국수에 치는 도야지
고기는 돗바늘 같은 털이 드문드문 백였다.
나는 이 털도 안 뽑은 도야지 고기를 물구러미 바라보며
또 털도 안 뽑은 고기를 시꺼먼 맨모밀국수에 얹어서 한 입에 꿀꺽
삼키는 사람들을 바라보며
나는 문득 가슴에 뜨끈한 것을 느끼며
소수림왕(小獸林王)을 생각한다. 광개토대왕(廣開土大王)을 생각한다.

<북신>에서

한민족의 전통 정조가 인위적 "거리에는" 귀족적 역사시대의 불교적 정갈한 채식주의가 보편논리이지만, 민초들의 "국수집에서는" 오히려 입맛 속에 숨어든 수렵, 유목의 원시의 원초적 육식의 문화가 보전되고, 그것은 대륙적 고구려의 강하고 호방한 기상과 대륙민족의 영광을 상기시키는 풍속화이다. 그러나 농경

의 산물인 국수와 어울려 한민족 전통문화가 불교적 정갈한 채식주의와 수렵, 유목의 그것이 복합되어 맛을 내고 있음을 진술하고 있다. 특히 백석은 위대한 민족시인의 반열에서 대륙 혼과 태고적 정조를 아울러 한민족 북방 대륙정체성과 문화적 공생의 미래 북방 유라시아 세계 구축을 암시한 것으로 볼 수도 있다.

백석의 〈나와 나타샤와 흰 당나귀〉는 “가난한 내가/아름다운 나타샤를 사랑해서/오늘밤은 푹푹 눈이 나린다.”로 시작해서 “눈은 푹푹나리고/아름다운 나타샤는 나를 사랑하고/어데서 흰 당나귀도 오늘밤이 좋아서 응앙응앙 울을 것이다.”로 끝나고 있다. 시인은 2, 3연에서 “산골로 가자 ~‘ ”에 이어 “산골로 가는 것은 세상한테 지는 것이 아니다. 세상 같은 건 더러워 버리는 것이다.”라고 하며 도피가 아닌 순구한 유토피아에 대한 희구임을 밝히고 있다. 더우기 시적 화자는 나타샤라는 슬라브-러시아 처녀와 함께 “백화”로 온통 뒤덮힌 세계, 백의 민족의 밝은 유토피아를 상정한 것이다. 화자는 한민족의 미래 유토피아를 형상화하며 ‘가난한’ 시인과 ‘아름다운 나타샤’라는 러시아 처녀의 사랑으로 동서양 공존과 공생의 가능성을 보여주고 있다. 그것은 마치 이용악 시인의 “슬라브의 딸” 벨로우니카와의 순수한 사랑의 이야기와 흡사하다. 다만 이러한 사랑과 그 장면이 아름다울수록 그것은 이루어질 수 없는 환상 속의 사랑으로 비춰진다.

그래서 백석은 〈북방(北方)에서-정현웅에게〉에서 한민족 고대사 공간을 회고하며, 이제 북방 역사 속의 민족의 실체와 반성의 서사를 시도한 것이다. 북방은 생태 인문 역사 공간이자 나와 우리의 고향일진대, "아득한 녯날에 나는 떠났다/ 부여(夫餘)를 숙신(肅愼)을 발해(渤海)를 여진(女眞)을 요(遼)를 금(金)을,/흥안령(興安嶺)을 음산(陰山)을 아무르를 숭가리를./범과 사슴과 너구리를 배반하고/송어와 메기와 개구리를 속이고" 그렇게 북방을 버리고 허망하게 떠났음을 한탄한다. 시 속의 화자 "나"는 "다만 게을리 먼 앞대로 떠나"와 반도에 안주한 부끄러운 '우리' 민족이다. 〈백화(白樺)〉에서 진술한 바와 같이 "자작나무"로 "온통" 뒤덮인 북방대륙의 공통된 옛 전설과 신화에 익숙한 시인은 원초 한민족의 시원공간이며 이상공간으로서 자연과 평화롭게 공생하는 북방마을을 노래하며 그 상실을 안타까워하고 있다. 이제 그는 마치 잃어버린 한민족의 북방 대륙적 기질을 아쉬워하며 한반도로 내몰린 '나', 즉 우리 민족의 과거의 게으름과 태만을 자책하기도 하며 힘없는 현재의 나를 자탄한다. 그러나 "나의 한울로 땅으로-나의 태반(胎盤)으로" 돌아온 '나'는 실존하고 있다. 한국의 지성계에 역사공간으로서의 북방과 시베리아에 대한 기억은 사라져 갔지만 문학적 "북방" 개념 속에서 정신문화적

상징 공간으로 살려진 것이다.[8]

"여우 난골족"에는 반가움에 겨운 설레임에 세모의 흥성한 집안분위기 속에 유년의 기억과 추억 속의 축제적 가락이 되살아나고 있다. 인척의 이름이 연이어 구술되고, 인척들은 각기 뚜렷한 개성을 갖고 모두가 즐거운 공동체적 삶의 구성원으로 풍성한 음식을 준비하고 나누는 마치 동심 속의 풍요로운 이상향을 주조하려는 듯하다. 그것은 잃어버린 고향의 정조와 아름다운 동화적 세계 속에 유토피아에 대한 아쉬움과 그리움을 강조하고자 그려지는 풍경이다.

백석에게 북방은 북방 이웃 민족들인 고아시아계 제 인종들과 '범과 사슴과 너구리'와 '송어와 메기와 개구리'의 짐승들과 '자작나무와 익갈나무'와 '갈대와 장풍'이 인간과 공생 공존하던 공간이었다. 그것은 잃어버린 고향의 정조와 동시에 조상의 고토 북방대륙의 복원과 민족의 부활에 대한 염원으로 발전되었다. 다만 시인의 과장적인 어조와 톤은 건강한 인간과 인간, 인간과 자연의 상생, 공존, 융화의 장을 마련하기 위한 성급함에 기인한 것일 수도 있다.

---

8 백석이 최남선의 '불함문화론'에 영향을 받았던 것으로 보이는 것은 '오로촌'과 '쏠론'이 같은 순서로 등장하는 점에서이다.

이광수 '유정'의 역사성과 낭만적 유토피아

백석과 동시대인이기도 한 춘원의 '유정' 속에 최석 교장의 시베리아로의 방랑과 바이칼 호반에서의 죽음과 L 부부의 사랑 이야기도 한민족 북방시원의 담론을 상기시킨다. 그것은 광야의 이미지와 함께 한민족 시원과 북방의 원시공동체적 이상향의 복원에 대한 희구에 닿는 지점이다. 그러나 춘원의 바이칼은 현실 삶과 사랑으로부터의 도피 공간이 되었으며 민족의 실생활과 한반도에서 먼, 실존과 격리된 공간이었다.

이광수의 「유정」의 큰 줄거리가 되는 최석의 편지는 이렇게 시작된다.

"믿는 벗 N형! 나는 바이칼 호의 가을 물결을 바라보면서 이 글을 쓰오. 나의 고국 조선은 아직도 처서 더위로 땀을 흘리리라고 생각하지마는 고국서 칠천 리 이 바이칼 호 서편 언덕에는 벌써 가을이 온 지 오래요. 이 지방에 유일한 과일 '야그드'의[9] 핏빛조차 벌써 서리를 맞아 검붉은 빛을 띠게 되었소."

이어 편지는 호숫가의 누렇게 생명을 잃은 풀과 그 속에 "울던 벌레, 웃던 가을 꽃가지"의 죽음을 광막한 초원과 성난 바이

9 이 말 Ягода-'야고다'는 러시아어로 딸기, 포도 등의 열매를 일반적으로 지칭하고 있다.

칼 호의 물소리와 대비시키고 있다. 최석은 평소에 "이상하게도 그리워하던 바이칼 호"를 보러 간 것이고 거기서 사랑하는 정임을 그리며 죽음을 기다린다. 최석은 식지 않는 사랑의 열병 속에 검푸른 색 깊은 바이칼 호에 자살을 할까, 타이가 속으로 무작정 잠적할까를 고민하다 마치 피안의 저 세상인 듯 샤갈의 회화와 같은 몽환적 꿈에 빠지기도 한다. 즉 각색의 별과 사슴 떼, 그리고 바이칼 호 위에 뜬 새벽의 겨울 달이 그려지고 시베리아 대자연의 원시주의적인 풍경과 감정이 극적 대비를 이룬다.

그러나 최석의 편지 속 R부부는 "깨끗한 광야에 묻혀버리자" 하다 결국 "우리 삽시다, 죽지 말고 삽시다, 살아서 새 세상을 하나 만들어 봅시다."하며 생의 의지로 돌아서, 나아가"밭 갈고 아이 기르고" 하며 바이칼 호반 "여기 새 민족이 생기고"누군가 "새 단군"이 생겨나기를 염원한다. 최석의 분신으로 보이는 R은 마치 가련한 조국을 위한, 이육사가 염원하던 초인의 이미지와 닮아있다. 그것은 춘원의 본래 목소리로 시베리아 일대가 단군 이전의 고토였음을 은유적으로 암시하는 장면으로도 볼 수 있다.

춘원에게 시베리아, 바이칼은 김윤식 교수가 말한바 같이 단순한 방랑자의 인상, 감상의 대상은 아니다. 그것은 죽음이 전제된 부활과 재생을 통한 본원적 유토피아를 향한 춘원의 고뇌에

찬 철학적, 종교적 결론을 신문독자와 대중들에게 암시하려던 매개물이며, 민족의 북방 공간에 대한 역사 인식과 미래 조국의 새 날에 대한 희구를 표명한 것으로 보인다.

무엇보다 한국문학 속의 북방 공간인식은 백석과 이용악에 의하여 부정의 자리에서 유라시아대륙 내의 긍정의 열린 공간의 상징성이 살아난 것이다. 특히 당대의 특질인 모더니즘 미학의 자장 속에 공통적으로 사랑의 동반자로 슬라브-러시아계 여인을 등장시키고 있다. 이용악은 〈벨로우니카에게〉에서 "자랑과 부끄러움 잊어버리고" 하며 밝은 연시 풍을 보여주기도 하고, 백석은 〈나와 나타샤와 흰 당나귀〉에서 연시 풍으로 소박한 삶을 희구하며 "산골로 가자" 하며 순결한 사랑과 함께 소박한 공동체적 삶과 아니키즘적 유토피아 공간을 그리고 있다. 백석의 나타샤와 이용악의 벨로우니카는 눈, 흰 눈[백석], 붉은 월계꽃, 달빛, 구름[이용악] 등의 순결한 이미지를 위한 시어를 동반하여 본원적인 인류애적 공생원리를 살려내고 있다.

디스토피아에서 유토피아로

북방 샤마니즘의 세례를 받고 태동한 한민족 기층문화 속에는 마을마다 언젠가 돌아갈 대륙을 꿈꾸는 철새를 앉힌 솟대를 세우고, 북과 꽹가리를 두드려 악귀를 쫓아낸 전통이 살아 있었다. 특히 두만강과 압록강 건너에 있는 북방 만주와 러시아의 극동·연해주는 우리 민족과 문화를 공유, 문명의 접촉점으로 한민족과 끊임없는 경제, 문화 교류를 해온 지역이며, 한때 발해의 터전이었을 뿐만 아니라 조선시대 이래 정치적 탄압이나 굶주림을 피해 반도를 떠난 한인들의 정착했던 삶의 현장이었다. 이 공간은 사실 겨울의 그 혹독한 추위만큼이나 부정적 이미지와 인식으로 점철된 공간이었다. 그러나 백석을 비롯해 선구적 시인들에 의해 찾아갈 북방고향과 자유로운 광야의 이미지로 해서 부활과 갱생의 긍정적 인식으로 확장되기도 하였다. 그것은 곧 디스토피아에서 유토피아로의 전변의 가능성을 여는 작업이기도 하였다.

한국 문학계에서 흔히 북방은 그간 연구자들에게 주로 대륙과 접한 압록강과 두만강 주변의 한반도 북방 평안도와 함경도, 간도와 만주 지역으로 인식되고, 그 지역에서의 삶과 정서를 내포한 작품을- 이육사, 김동환, 이용악, 백석, 유치환 등의 작품이 언급되었다. 그 중 김동환, 이용악, 백석은 바로 북방이 그들의 고향이며 북한을 선택해 생을 마감한 시인들이었다. 그 결과 그들 모두 지난 세기 80년대 전반까지 한국에서 금기시, 도외시되고 말았다. 1930년대 북방시인 이용악과 백석 모두 고향상실, 민족의 수난을 반영하는 리얼리즘 시학과 함께 모더니즘적 성향을 함께 지녔다. 다른 점은 이용악은 비극적 서정성과 함께 사회주의적 이념에 경도되며 서정성이 약화되기도 하였다. 백석은 북방 고향의 서정성과 함께 시적 상상의 시공간을 넓혀 무정부주의적 시학에까지 나아갔다. 물론 두 시인 모두 모더니즘의 세례를 받고 현실 도피적 심상 속에, 백계 미인의 환상을 좇는 듯한 한계 상황에서, 인간과 인간 그리고 자연과의 공생 공간을 북방에서 추구한 것이다. 그러나 백석은 현실 식민지 조국의 비극을, 가난의 질곡을 벗어나 북방의 순수한 대자연과 백인과 황인종의 공생공간을 염원하듯, 그것은 곧 고대적 원시자연 속 "아득한 옛날에 그랬듯이" 역사 이전의 유라시아 공간에 존속했던 탈 경계와 공존의 삶의 원리를 표명한 것으로 볼 수 있다. 특히 백석의 시적 자아는 장엄한 고대 한민족의 역사 인식과 함께, 반성적 역사인식에 근거하여 한민족이 반도로 내몰린 이후의 안주와 게으름과 비굴성으로 인한 태반 상실의 아픔을 토로하였다.

백석의 북방에 대한 인식과 지평은 무엇보다 비극적 역사 현실 속에 삶의 긍정의 힘과 정신의 재생을 위한 희망의 담론을 추구하며 그곳에 원초적 이상공간을 부활시키는데 있었다. 특히 한민족 고토에 대한 인식과 러시아계, 원주민 등 타민족과의 공생공존이 가능했던 유라시아 복합문화 공간에 대한 의식이 주목

된다. 다민족 문화의 융화와 공생의 이념 회복을 꿈꾸기도 하여 잊혔던 북방 대륙적 정조와 삶에 대한 구체적 기억을 되살렸다. 특히 백석은 고향 평북과 함께 북방의 풍속, 풍물을 회고하며 일제 식민치하 비극적 정황 속에서도 대륙적 기상과 정조를 아쉬워하며, 진정한 삶을 회복하고 돌아가고 싶은 이상적 공간을 그려 내었다.

북방이 고향인 이용악과 백석을 거치며 반도 북방 한민족을 비롯한 고아시아계 제민족의 삶과 애환이 형상화되었고, 특히 백석에 의해 현실극복의 토대이며 유라시아 제 민족과 원시자연이 함께 공존 공생할 긍정적 유토피아의 이미지와 인식이 표명되었다. 그것은 한국문학의 공간적 지평을 유라시아대륙으로 넓히는 작업이었던 것이며, 샤마니즘으로 대변되는 이곳 고대 북아시아 문화 체계, 즉 수렵과 유목, 농업 대가족 공동체 문화 속에 자연과 모든 타자가 어울린 유토피아 세계체계를 상정한다.

이는 또한 공존과 상생의 고대적 상상계의 확고한 복원을 지향하는 유라시아 대륙의 문화적 평화연대를 상정한 것으로 본다. 나아가 가장 처절한 동족상잔과 분단의 이 땅에서 녹색한류를 통한 디엠지푸른평화공원을 만들고, 지속가능한 인류평화와 행복을 노래한다. 그러한 이념과 실천강령을 만들어 가는 한류를 염원하며. 시베리아 소수민족과 아이누와 축치 등 유라시아 약자들이 모두 신명나는 무대로 나올때까지. 그들은 한류의 미래비전을 위해, 우리의 스토리텔링에 이웃 친구와 동반자가 되는 것이다.

4장 신의 죽음 이후, 도스토옙스키와 니체, 김춘수의 비극의 철학과 시학

'들림, 도스토옙스키'

지금 전 세계 인류를 코로나19라는 바이러스에 이어 유럽과 중동, 한반도에 전쟁과 전쟁위험이 상존하고 있다. 그간 경제는 발전하고 문명은 눈부시게 진보하며 인류와 그 구성원인 우리는 역사상 가장 풍요로운 시대를 살아오며 행복을 구가했다. 그런데 갑자기 전염병이 창궐해 모두가 놀라 허둥대며 마스크 쓴 삶은 초라해지고 여기저기 풍요와 여유의 공간이 닫히거나 격리되었다. 어쩌다, 밝은 눈에도 보이지 않는 바이러스 같은 무의미한 전쟁 또는 그 위험 속에 공포가 일상을 지배하고 인간관계망은 엉클어지고 거의 모든 진보와 발전 트랙도 크게 흔들리고 있다.

그간 인류사회에는 진정한 영웅은 사라지고 꿈과 이상은 스러져 가고 작은 이익과 쾌락을 다투는 일상으로 행복해했다. 다른 신은 없고, 오직 물신 숭배에 빠졌으며 종교와 철학, 문화조차 말초적인 쾌락을 추구하는 상업 이벤트에만 편승하여 왔다. 아마도 우리는 과거 유물을 도굴해 다 팔아먹고 이성도 의식도 없이 역사를 파헤쳐 버리고, 오늘의 먹거리를 위한 무한대의 생산과 건설만이 자랑거리였다. 그렇게 지구와 우주까지 생태계 파괴의 주범인 인류는 불의의 전쟁이나 지진, 또는 보이지도 않는 바이러스에 의해 한꺼번에 생과 사를 가르는 실낱같은 거미줄에 매달려 있다. 더구나 이 땅에 숭고한 죽음은 이제 있을 수 없고, 인간의 죽음은 장례 비즈니스 또는 정치운동 이벤트의 도구로 전락했다. 죽음의 흔적은 즉시 지워지고 무신론적 에너지 속에 용해되고 만다.

신의 징벌인가? 무신론적 자본과 권력의 질주와 폭력에 언제나 제동이 걸리는가? 과연 니체가 단언한 신의 죽음과 연루되어 있는가? 악마가 그 주검 위에 마지막 인류 멸족의 파노라마를 전개하고 있는 것은 아닌가? 여기, 지금, 신의 죽음이란 다시 무엇인가, 김춘수 시인의 시학과 철학 속에서 되짚어 본다.

악령
Besy,
유라시안들은 나를 그렇게 부른다.

얼마나 사랑스러운가,
(중략)
나는 번데기일까, 키리로프* 그는
나를 잘못 보았다.
나는 지금 후설의 그
귀가 쭈뼛한 괄호 안에 있다.
지금은 눈앞이 훤한 어둠이다.

* 도스토옙스키의 소설 「악령」에 나오는 인물. 인신론자, 스타브로긴 숭배자.

김춘수 시인의 시 〈악령〉—김춘수 시집, 《들림, 도스토예프스키》(민음사, 1997)에서[10]—이다. "유라시안들"이 "나를 그렇게 부"르는 Besy, Бесы는 러시아어로 악령, 귀신이고 도스토옙스키의 소설 '악령'에서 주인공 스타브로긴과 그 추종자 여럿이 들려있다. 스타브로긴이라는 초인적 무신론자는 주변을 악령이 깃든 곳으로 만든다. 김 시인은 그 중에 인간으로 신이 되는 인신(人神)을 꿈꾸며 신이 되고자 자살한 키릴로프(시인은 일본어식 발음 키리로프로 씀)를 소환하여 자못 우리와 대면시키는 장면을 연출하고 있다.

10 이후 모든 김춘수 시는 김춘수, 《들림, 도스토예프스키》(민음사, 1997)에서.

이 문명의 역설은 인간의 오만에서 기인한다. 그래서 니체는 외쳤다. "신은 죽었다"라고. 그리고 초인(超人) 중심의 새로운 도덕이 필요하다고. 반면에 시인은 인간이 악령이 깃든 듯 인신(人神)을 꿈꾸다가 결국 모두 개돼지 떼가 되어 분탕질 속에 파멸하고 있는 것은 아닌가 묻는다.

> 의식도 영혼도 다 비우고
> 나는 돼지가 될 수 있다.
> 밥 달라고 꿀꿀거리며
> 간들간들 나는 꼬리를 칠 수도 있다.
> 성서에 적힌 그대로
> 무리를 이끌고 나는 바다로
> 몸 던질 수 있다.
> 말하자면 나는
> 죽음을 이길 수 있다.
> 그러나
> 그 다음이 문제다. 내 눈에
> 그 다음이 보이지 않는데, 썰렁하구나
> 나에게는 스승이 없다.
>
> 1872년 3월 1일 〈蛇足—직설적으로 간략하게〉

이 시는 허무의 시인 김춘수가 그려낸 인류의 자조적 자화상이 된다. 시적 자아는 "악령"이 되든지, 초인적 인신(人神)이 되든지 자살과 파멸로의 귀결을 직시하고 있다. 성경 속 장면. 거라사 지방 네크로폴리스에 도착한 예수 앞에 나타난 귀신 들린 사람을 통해 악령들이 "우리를 저 돼지들에게라도 들어가게 해주십시오" 하여 결국 예수의 허락으로 2천 마리나 되는(도올 김용옥의 〈예수전〉) 돼지들 속으로 들어가고 그 돼지 떼가 순식간에, 한꺼번에 바다로 내달려 물에 빠져 죽고만" 장면이 있다. 소설 '악령' 속에서는 소설의 "잠언으로서" 인용되었다.

그간 인간은 거의 의식도 영혼도 다 버리고 돼지가 되어 돈과 권력을 향해 꼬리를 치고 있는 것이다. 그러나 무신론적 합리주의와 과학주의에 빠진 혁명론자들이 표방하던 바 인신의 최후, "자살 후는 그 다음이 보이지 않는데, 썰렁하구나/나에게는 스승이 없"어… 라스꼴리니코프로부터 키릴로프까지 모두 무화되고 만 것을 술회하고 있다.

김춘수 시인은 시집 《들림, 도스토예프스키》를 내놓으며 자신은 도스토옙스키를 읽을 때마다 "들리게 된다"고 고백하고, 도스토옙스키의 주요 주인공을 시적으로 형상화하여 서로 소통하고, 때로는 시인 자신이 개입하기도 하였다. 이 시집의 서로 왕래하는 편지체 시들 속의 도스토옙스키 소설 주인공들의 대화는 김춘수의 내재적 "허무의지"를 드러내기 위해 주관적으로 변형된 일종의 가면이지만, 니체적 허무를 극복한 존재론적 시적 자아를 투영시킨 서사도 된다.

허무의지와 신의 죽음—프리드리히 니체

아름다움이 세계를 구원할 것인가? 니체는 '즐거운 학문'에서 아름다움을 사랑할 것을, 운명에 대한 긍정에 대해 역설하였다.

> "오늘날에는 누구나 자신의 소망과 가장 소중한 생각을 감히 말한다. 그래서 나도 지금 내가 나 자신에게 이야기하고 싶은 것, 이해를 함에 있어 처음으로 내 마음을 스쳐가는 생각,—앞으로의 삶에서 내게 근거와 보증, 달콤함이 될 생각에 대해 말하고자 한다. 나는 사물에 있어 필연적인 것을 아름다운 것으로 보는 법을 더 배우고자 한다.—그렇게 하여 사물을 아름답게 만드는 사람 중 하나가 될 것이다. 네 운명을 사랑하라 Amor fati : 이것이 지금부터 나의 사랑이 될 것이다! 나는 추한 것과 전쟁을 벌이지 않으련다. 나는 비난하지 않으련다. 나를 비난하는 자도 비난하지 않으련다. 눈길을 돌리는 것이 나의 유일한 부정이 될 것이다! 무엇보다 나는 언

젠가 긍정하는 자가 될 것이다!"

니체에게 진리란 이론이 아니라 삶 자체였고 그가 결정하고 창조하는 절대적인 그 무엇이었으며, 운명을 사랑하라 했다. 물론 그의 사유의 길을 가로막는 모든 우상(偶像)은 망치로 부수어 버릴 대상이었다. 니체는 결국 우상 파괴에 모든 열정을 바쳤고 "망치를 든 철학자"가 되었다. 그러나 추한 우상들의 파괴로도 그는 "긍정하는 자"가 될 수 없었다. 니체는 결국 짜라투스트라의 입을 통해 "신은 죽었다"고, 그리고 "우리가 신을 죽인 것"이라고 선언했다. 서구 문명의 허상을 직시한 니체는 19세기 유럽 철학과 문화를 부정하고 현실과 결별했다. '초인'은 우상과 낡은 문명에서 해방된 자유로운 영혼으로, 주어진 운명을 사랑하며 자족하는 존재였다. 니체의 저작은 대부분 매우 함축적인 시적 언어로, 그 안에서 역설과 상징, 기존관념의 해체와 재구성을 통한 경구가 되기도 한다. 따라서 니체의 '신은 죽었다'는 말은 경구이자 경고이다. 그렇게 "주장했다"는 말은 따라서 틀린 말이다.

니체가 살았던 19세기는 신의 존재를 상정하지 않고 생각할 수가 없었던 시대였다. 그러나 서서히 기독교의 타락과 함께 무신론이 서유럽을 지배하며, 여기서 인간이 신을 죽이고 신이 된 결과 '초인'이라는 이름으로 짜라투스트라가 창조되었다. 원래 도스토옙스키가 창조한 《악령》의 키릴로프의 주장은 신이 없다면 자신이 신이어야 하고 그 입증을 위해 자살을 감행한다. 그러나 인신(人神)으로 향한 자살은 주검만 남기고 만다. 키릴로프는 러시아 인텔리겐치야의 극적 유형—유럽 문화와 문명의 영향을 받고 급속히 서구화, 합리화, 물질화, 속물화되어 신을 부정하고 고통받고 신음하는 모습이다. 김춘수 시인은 그런 허망한 이념 또는 관념의 노예, 허수아비를 보여준다.

존경하는 스타브로긴 스승님께

불에 달군 인두로
옆구리를 지져봅니다.
(중략)
그러나 어느 한 시인에게 했듯이
늦봄의 퍼런 가시 하나가
저를 찌릅니다. 마침내 저를 죽입니다.
그게 현실입니다.
7할이 물로 된 형이하의 몸뚱어리
이 창피를 어찌 하오리까
스승님,

자살 직전에
미욱한 제자 키리로프 올림.

김춘수는 "바벨탑의 형이상학"인 철학을 무너뜨리려는 이 키릴로프식 오만과 함께 니체의 짜라투스트라를 극복하려는 의지를 표명하였다. 19세기 유럽인들이 일상과 철학적 담화 속에 늘 신이란 단어를 써왔지만 그들은 무신론적 태도로 제국을 확장하고 있었다. 한국에는 온갖 귀신과 도깨비와 함께 유불선과 기독교, 이슬람 등 온갖 신들을 두려워하고 섬기느라 신을 대놓고 부정할 수는 없었다. 그래서 "신은 죽었다! 신은 죽어있다!" 라는 말은 경악스러운 망언이었다.

니체는 "우리가 신을 죽였다"고 선언한 뒤 "이제 우리 스스로 신이 되어야 하지 않을까?" 자문했다. 철학적 시적 서사 속에 니체는 '권력의지'와 함께 '초인'을 등장시키며 "신이 없다면 인간이 신이 되어야 한다"는 생각을 포고하였다. 그러한 영웅과 초인은 이미 소설가 도스토옙스키의 역설과 강변에서도 '인신'의 모습으로 나타났다. 《카라마조프 형제들》의 이반과 《악령》의 키릴로프가 똑같은 말을 한 것이다. 니체나 도스토옙스키나, 기독교 문명의 테두리 안에서 도달할 수 있는 역설적 결론이었고 현대에도 유효하다.

프리드리히 니체는 서구 세계를 강고히 감싼 기독교에 정면으로 비판을 가하며 많은 비난과 악명을 낳은 후에 포스트모더니즘과 실존주의의 근간을 제공한 철학자이자 시인이다.[11] "신은 죽었다"는 말이 문제적이었다. 여기서 니체가 선언한 '신의 죽음'은 '즐거운 지식'(1882)의 다음과 같은 구절에서 기인하였다.

> "신은 어디에 있지? 그는 부르짖었다. 나 너희에게 말하고 싶다. 우리가 신을 죽여버렸다. 너희와 내가… 우리 모두는 신을 죽인 자들이다. 하지만 우리가 어떻게 이러한 일을 해내었단 말인가? 어떻게 우리가 바닷물을 다 마셔버릴 수 있었단 말인가? 누가 우리에게 지평선 전체를 닦아버릴 스펀지를 주었단 말인가? 신은 죽었다! 신은 죽어있다! 우리가 그를 죽여버렸다! 어떻게 우리는 스스로를 위로할 것인가? 살해자 중의 살해자인 우리는…"

니체 당대 19세기 유럽은 산업 발전과 이념적 혼란이 함께하던 시기로, 평등한 세상을 꿈꾸는 은밀한 지하 혁명가, 폭동 조직

---

11 위대한 시인으로도 꼽히는 철학자 니체는 인간의 심리를 천재적 통찰력으로 그려낸 심리학자이기도 했다. 낭만주의자이면서 반낭만주의자이고, 기독교인이면서 동시에 반기독교적이었던 그는 독일인이면서 또한 가장 반독일적인 사람이었다.

과 이념들 속 혁명 이데올로기와 유토피아를 향한 꿈이 1848년 마르크스와 엥겔스의 '공산당 선언'으로 형상화되던 시대였다. 이런 상황에서 니체는 자유주의와 사회주의 양쪽을 모두 비판하고, 궁극적 이유로 기독교 문명의 타락을 고발하고 공격하였다. 니체가 '원숭이'라고 비하한 인간의 대표적 속성인, 사람과 사람 사이를 지배하는 규율, 도덕 법칙은 결국 원숭이 사회의 법칙과 질적으로 다르지 않다는 것이었다.[12] 문제는 인류역사 속에 확인된 바, 그것은 곧 우상과 권력을 만들고 섬기는 습성, 노예근성이었다.

니체에 의하면 모든 도덕 가치관과 기준은 '노예의 도덕'에 지나지 않는다. 인류를 노예로 만들어버린 주범은 바로 기독교 교단이었다. 니체는 외친다. "신은 죽었다"고. 결국 니체는, '최후의

12 신은 유럽 문명의 기반이었다. 그러나 니체가 볼 때, 그 당시 유럽인들은 초인을 맞아들여야 했다. "인간이란 짐승과 초인을 이어주는 밧줄, 심연 위에 걸린 하나의 밧줄이다. 저편으로 건너가는 것도, 도중에 있는 것도, 뒤돌아보는 것도 위험하고, 벌벌 떨며 멈추어 서있는 것도 위험하다. 인간이 위대한 점은 그가 다리이지 목적이 아니라는 데 있다." 〈짜라투스트라는 이렇게 말했다〉(홍성광 옮김, 펭귄클래식, p.60)
니체는 다윈의 진화론을 염두에 두고 있는 듯 "인간은 짐승과 초인 사이에 놓인 밧줄"이라는 말을 한다. 인간중심의 사고방식을 벗어던지면 수긍할 수 있다. 짜라투스트라는 '목적이 아니라 다리'에 불과한 인간을 묘사했다. "그대들은 벌레로부터 인간에 이르는 길을 걸어왔지만, 아직 그대들 내면에는 많은 것들이 여전히 벌레다. 일찍이 그대들은 원숭이였고, 지금도 인간은 어떤 원숭이보다 더 원숭이다." (같은 책, p.57)

인간'이 아닌, '초인'을 등장시킨다. '최후의 인간'은 쾌락과 만족에 빠진 나머지 모든 창조력을 잃어버린 사람들이다. 반면 초인은 모든 윤리도덕을 초월해 노예 같은 민중을 이끌어 가는 존재.[13] 짜라투스트라는 그 '초인'을 알리러 온 예언자였다.

《까라마조프가의 형제들》[14]과 역사와 구원/ 갱생

도스토옙스키와 니체를 묶어서 비극의 철학으로 탐구한 러시아 철학자로 레프 셰스토프가 있다. 이 셰스토프를 독창적이고 예리한 사상가의 위치로 격상시킨 저서는 《도스토옙스키와 니체: 비극의 철학》(1903)이다. 합리주의에 반대하면서, 허무와 불안의 경험을 통해서 본래의 현실을 추구한 그는 도스토

13 실제 역사 비극 속에 니체의 이러한 생각은 뒤에 히틀러(1889~1945)에 의해 크게 왜곡되기도 했다. 니체는 그를 숭배했던 여동생 엘리자베스에 의해 왜곡된 '니체 신화'로 거듭나기 시작했던 것이다. 그러나 독일의 실존주의 철학자인 하이데거(1889~1976)가 1961년에 〈니체〉를 출간한 이후, '나치 철학자'라는 누명은 거의 다 벗겨진 상태다.

14 도스토옙스키 최후의 대작의 제목은 작가의 구상 속에서 '무신론자', '위대한 죄인의 생애'를 거쳐 '까라마조프가의 형제들'로 귀결되었다. 이 작품으로 작

엡스키와 니체로부터 결정적인 영향을 받았다고 볼 수 있다.[15]

레프 셰스토프의 철학은 '문제 제기(problem-generating)의 철학'

가는 인간의 모든 면을, 마치 한계를 넘어선 인간 혼의 모순과 비상식의 세계까지 철저히 규명한 영혼의 투시자가 되었다.
이 소설의 비극적 파국의 토대는 삼각관계다. 도스토옙스키는 이 소설에서 사랑의 심리와 함께 인간관계의 내적 모순과 갈등의 원리를 집요하게 추적한다. 방탕하고 변덕이 심한 아름다운 탕녀 그루셴카와의 사랑을 둘러싼 아버지 표도르 까라마조프와 첫째 아들 드미트리의 욕정과 돈 문제가 뒤얽힌 다툼이 그것이다. 결국 어느 무서운 밤에 사생아인 스메르자코프에 의한 부친 살인, 즉 방탕의 극을 걷던 아버지 표도르가 살해된다. 그러나 아버지를 증오하던 드미트리가 피고가 되고 판사의 오판으로 시베리아 유형을 선고받는다. 불공정한 결론. 하지만 드미트리는 오판에 의해 시베리아 유형의 판결을 선고받고 이를 수긍하는 순수성을 보인다.
표도르의 세 아들들은 모두 이러한 '까라마조프시치나(까라마조프적 경향)'를 아버지에게서 물려받고 있었으나 각기 그것에 항거한다. 이 중에서도 장남 드미트리는 '카라마조프시치나'의 정열의 세계를 대표한다.
부친살해 선고는 사실 사생아 스메르쟈코프를 사주한 둘째아들 이반이 받아야 한다. 이반은 당대 서구파 벨린스키의 후예들인 무신론적 합리주의와 과학주의에 빠진 혁명론자들을 대변하며 '까라마조프시치나'의 이지(理智)의 세계를 대표한다. 그는 라스콜리니코프와 마찬가지로 매우 이지적이고 이기적이며, 자기의 회의론에 대해서까지 회의할 정도로 지적이기도 하다. 즉 까라마조프가의 탐욕스러운 피가 지적인 탐구로 구현되어 무용(無用)한 아버지의 제거를 당위적인 것으로 사생아 동생 스메르쟈코프에게 주입시키기까지 한 것이다. 신비적 존재를 모두 부정하고 현실의 빵의 문제에 몰입한 이반의 사유는 인간에게는 "모든 것이 다 허용된다"는 극단적 결론에 도달했다. 이반의 이러한 논리에 따른 그리스도에 대한 반역의 논리는 이 소설의 사상논쟁의 핵심이랄 수 있는 〈대심문관의 전설〉 속에 구현되어 있다.

15 레프 셰스토프(Lev Isakovich Shestov, 1866~1938)
【주요저서】《셰익스피어》(1898), 《톨스토이와 니체》(1900), 《도스토예프스키와 니체—비극의 철학》(1903), 《허무로부터의 창조》(1908)

으로 '아테네와 예루살렘'에서 이렇게 말한다.

> "하지만 왜 신의 덕택으로 돌리는가? 시간도 공간도 그 신을 한계지우지 않는다. 존경과 사랑은 똑같이 질서를 위하는가? 왜 영원히 '전체적인 통일(total unity)'에 대해 이야기하는가? 신이 인간을 사랑한다면, 어떤 필요가 그로 하여금 인간을 그의 신성한 의지보다 경시(輕視)하게 만들며, 그[신]가 그들[인간]에게 하사한 가장 귀중한 것인 그들만의 의지를 빼앗게 만드는가? 전혀 그럴 필요가 없다."

셰스토프는 "삶의 목적이란 사실 '절대적인 것'에 대한 '신비한' 투항이 아니라 금욕적인 투쟁"이라고 선언했다. 신의 현현(顯現)과 예수의 십자가형(刑)도 그러한 투쟁의지를 인간에게 설파하는 장면이다.

> "신이여 왜 인간이 되셨습니까(Cur Deus homo)? 왜, 무슨 목적으로 그는 인간이 되었고, 해로운 학대와 수치스럽고 고통스러운 십자가형에 스스로를 노출시켰는가? …… '이상적인' 존재에 마지막 만족을 주는 '지복(至福)'보다 살아있는 존재에게 주는 그 어떤 고문이 더 낫다는 것을 보여주기 위함이 아닌가?"

도스토옙스키와 니체에 관한 두번째 책《모든 것이 허용된다》(1905)에서 셰스토프는 니체의 경구적이고 금언적인 스타일을 취했다. 셰스토프는 인간이 "성공적인 결과가 확약될 때조차 운명과 필연성에 맞서 투쟁하고 싸워야 한다"고 주장한다. "신탁이 침묵하는 바로 그 순간, 우리는 스스로를 신께 헌신해야만 한다. 그러면 신은 홀로 상처받고 고통받은 영혼을 치유해 줄 수 있을 것"이라고 말한다.

《죄와 벌》에서 라스꼴리니꼬프는 쏘냐의 도움으로 시베리아 옴스크에서 영혼의 치유 과정을 겪는다. 쏘냐를 천사로 상정한 시인 김춘수는 이 갱생의 장면을 이렇게 그리고 있다.

> 소냐에게
>
> 가도 가도 2월은/ 2월이다.
>
> (중략)
>
> 내 친구 셰스토프가 말하더라./ 천사는 온몸이 눈인데/ 온몸으로 나를 보는/ 네가 바로 천사라고,
>
> 오늘 낮에는 멧송장개구리 한 마리가/ 눈을 떴다./ 무릎 꿇고/ 리자 할머니처럼 나도 또 한 번/ 입맞췄다./ 소태 같은 땅, 쓰디 쓰다./ 시방도 어디서 온몸으로 나를 보는/ 내 눈인 너,/ 달이 진다./ 그럼,

1871년* 2월/ 아직도 간간이 눈보라치는 옴스크에서/ 라스코리니코프

*1866년에 도스토옙스키의 '죄와 벌'이 나왔다.

도끼로 노파를 살해한 죄수인 라스꼴리니꼬프에게 영혼의 치유는 추위와 고독과 싸워야 하는 "소태 같은 땅" 시베리아 옴스크에서 이루어진다. 살인 후 구원으로 향한 지난한 유형길을 걷는 라스꼴리니꼬프에게 쏘냐는 "온몸으로 나를 보는" 천사가 되고 "내 눈"이 되어, 일체화되고 대지에 "무릎 꿇고" 입맞춤하여 구원에 이르고 있다. 그런데 두 주인공의 필연적 일체화는 "내 친구 셰스토프가 말하더라 … 네가 바로 천사라고" 하며 시작된다. 이 부분은 구원과정을 확증하려는 김춘수의 철학적 탐구를 보여주며, 시간 여행까지 감행한 시인의 상상력과 의지를 표상하고 있다. 김춘수 시인의 '허무의지'는 극복되어야 할 것인 양, 말하자면 구원과 생의 의지를 담아 알료샤, 쏘냐, 그루셴카 등 긍정적, 천사 이미지로 회귀시킨 것이다.

시인 이승하와의 인터뷰에서 김춘수는 도스토옙스키의 작품세계가 "자기 입장을 강요하지 않는 것, 갈등만 있고 해결이 없는 것"으로 "예수에 대한 자신의 관심에도 열린 접근을 가능하게 한 것"으로 평가하고 있다. 더불어, 자신은 기독교인이 아니

라고 고백한 김춘수는 도스토옙스키적 선과 악의 갈등, 인신(人神)의 모습, 《까라마조프가의 형제들》의 극시(劇詩) 〈대심문관의 전설〉에서의 이반의 반역을 냉정하게 추궁하고 있다. 니체의 '초인'과 '권력에의 의지'도 도스토옙스키의 역설과 강변의 끝인, 라스꼴리니꼬프와 스타브로긴이 다가가던 인신의 모습과 함께 《까라마조프가의 형제들》의 〈대심문관의 전설〉에서 대심문관(大審問官)의 모습과 예수의 침묵에서 유추된 것이다.

범슬라브주의자 도스토옙스키는 늘 유럽과 슬라브권의 파국의 위험성을 경고하고 러시아 민족의 정신적 갱생을 부르짖는다. 도스토옙스키는 이 소설을 완성한 후 뒤이어 긍정적 주인공인 알료샤 카라마조프가 주인공이 되어 활약하는 속편을 쓸 생각이었다.[16] 도스토옙스키는 인위적 유토피아가 아닌 인본주의에 바탕을 둔 '유토피아 세계', 신과 인간의 화해가 이루어진 이

16 작가의 결론은 고뇌와 사랑과 희생에 의해서 갱생과 진정한 자유로 이끄는, 결국 진실한 그리스도교다. 《카라마조프가의 형제들》에서 그 정신은 조시마 장로로 표상되고 이러한 신앙이 삼남 알료샤에 의해서 구현되어 갈 예정이다. 카라마조프시치나에 맞서 알료샤는 조시마 장로의 지도하에 무한한 용서와 사랑을 배우고, 고뇌 속에 정화와 갱생을 도모해야 함을 인류에게 가르치고자 한다. 온갖 허위와 무모한 정열과 무신론, 죄악에 물들어 신의 법에 거역하는 사람들이 파멸로 귀결되는 이 소설 말미에서 알료샤는 약자와 어린이를 사랑하고 미래를 기약한다. 알료샤는 결국, 신의 뜻에 따라, 속세로 나가 무한한 관용과 겸양, 연민과 희생, 복종과 형제애를 때 묻지 않은 어린이들과 함께 실천하고자 한다.

상적 사회를 제시하려 하였다. 그것은 특히 '아름다움이 세계를 구할 것이다"라는 예언에 관련된, 알료샤나 다시 백치로 돌아간 므이쉬킨 공작과 같은 가장 순수한 영혼이 이끌 미래였다. 그러나 도스토옙스키 미학의 변증은 때로는 죄와 악을 거치며 유보와 모순과 갈등을 관통하여 전개되는 과정의 철학 체계로 구축되어 있다. 아버지를 죽이려던 탕아 드미트리의 갱생의 여정이 이를 시사한다.

> 드미트리에게
>
> 즈메르자코프는/ 네 속에도 있었다./ 아버지는 내가 죽였다고/ 너는 외쳐댔다./ 얼마나 후련했나,/ 그것이 역사다./ 소냐와 같은 천사를 누가 낳았나,/ 구르센카, 그 화냥년은 또 누가 낳았나,/ 아료샤는 밤을 모른다./ 해만 쫓는 삼사월 꽃밭이다. …(중략)…
>
> 즈메르자코프,/ 그는 이제 네 속에서 죽고 멀지 않아/ 너는 구원된다.
>
> 변두리 작은 승원에서/ 조시마 장로.

알료샤의 스승인 조시마 장로가 부친살해 의지로 유형의 징벌에 임한 드미트리에게 '그것이 역사다. 그것이 역사다. 너는 구원된다.' 하고 알려주고 있다. 김춘수는 순교자격(格)인 장남 드미트리에게 전하는 조시마 장로의 비상한 역사 담론과 예언을 이렇게 토로한 것이다. 다만 혁명과 역사를 보는 관점에서, 시인은 도스토옙스키의 유보와 모순과 갈등의 장면을 간과하고 역사와 구원을 단선적으로 연결, 술회하고 있다. "아버지는 내가 죽였다고/ 너는 외쳐댔다./ 얼마나 후련했나." 하며 그것을 곧 "그것이 역사다." 하고 단정한 것이다. 드미트리의 부살(父殺) 의지와 도덕적 갱생 의지는 그의 선과 악의 심리와 마찬가지로 모순과 갈등을 거치는 여정으로 복합적이며 카오스상(像)에 가깝다. 다만 니체의 "신은 우리가 죽였다"라는 주장을 떠올린다면, 드미트리의 부살의지와 그 자기폭로가 "얼마나 후련했나"라는 외침은 김 시인이 조시마 장로의 무한한 용서와 사랑을 정확히 짚은 그 증좌로 보인다. 시인은 드미트리의 구원을 스메르자꼬프를 희생양으로 삼아 너무 서두르고 있는 양상이다. 여기서 일본 니혼대학을 다닌 김춘수 시인은 러시아어 이름 스메르자꼬프Смердяков를 즈메르자코프로, 알료샤Алёша를 아료샤로 일본어식(式)으로 부르고 있듯이, 오역 또는 굴절, 비틀기를 하고 있다.

즈메르자코프에게

아버지 고환의 심줄,/ 농익은 蘋果 냄새가 난다./ 뭉크러

뜨려야 한다고/ 하느님이 없으면 뭘 해도 된다고/ 작은형 이반이 꼬투리를 찾고 있다./ 혁명은 끝났는데/ 너는 이번에는 또 옛 동지를 죽인다고/ 도끼를 들고 멕시코로 가려 한다./ 그렇지?

지금은 저녁/ 땅거미가 내리며/ 손바닥만한 內廷을 싸안는다. 하늘과 땅 사이/ 촉대 등 그림자 우련 스친다./ 조시마 장로님이시다. - 입동의 날 아료샤

답신, 아료샤에게

아버지 살에 아버지도 모르게/ 아버지 뜻도 아닌데/ 호로 모양의 눈도 없는 희멀건/ 불알이란 것이 와 달리듯/ 왜 하느님이 있어야 하나,/ 어디서 해가 지고 달이 떴나,

하늘과 땅 사이/ 도끼 든 그림자 우련 스친다. 멕시코로 가는

작은형 이반이다.

- 입동 다음다음날 즈메르자코프.

알료샤와 스메르쟈꼬프는 배다른 형제이고 각기 천사와 악마의 대척점에 서 있다. 알료샤는 작은 형 이반과 스메르쟈꼬프의 내밀한 무신론적 공감과 공유의지를 안다. 즉 “하느님이 없으면 뭘 해도 된다고/작은형 이반이 꼬투리를 찾고 있다./혁명은 끝

났는데"하며 폭력적 전복과 혁명을 우려하고 있다. 실제 아버지를 살해한 스메르쟈꼬프의 답장은 자신을 학대하던 아버지 표도르 까라마죠프의 음욕과 노추를 조롱하며 자신의 존재감을 드러내면서도 "도끼 든 그림자 우련 스친다. 멕시코로 가는/ 작은형 이반이다." 라고 하면서 부살의지는 이반에게서 온 것이라는 진실을 폭로한다. 김춘수는 비극적 역사의 반복에 착안해, 레닌혁명을 주도하였지만 1928년 카자흐스탄의 알마아타로 유배된 후 유랑 중 1940년 멕시코에서 암살당한 트로츠키의 비극을 염두에 두었다. 말하자면 시인의 역사관으로, 20세기 스탈린주의 볼셰비키들을 19세기 체르느이솁스키의 후예인 러시아 사회주의자들의 후손으로 본 것이고, 도스토옙스키가 우려했던 참극이 20세기 스탈린 시대에 실제 일어났던 팩트를 오버랩시키고 있는 것이다. 그것이 반복되는 역사였기 때문이다.[17]

17 김춘수 형이상시는 흔히 키에르케고어(Søren Kierkegaard, 1813~1855), 니체(Friedrich Wilhelm Nietzsche, 1844~1900), 후설(Edmund Husserl, 1859~1938), 하이데거(Martin Heidegger, 1889~1976), 사르트르(Jean Paul Sartre, 1905~1980) 등의 철학에 대한 이해를 요구한다. 그러나 그의 시적 언어는 의미를 초월한 특징, 즉 사상 교환의 수단의 언어가 아니라 그 자체의 목적성을 띠는 언어로 읽혀야 한다고 한다. 그러나 언어는 분명 역사의 산물임을 부정할 수 없고 분석해야 할 의미를 내포한다.

구원과 갱생을 향한 자연 회귀와 신성의 희구 / 희망의 근거

이반에게

알고 보니/즈메르자코프는 한갓/콧물이더라.

(중략)

시로미꽃이 피고/ 그 곁에/ 노루가 와서 웅그린다.

가끔 아직도/ 옆구리가 뜨끔뜨끔한다.

그 두더지 녀석 예까지 따라왔나 보다.

철새들이 가고 있다./ 마디풀과 함께 여치와 함께

여름이 또 온다./ 아버지는 〈내〉가 죽였다.

그 말 한 마디가 하고 싶어서

날마다 나는 즈메르자코프를

침 뱉고 발로 차고 또 침 뱉고 발로 차고 했나 보다.

시베리아 남쪽 오지에서 형 드미트리

“아버지는 〈내〉가 죽였다.” 김춘수 시인에 의해, 시베리아 남쪽 오지에서 형 드미트리가 무신론자 동생 이반에게 보낸 편지말이다. 인류의 원죄를 짊어진 듯 시베리아 유형을 자처했던 장남 드미트리는 초봄 “시로미꽃이 피고/그 곁에/노루가 와서 웅그린” 대자연 속에서 갱생하고 있다. 물론 갱생의 과정에서 아물지 않은 상처로 가끔 “옆구리가 뜨끔뜨끔한다.” 내뱉지는 않지만 그는 무신론자 이반에게 갱생에의 동참을 권유하고 이반을 설득하려 한다. 도스토옙스키가 제시한 희망의 근거는 대지와 대자연에 있다. 곧 봄 지나 대자연의 생명력이 만개하고 "마디풀과 함께 여치와 함께/여름이 또" 올 것이기에, 이제 더 이상 허위와 기만없이 솔직하자, "아버지는 〈내〉가 죽였다."는 "그 말 한 마디"를 같이 하자고. 시인은 도스토옙스키가 제시한 구원과 갱생의 그 대지를, 한반도 북방 아무르강 건너 시베리아로 파악한다.

> 아무르 강 저쪽
> 아무르 강 건너면/ 시베리아,/ 시베리아에도 봄은 올까,
> 들개들이 컹컹대며 마을까지 내려오고
> 시로미꽃이 봉오리를 맺다가/ 움찔 할까,
> 야윈 하늘 보고
> 아직은 제철이 아니라고,/ 시베리아에 오는 봄은
> 키프차크 초원을 달리는/ 몽고 말 뒤꿈치처럼 아련하다.
> 산새가 언제 알을 품고/ 마디풀이 언제/ 땅을 우빌까,

이른바 플라토닉 포에트리(Platonic Poetry)- "형이상시(形而上詩)"의 시인인 김춘수는 난해한 도스토옙스키의 철학과 사유체계를 탐문하여 유라시아의 역사를 바탕으로 존재론적 시학을 펼치고

있다. 때론 전통 한국 서정과 신화에 근거해, 또는 니체나 셰스토프에 맞서 철학적 서사로 펼친다. 결국 도스토옙스키와 함께 "시로미꽃이 봉오리를 맺"는 "아무르 강 저쪽" 시베리아와 몽골 대초원 유라시아에서 구원과 갱생을 향한 원시 자연과 순결한 유토피아를 희구한 것으로 보인다. 시베리아 옴스크 감옥의 유형생활로 갱생한 이 작가와 마찬가지로 시인도 한민족의 연원을 상정한 시베리아 땅에서 몽골 말춤과 산새와 마디풀이 돋아나길 기다리며, 마치 민족과 인류의 구원과 갱생을 꿈꾸는 풍경을 그리고 있음이다.

김춘수는 역사와 실존의 대립을 허무와 비애를 초월하는 존재론적 탐구를 통해 도스토옙스키를 치밀하게 읽어낸다. 그는 소설로 말하는 도스토옙스키의 다성 시학을 때론 기성의 철학적, 정치적, 종교적 무대 위에 실험극으로 확장하기도 하였다. 현실정치 참여를 경험한 시인이기도 하고, 그래서도 이 시인의 문명비판과 역사의식은 때로 강고하지만. 시인은 인간 구원과 갱생을 향한 시적 혁명을 도모한 것이며 한국문학의 무대를 확장한 것으로 보아야 한다.

맺음말

한류비전,
아름다움이 세상을 구원한다

한류의 미래를 위해, 거대한 국가권력의 홍보 건축물과 화려한 불전과 교회보다는 오래된 민초들이 찾고 경배하던 돌무덤과 장승, 솟대에 깃든 고대적 상상력을 돌아보아야 한다. 한반도의 암각화 문양과 민화의 해학성과 상징성을 이어받고, 비천한 광대와 무당의 처절하고 역동적인 몸짓과 소리를 살펴보아야 한다. 정악-아악보다는 기층의 민요와 판소리 등 민중의 소리가 더 어필하고 있지 않은가. 물론 농악과 사물놀이와 함께 국악 등 전통 예술 일반은 이미자와 조용필, 방탄소년단같은 대중성과 현재성을 함께 갖춰야 한다.

한류는 현재성, 대중성을 담지한 인류 보편의 감성과 희망을 대변해야 한다. 중동 가자지구의 굶주림과 죽음과 우크라이나 전쟁과 튀르키예 지진 등 시대의 아픔을 함께 하는 문제의식과 함께, 지구촌 민중 미학을 선도할 과제를 안고 가야 한다. 자연과 우주에 대한 경외감과 조상에 대한 의례의 정신을 돌아보며, 민중의 가락과 몸짓을 탐구하고, 그 역동성을 살려내 신명과 정과 한의 기운과 심리와 정신을 담아내야 한다. 무엇보다 지구를 살리자는 다급한 외침을 경청하는 시대정신과 함께, 한류는 한민족의 독점물이 아니라 세계인의 공동자산으로 영속되어야 한다.

고래로 우리 문화는 격이 있었다. 공자가 오고자 했던 예와 풍류의 땅, 한국에서 홍익인간, 유불선, 선비문화 전통을 되살려야 한다. 지구 살리기 운동에 앞서고 인류평화와 공생의 시간과 공간을 여는 신명과 지구촌 공생문화 한류의 창출을 기대한다. 나아가 한류의 시간은 인류의 정신문화를 선도하고 한반도 평화와 통일에 이바지하는 방향으로 나아가길 희망한다.

김춘수의 시집 《들림, 도스토예프스키》의 내용은 김춘수의 시에 대한 과거의 논의가 무의미시 중심으로 기울던 데 대하여 김춘수에게도 역사와 윤리의 문제가 본질적인 부분에 있다는 것을 보여준다. 그의 후기 시가 주로 그렇듯이 갈수록 한국의 전통적인 신화에서 예수의 신화로 옮겨가고 묵시록적 세계관을 담아 인류 전반에 메시지를 건네는 시론의 실험으로도 보인다. 김춘수는 자신의 형이상시를 '플라토닉 포에트리'라고 정의하였듯이 철학적이고, 릴케를 위시하여 키에르케고어, 니체, 후설, 하이데거, 셰스토프(Lev Shestov, 1866~1938), 니버(Reinhold Niebuhr, 1982~1971) 등의 지구촌 지성들과 함께 인류의 문제에 천착하고자 한 것으로 보인다.

김춘수의 '들림, 도스토예프스키'에서 '들림'의 의미는 시인 자신이 도스토옙스키의 세계 속에 빙의되듯 신의 죽음을 느끼고 예수의 부활을 간구하며 자신과 독자에게, 그리고 인류 전반의 영혼의 각성을 촉구하겠다는 경구적 선언으로 읽힌다. 즉 지금 여기 '죄와 벌'의 라스콜리니코프, '악령'의 스타브로긴, '카라마조프가의 형제들'의 이반 카라마조프와 같은 '인신(人神)'의 유형으로 가는 악령에 들씌운 세계와 맞서는 연약한 쏘냐와 같은 천사를, 그러한 초월적 존재 유형으로 등장시키며 느끼는 설레임 또는 황홀경을 말해주는 듯하다.

도스토옙스키는 사형언도와 간질로 죽음의 문턱과 극빈을 넘나들며 오직 펜에 의지한 전형적 전업 작가로 인생을 산 작가가 인고의 인생역경과 비관주의 속에 "아름다움이 세계를 구할 것이다."라는 고답적인 미학관을 표명하였다. 무엇보다 작가는 절대 선인과 같은 아름다운 인간 므이쉬킨 같은 인물을 창조했다. 므이쉬킨은 작가가 도달한 신앙-기독교관과, 자신의 사랑과 결혼, 자녀의 탄생과 죽음을 겪으며 지고의 사랑과 휴머니즘을 갖춘 긍정적 주인공으로, 《죄와 벌》의 쏘냐와 함께, 가장 아름다운 인간으로 창조되었다. 아름다움이라는 절대 가치는 작가가 집중한 인간과 역사에 대한 고도의 통찰력과 예지력에 의거한 결론이었다.

지난 세기 지구 위의 모든 국가와 조직은 “모든 것이 허용된” 듯 성장 이데올로기와 무신론적 개발 논리에 따라 자본과 권력의 채찍을 휘두르며 빠른 속도로 파국적 디스토피아를 향해 질주하여 왔다. 뉴욕과 런던 등 서구문명, 로마나 북경이나 서울 어디서건 신은 죽은 지 오래된 양상이 지속되고 있다. 거대한 마천루와 고속도로로부터, 첨단과학과 거대 글로벌 자본의 위력 아래 신은 비천한 주검이 되어 유폐되어 있었다. 말하자면 인류는 돈 앞에서 신을 죽이고 영혼을 팔아, 인성과 자연의 생명성은 학살당하고 숭고한 죽음이나 소시민의 죽음이나 한가지로 장례사업으로 매도당하고, 핵무기로 쓸어버리겠다는 그런 야만적 무신론의 시대가 되고 있으며, 종교 성전조차 거의 사업적 이벤트 공간이 되었다.

인류사회는 자살행위와 같은, 인간이 인간을 의미없이 죽이는 어리석은 전쟁을 지속하고, 심리적으로 허약하고 경제적으로 곤궁한 이들을 착취하는 제도권 권력과 자본의 독주가 가속화되고 있다. 유럽 우크라이나의 전쟁과 파괴 속에 그레타 툰베리라는 어린 소녀까지 나서 기후변화, 환경문제의 심각성을 외치지만 미래 후대의 삶에 대한 고민 없이 우리 어른들은 지구촌 미래를 망가뜨리고 있다.[1] 문명이 진보할수록 삶이 불안하고 불행해지면서 우리는 종교를 찾았지만, 막상 설교자들은 실로 무신론자였고 인신이 저지르는 파멸과 종말론적 폭거를 시연하고 있었다. 이에 편승한 무리의 동조로 성전에서 신을 몰아낸 격의 종교 타락의 결과가 이런 전쟁과 질병의 시대를 초래한 것은 아닌가.

프랑스 평론가 르네 지라르에 의하면 신이 죽어버린 현대의 비극을 예언한 도스토옙스키의 예감은 종교와 제반 학문 그리고 실생활이 물화(物化)된 현대 속에서 입증되고 있다. 지라르는 도스토옙스키의 통찰력으로 "역사의 틀 속에서 숙고되어져야만 할 현상"들이 진술되고 있다고 주장하였다. 그러나 사회주의와 비속한 시장주의, 기독교, 정치이념에 대한 도스토옙스키의 깊은 통찰은 무서운 예언이 되기도 하였지만 그 해석은 간단명료하지 않다. 그의 통찰은 주로 이데올로기 일반을 대상으로 하고

1 툰베리는 기후 위기에 대한 대책을 마련하라는 요구를 하기 위해 등교거부 시위를 할 수 있다는 아이디어를 2018년 2월에 미국에서 있었던 고등학생들의 등교거부 시위에서 얻었다고 한다(당시 미국 중·고등학생들은 플로리다주 파클랜드에서 있었던 학교 총기난사 이후 아무런 대책을 내놓지 않는 미국 의회에 항의하기 위해 전국적인 대규모 등교거부 시위를 하고 있었다). 그해 5월 툰베리는 스웨덴의 한 신문에서 주최하는 기후 변화를 주제로 한 글쓰기 대회에서 우승을 하게 되는데(툰베리는 글과 말을 통한 의사전달 능력과 호소력이 아주 뛰어나고, 그게 툰베리 기후위기 시위의 상징이 된 이유 중 하나다), 상을 수상하는 과정에서 만난 환경단체 사람들 중 하나가 "학생들이 나서서 기후변화에 대한 대책을 촉구해야 한다"는 말을 듣고 행동에 옮기기로 했다. 출처 : 뉴스톱(http://www.newstof.com)

있어 어떠한 정당에도 적용될 수 없고, 오히려 도스토옙스키의 정치와 인간관은 카오스적 우주질서에 대한 성찰과 맞닿는다.

도스토옙스키의 유형은 페트라솁스키 써클이라는 이념적 활동에 기인했지만, 그 경험 후 작품 속에 드러난 작가의 혼은 강고한 휴머니즘과 함께 고도의 형이상학적 변신을 초래했다. 그는 이데올로기의 질서와 정밀성 배후에 숨겨져 있는 혼란을 드러냈다는 점에서 그는 모든 근현대 작가의 추종을 불허한다. 똘스또이와 달리 도스토옙스키는 이데올로기적인 색채가 가장 짙은 소설가이면서 동시에 이데올로기를 두려워하고 그에 저항하였다.

도스토옙스키는 거의 모든 소설을 통하여 이데올로기와 함께 오만한 무신론과 물신숭배를 배격했다. 그는 모든 국가주의적 영웅에 혐오를 보내며 당대 인텔리겐치야들이 품은 무신론적 개인의 해방과 오만에 기인한 급진주의와, 사회현실과 민중으로부터의 소외와 고립을 모두 악의 근원이라고 본다. 그런데 그의 나라 러시아와 우크라이나의 국가주의적 영웅들과 급진주의자들의 주도로 이념도 의미도 없는 전쟁으로 민중을 죽음으로 몰아가고 있다. 도대체 이들은 신을 무서워하지 않는가?

다시 니체의 말이다. “우리 모두는 신을 죽인 자들이다. 그러나 우리는 어떻게 이러한 일을 해내었단 말인가? 어떻게 우리가 바닷물을 다 마셔버릴 수 있었단 말인가? 누가 우리에게 지평선 전체를 닦아버릴 스펀지를 주었단 말인가? 신은 죽었다!" 지금 우크라이나 평원과 도시에서, 마치 신을 죽인 그들과 우리가 그렇게, 니체의 고향인 유럽이, 인간을 고향에서 내몰고 무기들을 우상화하며 앞세워 사람들을 무작위로 죽이고 있다. 이제 예수를 부정하는 사제들, 마치 신을 내친 대심문관들이 코로나바이러스를 민중에게 퍼트리며 귀신들린 사람 역할을 하는 형국이며, 유럽의 우크라이나에서 유라시아 고도와 대평원이 피로 물들고 있다. 정치와 경제, 군사 영역은 추악한 혹샤만들로 차고 넘친다. 세계 문화예술인들의 연대로 반전과 평화를, 신의 부활을, 영혼의 아름다움을 외침이 필요하다.

음악을 사랑한 니체는 사물에 있어 필연적인 것을 아름다운 것으로 보는 법을 더 배우고 사물을 아름답게 만드는 사람이 되고자 했다. "네 운명을 사랑하라 Amor fati : 이것이 지금부터 나의 사랑이 될 것이다! 나는 추한 것과 전쟁을 벌이지 않으련다." 시적 문체로 자신의 철학을 풀어낸 그는 사물을 아름답게 만드는 사람, 말하자면 예술가가 되기를 희구했던 것이다. 그것은 작가 도스토옙스키가 무신론을 배격하며 어떠한 진리 또는 이념보다 예수를 택하겠다고 하며 "아름다움이 세계를 구할 것이다."라고 선언한 지점에 연루되어 있다.

아름다움을 사랑한 철학자 니체는 21세기 작금에 다시 부활해 지구촌 모든 권력자들과 세계 종교계와 지성들에게 그렇게 다시 외쳐야 하지 않을까? 정말 생명의 근원인 바닷물을 다 마셔버리고 지평선 물기까지 닦아내고 바이러스 앞에 무릎 꿇고 있는 건 지금 우리이다.

유라시아의 중심부 중동 팔레스타인과 슬라브 세계 우크라이나 전쟁의 참화가 계속되고 있다. 푸틴과 젤렌스키, 네타냐후라는 지도자들의 맹목적 야욕과 집착에 세계의 위기, 지구 인류의 종말 시간까지 재촉하는 양상이다. 한반도 남북은 핵미사일 운운하며 긴장을 높이고 미국과 나토 회원국들도 바닷물을 다 마셔버릴 기세로 전쟁을 부추기고 있다. 신은 왜 침묵하고 계신가? 한반도 우리에게 어떤 소명을 주시고 있는가? 질곡의 역사를 겪은 이땅에서 더 이상 죽음을 방기하지 말자며 한류 가객들이 세계무대에서 반전과 평화를 노래하며 해원의 춤판이라도 펼쳐야 할 때가 온 듯싶다. 또는 해외 모든 한인동포들과 함께 연대한 신명의 대동 해원상생 굿판으로 악령을 구축하고 죽은 영혼을 살려 산 인류를 구원하리라는 의지와 사명감을 갖는 한류를 소망한다.

21세기 인류는 더이상 “신은 죽었다” 그래서 “모든 것이 허용된다”라고 할 수 없다. 지구촌 지성과 민중은 영혼과 신과 자연생태계를 모두 살피고 돌아보아야 한다. 이제 인류는 “아버지는

〈내〉가 죽였다"고 고백해야 한다. 예수와 니체를 돌아보며, 정독하며, 아무리 귀찮고 더러운 대상이어도 "아버지"와 어머니 자연 생태계의 구원과 부활을 기도, 간구해야 한다. 한류 콘텐츠도 인간 구원과 갱생을 향한 철학적, 미학적 혁신을 담보한 내용과 리듬을 담아내야 한다. 그런 한류 무대 위로 악령들을 몰아낼 굿과 신명의 정신과 춤사위를 펼쳐 지구촌 평화와 생태환경의 복원을 촉구해야 한다. 지구촌 모두의 치유와 구원과 갱생을 위한 희망의 근거는 한민족의 휴머니즘과 신명의 정신과 율동과 미학과, 아직 대다수 기층 인류 구성원과 지성계와 대자연 속 우리 곁에 있기 때문이다.

참고문헌

단행본 및 번역서

곽효환, 『한국 근대시의 북방의식』, 서울: 서정시학, 2008.
권태원, 『고대한민족문화사연구』, 서울: 일조각, 2000.
김병모, 『허황옥 루트, 인도에서 가야까지』, 서울: 역사의 아침, 2008.
김춘수, 『들림, 도스토예프스키』, 서울: 민음사, 1997.
백석, 『나와 나타샤와 흰 당나귀』, 서울: 다산초당, 2009.
사마천 등, 『조선전 (朝鮮傳)』, 이민수 역, 서울: 탐구당, 1983.
상허학회, 『한국문학과 탈식민주의』, 서울: 깊은샘, 2005.
송기호, 『발해를 찾아서』, 서울: 솔출판사, 1993.
신채호, 『조선상고사』, 서울: 일신서적출판사, 1998.
이덕일 김병기, 『고조선은 대륙의 지배자였다』, 서울: 위즈덤하우스, 2007.
이만열(임마누엘 페스트라이쉬). 『한국인만 모르는 다른 대한민국』, 파주: 21세기북스, 2019.
이세경, 『한국 현대시의 공간 인식』, 서울: 청동거울, 2007.
이정재, 『동북아의 곰문화와 곰신화』, 서울: 민속원, 1997.
이필영, 『솟대』, 서울: 대원사, 2000.
오양호, 『백석』, 파주: 한길사, 2008.
전북대 인문학연구소, 『동북아 샤마니즘 문화』, 서울: 소명출판, 2000.
정재승 등, 『바이칼, 한민족의 시원을 찾아서』, 서울: 정신세계사, 2003.
조홍윤, 『한국巫의 세계』, 서울: 민족사, 1997.
주채혁, 『차탕조선, 유목몽골 뿌리를 캐다』, 서울:도서출판 혜안, 2017.
최길성, 『한국민간신앙의 연구』, 대구: 계명대학교출판부, 1994.
최남선, 『불함문화론』, 정재승, 이주현 역, 서울: 우리역사연구재단, 2008.

최몽룡, 『도시, 문명, 국가』, 서울: 서울대학교출판부, 1998.
탁석산, 『한국의 정체성』, 서울: 책세상, 2001.
니이체, 『짜라투스트라는 이렇게 말했다』, 황문수 역, 서울: 문예출판사, 1986.
다이아몬드, 재레드, 『총, 균, 쇠』, 김진준 옮김, 서울: 문학사상사, 2002.
도스토예프스키, 표도르, 『도스토예프스키의 유럽인상기』, 이길주 옮김, 서울: 푸른숲, 1999.
도스토옙스키, 표도르, 『작가의 일기』, 이길주 옮김, 서울: 지만지, 2008.
도스토옙스키, 표도르, 『카라마조프가의 형제들』, 이길주 편역, 서울: 아름다운날, 2010.
마다손, 일리야.N, 『바이칼의 게세르 신화』, 양민종 옮김, 서울: 솔출판사, 2008.
뻬레보드치꼬바, E. V., 『스키타이 동물 양식』, 정석배 역, 서울: 학연문화사, 1999.
셰스토프, L, 『도스토예프스키, 톨스토이, 니체: 비극의 철학』, 서울: 현대사상사, 2001.
웨일즈, 님, 『아리랑』, 이태규 역, 서울: 언어문화사, 1986.
챠플리카, M. A., 『시베리아의 샤마니즘』, 이필영 옮김, 서울: 탐구당, 1994.
프로프, V. Y., 『민담의 역사적 기원』, 최애리 역, 서울: 문학과 지성사, 1990.
하름 데 블레이, 『분노의 지리학』, 유나영 옮김, 서울: 천지인, 2007.
하우저, A., 『문학과 예술의 사회사』, 백낙청, 염무웅 공역, 서울: 창작과 비평, 1997.
호이징하, J., 『호모 루덴스』, 김윤수 옮김, 서울: 까치출판사, 1991.
Emily Carr, 『KLEE WYCK』, British Columbia, Canada: Douglas and McIntyre, 2013.
William W. Fitzhugh & Aron Crowell, 《 Crossroads of Continents, cultures of siberia and alaska》, USA Smithsonian Institution Press, 1988.

논문 및 평론

권명아, 「태평양 전쟁기 남방 종족지와 제국의 판타지」, 『상허학보』 14권, 깊은샘, 2005, pp. 327-361.

김현주, 「신채호의 '역사' 이념과 서사적 재현양식의 연관성에 대한 연구」, 『상허학보』 14권, 깊은샘, 2005, pp. 298-325.

노연숙, 「시베리아 철도와 개화기 작가의 북방의식」, 『어문연구』 39권, 어문연구학회, 2011, pp. 245-268.

이길주, 「CIS 한인동포 지원정책에 관한 연구: 문화적 측면」, 『사회과학연구』 제11집, 배재대학교 사회과학연구소, 1994, pp. 275-295.

이길주, 「러시아의 극동、시베리아 식민화 역사와 원주민, 그리고 한민족」, 『한국 시베리아연구』 창간호, 한국시베리아학회, 1996, pp. 3-19.

이길주, 「도스또옙스끼의 민족주의와 反유토피아 사상」, 『사회과학연구』 제15집, 배재대학교 사회과학연구소, 1997, pp. 333-346.

이길주, 한남수, 「러시아 문학의 '시베리아 테마'」, 『한국시베리아연구』 제6집, 배재대학교 한국-시베리아센터, 2003, pp. 39-76.

이길주, 「시베리아의 잠재력과 개발환경」, 『사회과학연구』 제23집, 배재대학교 사회과학연구소, 2003, pp. 103-129.

이길주, 러시아, 「한국 문학작품에 나타난 시베리아와 유라시아 담론과 상징체계」, 『한국시베리아연구』 제8집, 배재대학교 한국-시베리아센터, 2005, pp. 61-90.

이길주, 「시베리아 -아시아: 유라시아 공간 이미지 속의 도스또옙스끼의 "갱생"과 이념」, 『한국시베리아연구』 제11집, 배재대학교 한국-시베리아센터, 2007, pp. 123-161.

이길주, 「도스또옙스끼의 사유체계와 정치, 전쟁과 평화의 역설」, 『한국시베리아연구』 제14권, 배재대학교 한국-시베리아센터, 2010, pp. 215-266.

이길주, 「한국현대시 속의 북방, 슬라브, 시베리아 공간의식과 이미지」, 『시문학』 472호, 시문학사, 2010, pp. 61-77.
이길주, 「유라시아 평화문화공동체 시공간의 꿈과 전략」, 『유라시아 문화산책』 제6호, 유라시아문화연대, 2019, pp. 20-26.

한류총서를 발간하며

한류가 어떤 가치와 표현을 지향하는지를 묻는 이가 있다면 우리는 백남준의 미디어아트 「다다익선」(1988)을 상기시키고 싶다. 이 작품은 한국의 개천절을 상징한 1003개의 텔레비전과 모니터들을 쌓아 올려 한국의 전통건축물인 13층 나선형 불탑 모양으로 조형한 영상탑이다. 백남준의 예술생애에서 가장 웅장한 작품이라고 할 만한 높이 18.5m에 이르는 「다다익선」은 서울올림픽 개막 이틀 전인 1988년 9월 15일 처음 공개되었다. 벌써 35년 전에 제작된 노후한 작품이기에 2003년 낡은 텔레비전 모니터를 삼성전자 제품으로 전면 교체하는 수술을 받았고, 2018년에는 누전상태로 폭발 위험까지 있다는 한국전기안전공사의 검진 결과로 인해 3년간의 대수술을 받았다. 중고 모니터와 부품을 수거하여 아미 단종된 737대의 모니터를 수리하고 교체하였으며, 손상이 많은 브라운관 266대는 새로운 평면 디스플레이

(LCD) 투사 방식의 제품으로 교체하였다. 과열을 방지하는 냉각 설비를 갖추고 「다다익선」에서 상영되는 8개 영상들은 디지털 방식으로 변환해 복구하였다.

2022년 「다다익선」 재가동을 기념한 퍼포먼스 현장에는 백의 민족을 상징하는 흰옷을 입은 춤꾼들이 영상탑을 휘돌며 탑돌이 퍼포먼스를 했다. 한국의 전통 건축물과 동서양의 건축과 사람들이 출몰하는 영상들은 탑의 형상을 한 모니터 안에서 제각기 흩어지다 모이는 듯 어우러지며, 신성한 문자나 색색의 도형들이 우주의 심연으로 스며드는 듯한 신비감을 연출한다. 마치 우주와 인간, 정신과 물질의 모든 측면을 음양오행으로 압축하여 생각하고 느끼는 한국인의 정서가 크고 작은 첨단의 큐브형 조형물에서 스며 나오는 듯하니 놀라운 일이다.

「다다익선」은 국수 한 그릇도 자연원리를 함축한 음양오행에 따라 오색고명을 올리는 한국인의 감각을 전달한다. 텔레비전 브라운관이 다섯 가지 기본색의 색점으로 모든 것을 조합해 표현하듯, 한국인들은 보자기의 배색과 형태 분할에도 몬드리안의 추상화의 기법을 숨겨놓았다. 사람에게 체질이 있듯 형태와 방위와 시간에도 특질과 빛깔이 있다. 한국인은 동쪽의 청색, 남쪽의 적색, 서쪽의 백색, 북쪽의 흑색, 중앙의 황색 등 5가지 근본색을 오방색으로 규정했다. 삶의 모든 아름다움을 표현하기 위해 치자, 쪽물, 소목 등 자연의 모든 것을 활용해 간색을 만들어 내기도 했다. 화려하고 웅장한 궁궐 단청에도, 자그만 노리개 하나에도 올망졸망 오색이 어우러진 정교한 프랙털(fractal)의 색채 감각을 즐겨 사용하였다. 한국인들은 그 어떤 음식을 만들건 누구의 집을 짓건, 세상의 이치가 녹아있는 오방색을 프랙털의 원리처럼 사용했다. 큰 것 밖에는 무한히 더 큰 것이 가능함을 알기에 오만함을 경계했다. 작은 것 안에는 더 작은 것이 포개져 있음을 알기에 연민을 갸륵하게 여겼다. 한국인들의 문화와 예술에서 색깔은 단순한 빛깔이 아니라 더 깊은 의미를 담고 있다. 그것은 방위와 계절을 함축하고 나아가 종교적이며 우주적인 철학을 담고 있기도 해서, 한국인들은 오방색을 예술가의 미의식과 용도와 분수에 맞게 사용하였다.

아이에게 입히는 배냇저고리 하나에도 의미를 입히는 한국인의 심성과 문화를 아는 이들이라면, 『오징어 게임』에서 가장 먼저 확 눈에 뜨이는 색채의 프랙털을 놓치지는 않았을 것이다. 그것이 대량생산된 복제품들을 '다다익선'마냥 쏟아내는 자본주의에 대한 비판이나 빈자들의 이야기가 아님도 살폈을 것이다. 감시인의 붉은 복장이 왜 벽사의 빛깔인지, 왜 빈자들의 추리닝은 황색과 청색의 간색인 초록이어야 하는지도 눈치 챘을 것이다. 한국인들에게 예술은 곧 사람이고, 사람은 천지를 환히 보여주는 텔레비전이고 희로애락에 감응하는 신령한 매질이었다. 인간이 하늘이고 하늘은 지상에 포개져 있었다. 마치 백남준이 영상탑으로 감추는 듯 드러내던 인내천(人乃天)의 심의처럼 말이다

'한류총서' 1차로 발간되는 몇 권의 책들은, 저자마다 각기 다른 장르영역에서 한류의 현황을 점검하고 한국인들에게는 자연스러운 표현과 이야기들이 왜 '한류'라고 불리고 한국적인 것이라고 느껴지는지, 도대체 한류는 무엇인가를 질문하듯 탐색해가고 있다. 시대가 필요로 하는 인문학의 가장 소중한 동반자가 되어 온 젊은 출판사 '역락'의 한류총서가 독자에게 행복하게 다가갈 수 있기를 소망한다.

기획위원

오형엽(한국문학평론가협회 회장, 문학평론가, 고려대학교 교수)

허혜정(문화평론가. 콘텐츠기획자, 숭실사이버대학교 교수)

이공희(영화감독, 아시아인스티튜트 미디어아트센터장)

저자 소개

이길주

배재대학교 명예교수, 문학 평론가

한국외국어대학교 러시아어과 학사, 동대학 동시통역대학원에서 미국 Monterey Institute of International Studies 석사 과정 후 석사, 동대학 대학원에서 문학박사(러시아문학) 학위를 받았다. 배재대학교 러시아학과 교수로 정년 퇴임했다. 러시아 이르쿠츠크국립대학교 교환교수, 일본 북해도대학교 슬라브연구소 연구교수, 한국시베리아학회 회장, 유라시아 문화연대 상임대표를 지냈다.

저서로 『도스토예프스키의 세계관, 예지와 명언』, 『동시베리아의 역사, 정치, 경제』(이르쿠츠크 국립대학교 출판부) 등과 공저 『시베리아 개발은 한민족의 손으로』, 『바이칼, 한민족의 시원을 찾아서』, 번역서 『고조선』, 『대리석』, 『끄르일로프 우화집』, 『도스토예프스키의 유럽인상기』, 『작가의 일기』, 『카라마조프가의 형제들』 등이 있다.

한류와 유라시아 말춤

초판 1쇄 인쇄 2024년 7월 10일
초판 1쇄 발행 2024년 7월 18일

지 은 이 이길주
펴 낸 이 이대현

책임편집 이태곤
편집 권분옥 임애정 강윤경
디자인 안혜진 최선주 강보민
기획/마케팅 박태훈 한주영
펴낸곳 도서출판 역락
주소 서울시 서초구 동광로46길 6-6 문창빌딩 2층(우06589)
전화 02-3409-2055(대표), 2058(영업), 2060(편집) FAX 02-3409-2059
이메일 youkrack@hanmail.net
홈페이지 www.youkrackbooks.com
등록 1999년 4월 19일 제303-2002-000014호

ISBN 979-11-6742-632-1 94800
ISBN 979-11-6742-631-4 94080(세트)